SIETE CADÁVERES

SERIE NEGRA

SIETE CADÁVERES

NICOLÁS BENÍTEZ

RBA

A LAURA, POR SU COMPAÑÍA, POR SU AMOR,
POR SU PERSEVERANCIA.

A PEDRO, DESDE EL RECUERDO,
POR TANTA AMISTAD.

No hay honor en el crimen,
solo hay destrucción y sufrimiento.

GIOVANNI FALCONE

EL JUEGO

—¡Se ha clavado! ¡Uno de los motores se ha clavado! ¡Se nos echan encima, joder! —grita el Chano con todas sus fuerzas, logrando imponer su voz ronca por encima del estruendo de la lancha, de los motores de la patrullera y de las olas que, a más de sesenta nudos, rompen contra la proa de la planeadora como si fueran a quebrarla.

Carlos se arrodilla, corta la escota que sujeta los fardos de proa y tira por la borda el que tiene más cerca.

—¡Como tires otro te pego un tiro, cabrón de mierda!

Se lo dice en serio. Carlos sabe que el Chano carga siempre encima un hierro y que cuando habla no lo hace para gastar saliva. Cumplirá su amenaza sin dudarlo. Se arruga. Pocas bromas con el Chano. Y menos cuando va puesto hasta arriba de coca. Como cada vez que sale a planear. Como hoy. Como siempre. Deja el paquete y se encoge de hombros preguntándole, con ese gesto, qué van a hacer, cómo van a salir de esta.

El viaje es de los gordos, más de dos mil kilos. Si les pillan, se van a comer un buen marrón y nadie les va a librar de unos cuantos años de talego. Eso con suerte. Porque si los Arcángeles les culpan de la pérdida de la mercancía puede ser mucho peor. Infinitamente peor.

El Chano no contesta, Carlos no esperaba que lo hiciera. Los dos sabían lo que se jugaban cuando subieron a la goma y pusieron rumbo a Marruecos, a cargar la mercancía que ahora les quema en las manos. La gloria o la mierda. Ese es siempre el juego.

Carlos busca en los bolsillos del chaleco el puntero láser que los Arcángeles obligan a llevar a todos los tripulantes de sus gomas. Es la norma. «Si las lanchas de esos mierdas se os echan encima, apúntales a los ojos y ya verás cómo se apartan los muy cabrones. Y al piloto del pájaro, también. Que es todavía más fácil, porque como va por arriba no te estorban las putas olas», recuerda que le aleccionaba Gabriel, el mediano de los tres hermanos dueños de la goma y de la mercancía. Pero tan pronto como logra encontrar el láser se le escurre de las manos y cae.

—¡Joder! ¡Su puta madre! —exclama mientras de reojo mira al Chano, que trata de gobernar la lancha y huir de la patrullera.

Omar, el gasolinero, el tercero de a bordo, saca el tubo del bidón que alimenta el motor averiado porque, aunque la hélice no gire, el mecanismo sigue succionando el combustible, que se desborda y cae al fondo de la lancha, a sus pies. En ese preciso instante el motor petardea y súbitamente se pone de nuevo en marcha. Al hacerlo una lengua de fuego escapa por las juntas de la tapa y prende en la gasolina que ha empapado su ropa. Omar de repente se convierte en la Antorcha Humana. Pero en lugar de echarse a volar dejando tras de sí una elegante estela de fuego rojizo, queda envuelto en unas llamas azules que iluminan la goma negra en mitad de la noche sin luna. Carlos lo mira paralizado mientras el Chano, que le dirige una sola y rápida mirada, se limita a mascullar una maldición entre dientes, más contrariado por la avería del motor que por la pérdida del antiguo pescador marroquí, al que ya da por muerto.

En un acto desesperado, suicida, Omar salta de la lancha. Rebota varias veces sobre el agua, la ropa en llamas. Carlos lo pierde de vista enseguida, no puede hacer nada por él, aunque seguramente tampoco lo habría hecho de haber podido. Hoy no toca pensar en nadie más que en sí mismo, en salvar su culo de la Guardia Civil y de los aduaneros, del Chano, de los Arcángeles y de todas sus putas madres. Hoy es el día de salir de allí cagando hostias, de llegar a la costa y correr por su libertad y por su vida.

El motor que acaba de matar a Omar explota y el fuego se extiende por el suelo de la embarcación. Solamente la corriente de aire que genera la lancha en su acelerada marcha impide que las llamas lleguen hasta Carlos, aferrado a un cabo para evitar salir despedido en alguno de los violentos quiebros y virajes que el Chano hace dar a la goma para evitar a la patrullera y al helicóptero que, como salido de la nada, se ha unido a la persecución y que tienen ahora justo encima, atronando a solo cuatro metros sobre sus cabezas.

—¡Catalán! ¡Tira los bidones! —le grita el Chano al tiempo que da un brusco giro que a punto está de lanzarlo por la borda y con el que logra, por un momento, dejar atrás el foco del helicóptero y obliga al piloto de la patrullera a virar a estribor para evitar un choque que les habría hecho zozobrar.

Carlos se mueve con rapidez. Aferrándose a los fardos llega a popa. Libera el cuadernal que sujeta los bidones de combustible, remonta el primer depósito sobre la regala y lo deja caer al mar, cuidando de que no golpee los motores. Repite la operación cuatro, cinco veces. La costa está cerca, no necesitarán tanta gasolina si en lugar de dirigirse a su destino consiguen llegar a La Línea. Puede ver la intermitente ringla de luces de la refinería que aparece entre las olas y las estelas que las dos embarcaciones van dejando a su paso. La patrullera brinca tras ellos al cruzar una y otra vez sobre el rastro de la goma, que el Chano hace rolar continuamente a un lado y a otro sin darle tregua al guardia civil que pilota la patrullera.

Huyen empujados por la necesidad de alejarse de los agentes que buscan darles caza, pero también por la excitación del riesgo, del placer que proporcionan la velocidad, el viento y el salitre que golpean sus rostros, el ruido de los motores de su goma, los de la patrullera que atruena a su espalda y el de las hélices del helicóptero.

Al deshacerse del lastre que suponían Omar y los bidones, la goma ha ganado velocidad. La patrullera está cada vez más lejos. Carlos sonríe en dirección al Chano. Si consiguen llegar a tierra perderán la barca y la mercancía, pero con suerte podrán escapar del helicóptero y de los Patrols que sin descanso cada noche recorren las playas entre San Fernando y Benalmádena. Por ese motivo, para desesperación de los puntos que noche tras noche vigilan toda la costa y de los que acarrean los fardos en las descargas, también para desconcierto de todos los policías y los aduaneros que intentan cazarlos, los Arcángeles han empezado a llevar el hachís a Huelva y ahora muchos cargamentos remontan el Guadalquivir hasta Sevilla, incluso hay gomas que llegan a las costas de Valencia, de Tarragona o de Barcelona. Y aun más lejos, hasta Ibiza.

Pero esta vez el viaje va a acabar antes de tiempo, mucho antes de llegar a su destino. No han pasado ni veinte minutos desde que salieron de Cabo Negro y ya tienen a la vista la playa de La Atunara. Si la suerte les viene de cara podrán embarrancar la goma en la arena y salir por piernas. Los de la patrullera no se atreverán a llegar tan cerca de la costa y, aunque les será más difícil dejar atrás al helicóptero, en cuanto lleguen a las callejuelas del barrio no habrá forma de que pueda seguirles a tan baja altura.

Están tan cerca que Carlos puede ver ya las barcas en la arena y la cúpula del kiosco de la Plaza del Sol, su territorio. Cuando arriben a la playa solo tendrá que correr los pocos metros que le separan de la línea de casas y perderse entre los callejones, entre su gente. Solo una carrera y estará a salvo.

En ese momento, cuando ya tensa los músculos para saltar de la lancha en el preciso instante en que toquen tierra, estalla de nuevo el motor. Pero esta vez lo hace como una bomba cargada de metralla. Un mazazo luminoso le golpea como un muro de piedra que estallara a su espalda y le lanza por encima de los fardos. Su cuerpo se clava en la arena, bajo el agua, y aunque trata de incorporarse, los músculos no le responden, no puede orientarse y, tras unos segundos de silencio en que todo a su alrededor parece detenerse, de pronto un ensordecedor pitido toma al asalto su cabeza. Trata de respirar, pero los pulmones le arden por dentro y el aire no le alcanza, siente que se ahoga. Se hunde y el agua salada llena su boca y corre garganta abajo. Los músculos golpeados por la deflagración no responden a un cerebro que, aturdido y presa del pánico, se muestra incapaz de dirigirlos. Se está ahogando a cinco metros de la orilla, es consciente de que se muere y no puede hacer nada para evitarlo.

De pronto una mano de piedra le sujeta; asiéndole del cinturón, tira de su cuerpo y lo arrastra hasta la orilla. Carlos levanta la vista tratando de dar las gracias a su rescatador, pero el guardia ni siquiera le mira, se limita a cachearlo, lo volea sobre la playa y lo esposa con las manos atrás con tanta pericia que, cuando trata de reaccionar, comprueba que ya no puede moverse, ahogado ahora por la arena que se abre camino por los orificios de la nariz y pugna por ocupar toda su boca.

El Chano está tendido a su lado. El brazo izquierdo le cuelga del hombro y el rostro verde y rojo del diablo chino que lo cubre casi por completo parece haber perdido su fiereza mientras contempla con temor cómo la mancha de sangre que impregna la arena bajo su cuerpo crece con rapidez. Un poco más allá la goma, un animal marino varado en la arena, arde. No dejan de llegar Patrols y las luces azules lo llenan todo. Los guardias corren e intentan evitar que la gente, que ha empezado a brotar de las estrechas callejuelas y que entre gritos e insultos se agolpa al otro lado de la calle, se acerque a los fardos esparcidos sobre la arena. Un grupo de chavales lanza las primeras botellas, y poco después les sigue todo el contenido del contenedor de vidrio que otro grupo hace rodar sobre la calzada. Unas bengalas rojas, las llamas de la planeadora y los destellos de los prioritarios de los todoterrenos ayudan a convertir la playa en el escenario de una batalla en la que los guardias responden con bolas de goma a la lluvia de proyectiles que les obliga a retroceder. Intentan no quedar atrapados entre el mar y la masa de vecinos, cada vez más numerosa. Desde la plaza que hay junto a la iglesia del Carmen empiezan a despegar a ras de suelo cohetes que explotan al golpear contra los escudos de plástico de los policías.

Al principio los guardias tratan de impedir que la gente se lleve los fardos, pero poco a poco van reculando, más preocupados por evitar que les arrebaten a los detenidos y por su propia seguridad. Dos agentes levantan en vilo a Carlos y le introducen en uno de los Patrols. La comitiva de vehículos que pocos minutos antes había llegado entre ufanos derrapes y chirriar de neumáticos, con guardias armados erguidos en sus pescantes, sale ahora a toda velocidad mientras las piedras les golpean como una lluvia de meteoritos. Se oyen dos detonaciones que provocan un brusco silencio. Uno de los guardias ha disparado al aire para ahuyentar a un grupo que había logrado rodearle. La turba corre de nuevo hacia la carretera y enseguida vuelve a la carga lanzando más piedras y los trozos de un banco de cemento que han arrancado en el paseo.

A través de la ventanilla trasera, Carlos tiene tiempo de ver cómo, mientras los guardias se repliegan a la carrera en dirección a los restos de la antigua línea de contravalación que, dos siglos atrás, sirvió para contener a los ingleses, un grupo de hombres, la mayoría de ellos muy jóvenes, sigue lanzando todo lo que encuentra a su paso y una veintena de mujeres y niños recoge los fardos a toda prisa, perdiéndose entre las sombras por el laberinto de callejas.

Más furgonetas con las sirenas encendidas, estas de los nacionales, llegan a toda velocidad y hacen que el coche en el que le llevan se balancee como una barca cuando se cruzan con él en la estrecha calzada.

Carlos se hunde en el duro asiento de plástico del todoterreno. A través de la mampara se cuela la voz agitada de los guardias que, tratando de aparentar entereza, piden más refuerzos por radio.

Cada pequeño movimiento le provoca un dolor intenso y penetrante, pero es incapaz de precisar de dónde proviene. Es como si el todoterreno que le lleva le hubiera pasado por encima. Los ojos le escuecen y el aire le abrasa los pulmones. «Esta vez ha tocado perder. Pero aún sigo vivo», piensa mientras cierra los ojos y se hunde en el asiento.

HUMILLACIÓN

Cuando por fin nació el último de sus hijos, todavía empapada en sudor y exhausta por el esfuerzo de veinte horas de parto, Juana miró fijamente a su marido y, más que hablarle, le escupió a la cara. «Este es el último que me haces. ¿Lo entiendes? El ultimito. Por mis muertos y por tu vida que no va a haber ninguno más».

Acababa de parir en la misma cama en que había concebido a la criatura. En la única habitación de un escueto piso arrendado. En una ciudad triste, atestada y sucia a la que Ignacio y ella habían llegado huyendo menos del hambre que del tedio de un pueblo donde todas las caras eran la misma cara, todos los días el mismo día, todas las vidas la misma vida y cada muerte era la misma muerte anticipando la que habría de llegar para todos. Jornadas que se copiaban unas a otras, en idénticos decorados de casas bajas encaladas junto al mar frente a las que se sentaban cada tarde los viejos pescadores a repetir las mismas viejas historias de tiempos mejores que en realidad nunca lo fueron. Semana tras semana, mes tras mes, año tras año.

Con aquella frase lanzada de mala manera a su marido, Juana empleó las últimas energías que le quedaban. A su lado lloraba con todas sus fuerzas una niña a la que, aun con la cara morada y arrugada, ya se le adivinaba que habría de convertirse en una muchacha aún más bella de lo que lo había sido su madre.

Juana no quería aquel embarazo. Le repugnaba volver a sentir cómo crecía dentro de ella un nuevo engendro al que le brotarían brazos y piernas, que pronto se agitaría flotando en su interior y que poco a poco empujaría sus órganos aplastándolos contra las costillas. Le asqueaba sentirlo tan dentro y unido a ella. Llevar en su interior a un nuevo hijo de Ignacio, aquel sinsangre al que despreciaba y al que había resuelto abandonar. Se culpó por haber sido débil y haber cedido a sus súplicas. Pero escuchar cada noche sus lastimosas demandas le resultaba aún más insoportable que sentir durante unos minutos sus babosos jadeos y sus empellones.

Había decidido acabar con aquella cosa e impedir que siguiera creciendo en su interior. No la quería dentro ni un día más. Pero la Bruja no estaba en su casa. Una vecina le contó que había viajado a su pueblo y que tardaría aún semanas en volver.

Al no disponer de ningún brebaje que le ayudara a expulsar al parásito, Juana pensó que no le quedaba más opción que desprenderlo ella misma de su carne.

A partir de aquel momento se impuso una disciplina que cumplió a rajatabla. Cada día después de que Ignacio se fuera al trabajo, cuando aún los dos niños dormían, salía al rellano y bajaba los diecisiete peldaños de la escalera dando saltos hasta el piso inferior, después subía de nuevo tan deprisa como era capaz. Repetía el proceso siete veces, tratando de que la incipiente barriga se bamboleara arriba y abajo y de que el bicho soltara sus agarres y cayera.

También trató de soltarlo a golpes, dejándose caer de bruces sobre el respaldo de una silla y golpeando con los puños cerrados la tripa cuando creía que nadie la veía. Pero, sin que ella se diera cuenta, Carlos la vigilaba en silencio.

Siete semanas estuvo repitiendo esta rutina, procurando en ese tiempo cargar tanto peso como podía, incluida la bombona de butano que se encargó de reemplazar una vez por semana aunque lo habitual era que durara al menos un mes. Ella se ocupó de subirla cada martes hasta el cuarto piso donde vivían.

Pero el bicho se había aferrado con ganas y nada sirvió para expulsarlo. Ni tan solo el aceite de ricino que, a falta de mejor tisana, tomaba mañana y noche y con el que solo logró provocarse una diarrea tan intensa y permanente que a punto estuvo de llevarla al hospital.

Cuando por fin volvió la Bruja, esta puso las manos sobre su vientre y la miró fijamente a los ojos en silencio. Pasados dos minutos le dijo «Es una *neniña* y está ya muy hecha. A esta te la vas a tener que quedar porque, si la sacamos, te irás con ella».

Carlos, siempre al acecho de cuanto la Bruja hiciese y dijera cada vez que venía a su casa, comprendió por fin a qué se debía la mortificación a la que se había sometido su madre durante semanas.

Parió con la única ayuda de la Bruja que, además de asistir a las mujeres del barrio, también fabricaba ungüentos y tisanas con las hierbas que, siempre encorvada entre los matojos, recogía por las Oliveras y la Alzina, junto a la ribera del cercano río que día y noche arrastraba grandes nubes de espuma blanca hasta la playa, a los pies de las tres grandes chimeneas de la incineradora.

«La manzanilla y la ortiga blanca para los dolores del mes, como los panadizos de la panocha», les decía a clientas que le confiaban unos miedos y unos secretos que nunca se habrían atrevido a relatar ante el médico del dispensario. Confiaban en ella porque era mujer y porque desplegaba una sabiduría cercana, simple y fácil de entender. La Bruja las escuchaba y las entendía o, cuando menos, simulaba hacerlo, asintiendo en silencio cuando convenía, dándoles siempre la razón.

Recetaba hinojo para que la madre tuviera más leche y abejera para regular el menstruo de las que, por su falta de puntualidad, nunca sabían cuándo iban a empezar a manchar. Recogía agrimonia para la diarrea, caléndula para las hinchazones, cola de caballo para orinar y marialuisa para los gases y el mal de tripa. Trataba las heridas con gayuba y hierba de Aquiles y la inflamación del hígado con viola de lobo. En sus excursiones diarias nunca olvidaba acopiar tomillo y las hojas de los escasos y raros eucaliptos que había por aquellos parajes y que, con solo contemplarlos, le trasladaban a su lejana aldea, de donde tuvo que marchar hacía ya muchas vidas. «Marchó a servir», les dijo su madre a las vecinas antes de que la hinchazón del vientre hiciera increíble el embuste.

Los servicios que la Bruja ofrecía eran muchos, aunque la mayoría de sus clientes la buscaban por los conjuros de amor. Tanto daba si eran hombres como mujeres, todos la visitaban cuando este se les negaba. Ella lo conseguía, aunque fuera en contra de la voluntad de aquellos a quienes ansiaban poseer.

Sus hechizos de mal de ojo, casi siempre encargos de amantes despechados, tenían fama de ser infalibles. También recibía encargos para los rivales, aquellos que sí habían logrado el favor que a quienes pagaban se les había vetado y, sobre todo, de aquellos que, tras haber sido correspondidos, ahora se veían traicionados y repudiados. El negocio era redondo, todos pagaban. También quienes buscaban protección contra el mal que ella misma les había procurado.

Había incluso quien la requería para lograr que lo que no había logrado el mal de ojo lo consiguiera de forma definitiva uno de sus venenos. Con todo, aunque estos encargos los cobraba tan bien como merecía el riesgo que asumía con semejante comercio, con lo que obtenía más dinero era con las tisanas que servían para evitar que nueve meses después de un descuido hubieran de venir a buscarla como partera. Fuera como fuese, en su negocio ella se aseguraba siempre la ganancia.

La Bruja se afanaba ahora en silencio en su labor de matrona, tratando de proteger a la niña del frío, envolviendo el pequeño cuerpecito en un arrullo amarillo que en algún momento había sido blanco y que antes había servido para cubrir también a sus hermanos. «Á *miña nena pequeña, quen lle ha de da-la teta? A mamá vai no muiño, o papá na herba seca»*, susurraba la Bruja mientras mecía a la niña acurrucada entre sus brazos.

Carlos la observaba en silencio. Al igual que le sucedía con su hermano pequeño, Lolo, no sentía nada por ella. No se embelesaba con el pequeño rostro delicado y puro. Tampoco sentía curiosidad por observar sus diminutas manitas. No sentía ningún interés.

Sin embargo, ambos le pertenecían y él no permitiría que

nadie amenazase lo que era suyo. Por eso Carlos vigilaba atento y sin perder detalle a la Bruja.

A Juana se la llevaron cuatro días más tarde unas fiebres malignas y unas hemorragias imparables que convirtieron la cama en la que habían nacido sus tres hijos en un lago de sangre en el que acabó ahogando su último aliento.

Y ello pese a los devotos cuidados que le dispensó esos días Carlos, el mayor de sus hijos. El niño se dedicó a ella con abnegación, atento y dispuesto a servirle lo único que sabía preparar, unos caldos de pollo que fueron el escaso alimento que ingirió durante aquellos fatídicos días la madre, cada vez más consumida.

Quizá fuera culpa del mal fario que según ella le había acompañado toda la vida. O puede que su cuerpo no pudiera resistir más porque Juana se había cansado ya de aquella vida miserable y en su interior no veía mejor salida que morirse. El caso es que nadie supo por qué se deshizo en sangre. Ni siquiera el médico que vino a certificar su muerte se atrevió a asegurar con certeza la causa. Viéndose enterrado en informes que redactar y testimonios que ratificar, despachó el asunto con un inescrutable «Hemorragia tardía del puerperio por posible presencia de restos placentarios» con el que dejó zanjado el tema.

Fuera por la razón que fuese, lo cierto es que Juana logró por fin huir de la rutina y el hastío que la habían corroído durante toda su vida y de los que no había podido desembarazarse ni poniendo tierra de por medio en compañía del único joven del pueblo que no la había cortejado. Aquel que no la pretendió, el que no la amó y del que tampoco ella se prendó nunca. Dejó así atrás diez años de matrimonio sin ningún afecto, en los que no permitió que Ignacio le pusiera la mano encima, ni aun cuando los sábados volvía infusionado en vino y con el sobre de la paga ya casi terciado, pero en los que, pese a todo, habían nacido tres hijos.

Ignacio no derramó ni una sola lágrima por ella. Tampoco se azoró por sus hijos. No lamentó que a partir de entonces ya no tuvieran madre y, según dijo a todo el que le quiso escuchar, tampoco nadie que los quisiera. Tal y como había hecho siempre, asumió la nueva situación con la actitud con la que había afrontado su entera existencia: «Tirar p'alante sin mirar p'atrás». Sentir sin padecer porque, como también repetía su padre, «los reconcomios son cosa de ricos y las alegrías y las penas no duran ni sirven para traer el pan a casa».

Tras el funeral, sin despedirse de nadie porque a nadie debía rendir cuentas, cobró la semanada que le adeudaban en el telar, cargó con los tres niños y dos maletas, y tomó el tren de vuelta al sur, de donde había salido nueve años atrás sin realmente quererlo, empujado por Juana y por la misma inercia que motivaba todos sus afanes y era el verdadero motor de su vida: la voluntad de los otros. Porque todo el mundo emigra. Porque qué voy a hacer en el pueblo, si aquí no hay futuro. Porque ella lo quiere así, padre. Y allí en Cataluña hay trabajo para todos y dentro de poco también podrá venir usted con madre.

Después de catorce horas de viaje, llegaron por fin a un chamizo construido sobre la misma arena de la playa, en el Rinconcillo. Un lugar desde el que era imposible no dejarse intimidar por la inmensa mole de piedra que se interponía entre los hombres y el horizonte en la que, como sucede en los cuentos de hadas, desde tiempo inmemorial gobernaba una reina ajena y lejana que vivía más allá del mar. Esa mole de piedra, igual que en un cuento infantil, era lo que señalaban como el origen de todos sus males los que quedaban a este otro lado de la antigua muralla y de las troneras donde durante años asomaron los cañones que amenazaban inútilmente a la guarnición británica.

Cuando entró por la puerta de la que había sido su casa, Ignacio dejó las dos maletas y a los tres niños en manos de su madre. A Camila la traía en un capazo de mimbre y en él se la entregó como quien se deshace de un fardo, de un encargo no deseado que se ha tenido que soportar durante días y a lo largo de cientos de kilómetros.

Micaela era el nombre de la abuela, aunque todo el mundo la conocía como Caela, la del Elio el de los gallos. Una precisión innecesaria, ya que en el barrio no había ninguna otra Micaela y tampoco ningún otro Rogelio.

La abuela no dijo nada. Ni siquiera tuvo una mirada para los otros dos niños, a quienes Ignacio dejó a su suerte a la entrada de la choza. Tomó a la niña entre sus brazos como si reconquistara un tesoro que le hubiera sido arrebatado y que llevaba años esperando recuperar. Como si de repente, después de darlo por perdido para siempre, recobrara la más bella joya, lo único que había sentido como propio y que en un tiempo dio algún sentido a su apagada y mortecina vida. Camila se convirtió entonces en su segunda pertenencia, después de que casi treinta años atrás Ignacio aprendiera a andar y se separara de ella para siempre.

Cuando su hijo nació ella, nunca había tenido algo realmente suyo y, de pronto, aquel ser le pertenecía, su vida dependía de ella. Pero eso acabó y ahora la niña aliviaba el nudo que la ahogaba desde dentro, que apretaba su cuello sin dejarla respirar y le atenazaba las tripas como una fiera que la devorara poco a poco cada día. Se aferró a la niña que iba a salvarla de aquella condena, al menos hasta que ella también la dejase sola.

Ignacio, sin siquiera perder un instante para refrescarse con el agua del balde, se encaminó a la playa para humillar la derrota ante su padre. Lo encontró en el mismo lugar donde lo había dejado cuando se despidió de él al marchar a Barcelona, sentado en una barca varada. La mirada fija en la arena mientras con una navaja jerezana sacaba astillas de un trozo de madera. La gran hoja curvada penetraba en la madera seca sin aparente esfuerzo y solo la tensión de la mandíbula de su padre cuando obligaba al acero a deslizarse por el interior del madero permitía intuir la fuerza con que sus manos lograban afinar el leño.

El viejo ni siquiera le miró, y como único saludo le espetó: «Esas bocas que traes son cosa tuya. No creas que van a comer de mi plato. Vete donde Curro y dile que mañana sales con él en la barca. Y si te pone mala cara, le dices que lo mando yo y que me debe muchas y que no va a querer que me las cobre».

Ignacio clavó el mentón en el pecho y no pudo bajar la mirada porque nunca en presencia de su padre había osado alzarla.

EL ZABAL

El camino de las Marismas no está asfaltado y, cuando llueve, el barro y los charcos lo hacen intransitable. Sin embargo, la mayor parte del tiempo el sol reseca la tierra y el viento y las anchas ruedas de los todoterrenos levantan un polvo fino que lo cubre todo con una pátina blancuzca y mortecina.

Tras las altas tapias que cierran el camino formando una galería, se escucha el chapoteo de las mil piscinas que acompañan cada una de las casas que los soldados de las bandas de narcos han ido levantando en una competición cada vez menos disimulada por mostrar a los demás el dinero que han ganado.

Pero el polvo no entiende de muros ni jactancias y blanquea el falso frescor esmeralda del césped artificial, cubriendo también poco a poco las aguas azules hasta enlodarlas.

Dolores recorre ese camino con decisión. Ha salido de casa detrás de los guardias civiles después de que pasaran más de nueve horas poniéndolo todo patas arriba.

«Hasta los zócalos han arrancado, los hijos de puta. ¡Hasta la caseta del perro! ¡Coño, es que no han respetado nada!», masculla mientras camina e intenta recordar dónde ha dejado el recibo que le han entregado a cambio de los fajos de billetes que de madrugada los guardias encontraron en la caja fuerte oculta tras la pared de la ducha.

Camina con urgencia y al hacerlo levanta tanto polvo que ya le cubre por encima de las rodillas. Desde que el Chano y ella se mudaron a El Zabal no había pisado la calle. Siempre que salía de casa lo hacía en coche. Pero los guardias les han puesto cepos a todos los vehículos, también al Mercedes que está a su nombre, y allí no llegan los taxis. Tampoco puede esperar que ninguno de sus amigos la venga a buscar. Nadie va a querer que lo vean con la mujer de un soldado caído. No se pueden fiar. Nunca se sabe si va a hablar y a vender a su gente para salvar a su hombre. O, por el contrario, si los policías la tendrán vigilada y con solo acercarse a ella acabe pringándoles.

No puede culparles. También ella lo ha hecho antes. Es la ley de El Zabal. Si caes lo haces con todo el equipo. No hay medias tintas.

Cuando por fin sale de entre las tapias llega a la carretera asfaltada y entonces empieza a cruzarse con la gente del pueblo: los que hacen cola ante el centro de salud, a la espera de que abra sus puertas, las mujeres que llevan de la mano a los niños al colegio y los funcionarios del ayuntamiento a punto de entrar en su oficina. Ha vuelto a la civilización. Pero se siente observada, juzgada, y aprieta todavía más el paso para dejarlos atrás.

El barrio ha recuperado la calma después de la batalla de hace tres noches, cuando la goma del Chano embarrancó en la playa.

Al llegar a la iglesia de El Carmen se persigna mecánicamente tres veces, sin detenerse.

«Qué mal bajío», se dice cuando pasa junto a los restos de la goma quemada, aún visibles sobre la arena de la playa. Pero tampoco ahí se para. Le mueve la urgencia por llegar a su destino.

Dolores, la mujer del Chano, va en busca de Miguel Melés. Va a pedirle que le pague lo que le corresponde a su marido por el viaje. «Los fardos llegaron —se repite una y otra vez—. Los fardos llegaron».

Al pasar junto a la plaza del Sol no quiere mirar a su derecha. «Qué mal bajío, por Dios. ¡Tenía que haber tirado por arriba, coño!», se dice mientras baja la mirada y aprieta tanto como puede el paso, cruzando los brazos sobre su pecho.

Por fin llega a su destino, la casa de Miguel.

—¿Qué se te ofrece, Dolores? —la saluda Sócrates desde la silla de plástico blanco donde monta guardia.

—Vengo a ver a Miguel. Dile que le busco —contesta ella tratando de aparentar una dignidad que es consciente de haber perdido. Se consumió con la goma del Chano cuando embarrancó en la playa.

—Miguel no está.

—Pues que salga uno de sus hermanos. Me da igual...

Sócrates se pone en pie y colgando los pulgares de la riñonera se coloca frente a la entrada de la casa, con las piernas abiertas y la barbilla clavada en el pecho mientras mira fijamente a Dolores por encima de los cristales de las gafas de sol.

—Tampoco están, Dolores. Ni van a estar para ti. Ya lo sabes. Es mejor que te vayas de aquí, mujer.

La humillación y la rabia escapan de sus ojos en forma de lágrimas. En el fondo Dolores sabía que eso iba a pasar. Que, al igual que sus vecinos y que sus amigos, los Arcángeles no

31

quieren cuentas con ella. Sabe que hasta que el Chano muera o resuelva los asuntos que ahora tiene con la justicia, nadie va a dirigirle la palabra. Que no le va a faltar nada a él, ni tampoco el dinero que le sea menester para el abogado. Y que ella recibirá cada mes lo que precise para su sustento y un poco más, si el Chano así lo pide. Pero no va a tener suficiente para irse, para dejar atrás el barrio. Y lo perderá todo si le abandona mientras está en prisión. Dolores no puede más. No le quiere. No le ha querido nunca. El Chano es un cabrón. Un putero y un drogadicto. Y ahora ella está encadenada a él.

—Vete, mujer. Vete de aquí y no des problemas. Sabes que no te conviene —le dice Sócrates mientras recupera el asiento.

Dolores toma el camino del hospital. Su paso es ahora más pausado. Arrastra los pies con la certeza de que los policías que montan guardia en la puerta de la habitación del Chano no le van a dejar verle. Pero tiene que ir. Tienen que verla ir.

Miguel pela una naranja mientras observa la playa desde la ventana de su habitación en el segundo piso. El jugo de la fruta resbala por sus manos y cae manchando el suelo a sus pies.

—Dice Sócrates que vino la puta del Chano.

—Dolores se llama —contesta Gabriel, que observa a su hermano recortado contra el rectángulo en el que se dibuja el azul del cielo. Viste únicamente un pantalón corto de deporte y unas zapatillas de ducha.

—¿Qué me importa cómo se llame? Lo que importa es que el gilipollas del Chano va a ir p'adentro y además dicen del hospital que le va a quedar el brazo inútil.

—Pues no vamos sobrados de pilotos.

—Y además está la goma. ¡Me cago en todos sus muertos! ¿Sabes cuánto cuesta cada goma?

—Sí, claro que lo sé, Miguel. Coño. ¿Cómo no lo voy a saber? Pero los paquetes los hemos recuperado. Casi todos. Solo faltan dos y los encontraremos pronto. Está Rafael con eso.

—¡Que no me repliques, joder! ¡No me repliques! —grita Miguel al tiempo que coloca la puntilla con la que pela la naranja frente a los ojos de su hermano.

Los dos guardan silencio mientras se miran, hasta que Miguel baja la hoja y se vuelve, dando la espalda a su hermano, para contemplar la playa en actitud melancólica.

—¿Y qué hay del otro?

—¿El moro?

—¡Qué coño el moro! ¡Que le den por culo al moro! El otro. El niño. El Catalán —responde Miguel mientras mastica un gajo de naranja.

—Ya se lo han llevado a Botafuegos. Dice nuestra gente de la comandancia que no ha abierto la boca. Ni para pedir agua.

—Ese niño es muy duro.

—Demasiado. No me gusta.

—¡Tú eres un flojo, Gabriel!

—Lo que tú digas. Pero ese Carlos me trae mal fario —contesta el mediano de los Arcángeles mientras sale de la habitación de su hermano, dispuesto a buscar una nueva goma y un piloto para que el negocio no se resienta más de lo necesario.

WINSTON

Winston es un zambo ecuatoriano de poco más de un metro y medio de altura, pelo pardo pajizo, edad indefinida, perpetua sonrisa y unas piernas cortas y arqueadas que le confieren el aspecto de un gran niño mulato cuya presencia en mitad del patio de la prisión resulta tan incongruente como inquietante.

Unas inmensas cicatrices cuartean la piel color chocolate de su abdomen. Son el permanente recuerdo de un disparo a quemarropa y del torpe remiendo de un curandero que, pese a su impericia, logró recomponerle las tripas. Aunque eso fue en otra vida, en un remoto lugar llamado La Asunción del que no le quedan más que malos recuerdos.

Winston es conocido en todo el módulo, y aun en toda la prisión, por el intenso y penetrante olor de sus pies. Es tan fuerte el hedor que desprenden que bien podría pensarse que ha sido condenado a morir por partes, empezando por la base, mientras el resto del cuerpo permanece con vida para contemplar su propia corrupción y, de esta forma, penar sus pecados, que son muchos.

Cuando Carlos entra por primera vez en la celda recibe en la nariz un golpe acre y penetrante que le sorprende por su violencia, aunque ya lo anticipaba desde que comenzó a ascender las escaleras del que ha de ser su hogar a partir de ese momento: el módulo 2 de la prisión de Botafuegos.

El hedor se ha adueñado también del pasillo pero, a diferencia del funcionario que le acompaña y de todos los presos que antes que él han ocupado la celda, cuando la puerta se abre y obedece la orden de entrar Carlos no hace el más mínimo gesto que deje entrever la repugnancia que en realidad siente. De un rápido vistazo recorre la estancia y a modo de saludo, se limita a levantar levemente el mentón en dirección a su ocupante mientras musita un escueto «¿Qué pasa?».

Deja en el suelo la bolsa transparente con sus únicas pertenencias que, tras registrarlas a fondo, los funcionarios han detallado en un listado tan frío como deprimente. El contenido de esa bolsa, la ropa que viste y las deportivas que calza, es todo lo que posee: dos pantalones, cuatro camisetas, una camisa, una chaqueta vaquera, cuatro calzoncillos y cuatro pares de calcetines, unas deportivas blancas, dos libros con tapas blandas, un cuaderno de crucigramas, un bolígrafo de plástico transparente, un juego de sábanas y un lote higiénico consistente en un rollo de papel, un bote de jabón, una maquinilla de afeitar, media docena de preservativos, un tubo de dentífrico y un cepillo de dientes. Aunque en realidad nunca albergó esa esperanza, está claro que los años que lleva trabajando para los Arcángeles no le han convertido en un hombre rico.

Winston responde al saludo levantando también el mentón. Viste únicamente un pantalón corto y sostiene entre los dedos un cigarrillo, tan cerca de los labios que no necesita más que un leve gesto de estos para aspirar el humo con profundas caladas. Está sentado en una silla de plástico desde la que, en inestable equilibrio sobre las patas traseras, contempla la televisión situada en la repisa de hormigón. En esa repisa apoya los pies desnudos y se mece cadenciosamente adelante y atrás, en un vaivén que no detiene ni aun cuando Carlos entra en la celda y, para no tropezar con él, tiene que contorsionarse.

Cuando el funcionario cierra la puerta, Winston le habla sin apartar los ojos de la pantalla.

—La litera de arriba está libre. Mis estanterías son las de la izquierda —explica al tiempo que da una última chupada al cigarro y lanza la colilla al patio del módulo a través de los barrotes de la ventana.

Mientras Carlos hace la cama y coloca sus pertenencias en las baldas de hormigón que sirven de armario, Winston continúa contemplando en su pequeña pantalla el relato de la investigación policial mediante la cual, en 1984, en un pueblo de Nebraska de nombre impronunciable, se detuvo a un adolescente que, armado con un cuchillo de caza, asesinó a varios niños. Uno tras otro se van sucediendo en la pantalla los policías que intervinieron en el caso. Todos ellos sonrientes y rubicundos. Todos lucen bigote, selváticos en algunos casos, en otros más ralos y con un esmerado corte, pero siempre de aspecto cuidado, como si sus poseedores los consideraran una carta de presentación con la que demostrar su carácter meticuloso y concienzudo. Carlos piensa que, con semejantes papadas y barrigas, esos policías no podrían correr tras un delincuente a la fuga durante más de veinte metros. Siempre sentados y mirando a un lateral de la pantalla donde debe situarse el entrevistador, detallan con evidente complacencia su participación en la investigación y los méritos con los que cada uno contribuyó a detener al asesino y lograr finalmente su pena capital hace ya más de veinte años, tras pasar otros veinte en el corredor de la muerte.

Cuando una hora más tarde el programa acaba, Winston apaga la televisión, voltea la silla para situarla en dirección a Carlos y se sienta de nuevo con los codos apoyados sobre sus morenas rodillas. Con las piernas muy separadas y los pies hediondos apenas rozando el suelo de la celda, le mira fijamente y habla por segunda vez:

—Mire, man. En este chabolo la gente no aguanta mucho. Cuando los guachimanes vuelvan a abrir lo mejor es que se vaya a buscar al jefe de módulo y le diga que le conviene un cambio de celda. Los guardias no le van a poner problema. Seguro que antes del chape le van a buscar otro agujero donde meterle. Pero si no lo encuentran lo mejor será que usted mismo se busque la vida en el patio. Pregunte por ahí, a ver quién vive solo, y dígales que lo manda Winston. Cuando encuentre un catre se lo dice a los boquis y se va nomás. Es mejor así, sin malos rollos.

Aunque una permanente media sonrisa socarrona y el sonsonete con el que se expresa endulzan las palabras, su voz es dura y áspera. Su tono es cansino, el de quien repite una cantinela por enésima vez a sabiendas de que todo lo que diga va a ser obedecido y no le hará falta ningún otro esfuerzo para lograr que se cumpla su voluntad. El escaso rastro que queda de su acento andino pugna por sobrevivir entre el gaditano y el deje carcelario. La combinación podría resultar cómica de no ser por el estremecimiento que produce su mirada, inexpresiva y fría. Unos ojos opacos que solo sirven para ver y en los que no se percibe ningún atisbo de inquietud o duda. Imposible adivinar en ellos ningún sentimiento o emoción pese a la sonrisa que dibujan los gruesos labios.

—Yo tampoco busco malos rollos, ¿sabes? Haré lo que me dices. Pero quiero que sepas que por mi parte no va a haber problemas. No sé por qué nadie aguanta en esta celda, pero si es por tus pies, a mí no me importa una mierda —le espeta Carlos mientras se acomoda en el catre que Winston le ha asignado, dándole la espalda.

Sin decir nada más y sin haber ordenado aún sus pocas pertenencias en las estanterías de cemento, intenta dormir hasta que los funcionarios vuelvan a abrir la puerta y les hagan salir al patio. Allí pasarán el tiempo antes de entrar al comedor, donde dará comienzo el reparto de la comida.

Winston lo mira largamente. En silencio. Evaluándolo. Ese jodón delgado y serio no debe de tener más de veintipocos años. Sus ojos marrones son serenos, la mandíbula marcada, con una incipiente sombra de barba que le otorga un tono grave y que contrasta con el aspecto todavía aniñado de sus ademanes, solo endurecido por la cicatriz que baja del labio al mentón. Intenta decidir si ese mocoso que se ha atrevido a hablarle como no lo ha hecho nadie en años es uno de esos acholados que prefieren buscarse un problema el primer día, pendejeando para pedir protección y pasar el resto de la condena protegidos tras los chapas, quitándose de en medio y refugiándose en un módulo de cacheros y chivatos. O quizá no es más que un loco, alguien que se la está jugando sin saberlo al hablarle de aquella forma a él, al tipo más arrecho y peligroso de la prisión. Winston medita si vale la pena darle una cueriza y pagar una nueva temporada en celdas, un nuevo primer grado en el chupano por dejarle claro al niñato con quién se las está viendo.

Concluye que no merece el esfuerzo ni el castigo. El gesto serio de Carlos, sin rastro de miedo ni inquietud, le convence de que si le ha hablado de esa forma no es porque sea un cobarde que busca una salida rápida del módulo. Parece tranquilo, conforme con su situación y realmente dispuesto a no darle ningún problema. Decide darle una oportunidad. Al fin y al cabo, el módulo está cada vez más lleno y los guardias no tardarán en meterle en la celda a alguien de forma permanente. «El pendejo no parece muy jodón», piensa. Trae consigo pocas cosas y de momento no parece que vaya a darle mucho la murga. Además, quizá podría serle útil. Seguramente pronto le asignarán actividades fuera del módulo, en el polideportivo o en la escuela, podrá aprovecharlo para hacer algún pase de droga o llevar mensajes para internos de los otros módulos. Él tiene prohibido salir a las zonas comunes y debe recurrir a quienes sí salen del módulo para mantener el control del resto de la prisión en su nombre. Dejará que el chaval se quede unos días y lo probará. Siempre está a tiempo de sacarlo de allí si la cosa no funciona.

Mientras Winston da vueltas a estas ideas suena el aviso de apertura por la megafonía del pasillo. Con un sonido metálico las puertas se abren automáticamente y los reclusos empiezan a abandonar sus celdas mientras un funcionario las va cerrando una a una a sus espaldas tras comprobar que ninguno se queda escondido bajo la cama o agazapado en algún rincón.

Carlos y Winston salen juntos y se incorporan a la procesión de hombres que se encamina al patio. Al llegar a las escaleras, un tipo de piel oscura y larga melena negra, con el peligro dibujado en los ojos, simula tropezar con Carlos y le empuja contra la pared, al tiempo que se dirige a uno de sus acompañantes elevando la voz para que todo el mundo lo oiga: «Otro niñato primario. ¡Esto se está llenando de maricones!».

Antes de que Carlos pueda reaccionar, Winston se ha colocado frente al tipo, que casi le dobla la altura, y lo coge por la tráquea con una rapidez y una precisión inesperada.

—El chamo está conmigo —le dice.

Los ojos del otro preso lagrimean y amenazan con salirse de sus órbitas. El gitano levanta las manos y con su cabeza atrapada entre la garra y la pared emite un leve gemido de conformidad. Después de unos instantes en que la comparsa de presos se detiene expectante, estos siguen caminando como si nada hubiese sucedido, aunque a ninguno le pasan inadvertidas las palabras de Winston y tampoco a nadie se le ocurre replicarle.

Al llegar al patio, un preso se acerca a él y, con la cabeza gacha y el gesto sumiso, le entrega tres paquetes de tabaco.

—Gracias por lo de antes, pero no hacía falta que lo hicieras. Sé defenderme solo —le dice Carlos mientras pasean por el recuadro de cemento.

Winston no contesta, se limita a esbozar una sonrisa casi inapreciable y da una profunda calada a un cigarro antes de tirar la colilla. Los presos con los que se cruzan en su recorrido por el patio se apartan a su paso. En la siguiente media hora otros dos reclusos se acercan a entregarle más cajetillas de tabaco que el ecuatoriano va guardando en una bolsa de lona anudada a su cintura.

Varios grupos de internos juegan al parchís en la sala de día, con tanto entusiasmo como si estuvieran lanzando los dados sobre un tapete cubierto de fajos de billetes en el almacén de un tugurio. Por turnos describen con los cubiletes un hiperbólico movimiento, de abajo arriba y de nuevo otra vez abajo para finalmente, tras sacudir el dado con fuerza, lanzarlo sobre el tablero. Aquella parece una competición en la que cada lanzamiento debe ser evaluado por jueces implacables que valoran con severidad su velocidad, fuerza, precisión y técnica. Los paquetes de tabaco que se alinean junto a los rudimentarios tableros, dibujados sobre telas blancas que en otro tiempo fueron sábanas, justifican el entusiasmo por el juego, pero es evidente que la excitación de la apuesta, del envite en que quien vence también humilla a los perdedores, es mayor motivación que los cigarrillos y las tarjetas donde se carga el dinero de que dispone cada preso, monedas de cambio en un lugar donde el dinero en efectivo está prohibido.

Al fondo de la sala, una televisión suspendida del techo muestra a unos policías idénticos a los que Carlos ha visto poco antes en la pantalla de Winston. Ahora hablan de la detención de otro asesino tan parecido al anterior que habría jurado que se trata del mismo, si no fuera porque este tiene aspecto de notario y, en lugar de acuchillar a niños, mató a seis mujeres.

Algunos presos caminan por el patio, solos o en pequeños grupos. Corren de extremo a extremo sobre el rectángulo de cemento, dando rápidos giros al llegar a las líneas que delimitan el campo de juego que ocupa casi por completo el espacio y que jalonan dos porterías. Como si caminaran sobre un carril, resiguen el camino una y otra vez, compulsivamente, sin fin. Como animales cautivos caminando de lado a lado frente a los barrotes de sus jaulas.

La megafonía atruena convocando a los presos al reparto de medicación y después al de la comida, imponiéndose a los gritos y risas de los jugadores de parchís. Los que deambulan por el patio se desvían hacia la puerta del comedor y los duelos quedan en suspenso a la espera del siguiente turno para seguir dirimiendo sus contiendas. Nada es urgente en la prisión. Todo tiene espera.

—Oiga, mijín —le dice Winston—. Ese man no está solo aquí. Iba a tener más de un problema si se bronquea con él. De todas formas, no se preocupe, no le van a faltar chances para demostrar que los tiene bien puestos y no se ahueva. —Mientras habla, barre con la mirada todo el patio, atento a cualquier movimiento. A la más mínima variación de las rutinas de los presos. A cualquier indicio que le indique un cambio, una posible amenaza—. El tipo se llama Cortés y es un Melquíades al que sigue siempre una gallada de asocios, atrayendo fierros filudos que acaban estacados en la tripa de los picados que les plantan cara. No, mijín. Usted solo no le iba a poder sacar la puta a ese sapo.

Habla pausadamente, sin dirigirle la mirada, mientras camina hacia el comedor. Carlos le sigue pegado a su espalda y cuando el grupo de presos que ya se ha congregado en la puerta se aparta para dejarles pasar, se sitúan en primera fila, dispuestos a entrar tan pronto como el funcionario que guarda la entrada abra la puerta. Cuando esto sucede son los primeros en entrar. Recogen las bandejas y pasan por la línea de reparto para ocupar los bancos metálicos fijados al suelo a ambos lados de las mesas que ocupan la gran sala.

Carlos se sienta junto al que, no tiene ya ninguna duda, es uno de los pesos pesados del módulo, un kíe. Alguien a quien conviene no incomodar, a quien respetan y temen los demás presos. El tipo con quien los funcionarios negocian soluciones cuando la cosa se les va de las manos o amenaza con complicárselas más allá de lo soportable.

Winston ha logrado esa posición con el paso de los años, inspirando miedo antes que respeto. Cuando lo encerraron, sin dinero y sin nadie que lo respaldara, sin contactos que le proveyeran de drogas, alcohol, teléfonos móviles o cualquier otro de los bienes prohibidos, escasos y, por lo tanto, muy codiciados en el interior de la prisión, se dio cuenta de que no le quedaban muchas más alternativas si aspiraba a ascender en el escalafón no escrito del patio. Con una condena de treinta años sobre sus hombros y nadie que le esperara fuera, no tenía ya nada que perder, así que hizo lo que mejor sabía. Los dos asesinatos por los que había sido condenado eran buena carta de presentación, además de los otros tres muertos que dejó atrás, allá por Chaullayacu y el río Paute, lugares que no eran ya más que un nombre en el mapa. Winston no veía otra solución a su situación que convertirse en el preso más temido de la prisión. No llegó ni a plantearse otra alternativa porque, según su forma de ver las cosas, no la había. Y en ese empeño se afanó los seis primeros años de su estancia en los penales de El Puerto, de modo que pasó la mayor parte de ese tiempo en primer grado y en celdas de aislamiento, haciendo cada día méritos para ser el peor de entre los peores.

Pinchó, golpeó, apaleó, rajó y mordió a todo aquel que osó poner en cuestión su autoridad. Fue el más arrecho y se sacó la madre hasta lograr vivir como esperaba. Estaba dispuesto a pelear con tanta fuerza y durante tanto tiempo como fuera necesario. A pesar de que ese empeño le costó tener que sumar cuatro condenas más, Winston no creyó nunca que su vida acabaría en aquella prisión.

Ahora tiene su asiento reservado en la mejor mesa del comedor. Nadie ha puesto un cartel que lo indique, no está escrito en ninguna parte, pero todo el mundo lo sabe y a nadie se le ocurriría ocupar aquel lugar ni ningún otro a su lado sin tener su permiso. Junto a él se sientan sus panas, los encargados de recordar las deudas contraídas a quienes no pagan a tiempo. Son los que evitan que el resto de los presos olvide que, de una forma u otra, todos los clientes pagan lo que consumen. Son, también, los que mantienen así el estatus del que es el indiscutido jefe de la prisión.

También se ocupan de procurar la droga que Winston negocia. La traen desde otros módulos, de la cocina, de la escuela o de cualquier rincón adonde deben llevarla los internos que vuelven de permiso o aquellos que tienen derecho a vis a vis y han conseguido introducirla en la prisión. Mantener esta cadena de suministro necesita una logística compleja que Winston ha tardado años en consolidar. Hay que garantizar el proveedor en el exterior, facilitársela a las mujeres que la traen a la cárcel oculta entre sus ropas las menos de las veces o, casi siempre, en el interior de sus propios cuerpos, donde pasa más desapercibida y más cantidad puede introducirse.

Luego hay que ocuparse de recuperarla, logrando que los presos que la traen hasta el módulo no decidan asumir el riesgo de quedarse con más cantidad de la que les corresponde en el acuerdo o, incluso, de simular que la han perdido gracias al celo y acierto de los funcionarios que se afanan, con poco éxito, en evitar este trasiego constante de chocolate, trankimazines, tranxiliums, heroína y, pocas veces, también cocaína.

Winston y su gente no se ocupan de introducir el material. Pero no por evitar ser atrapados y sancionados, o incluso que les puedan condenar a pasar algún tiempo más en prisión. Tampoco por ahorrarles el mal trago a sus madres y mujeres. Si dejan que sean otros quienes lo hagan es únicamente porque ninguno de ellos tiene derecho a los vis a vis y tampoco pueden salir de permiso ni esperan poder hacerlo. No al menos desde su módulo, un pozo donde pagan sus condenas los presos más duros y violentos del penal.

EL PATIO

Por las noches los focos del patio tatúan las sombras de los barrotes en las paredes de las celdas. Las voces de los presos llenan el espacio, desplazando un aire espeso y caliente, imposible de respirar. Los sonidos se transforman entonces en un gas denso que amodorra a los condenados y funde sus cuerpos con los colchones.

Carlos oye desde su litera cómo los presos se gritan de una celda a otra, haciendo resonar sus voces en el inhóspito patio vacío a aquellas horas. Alargan las últimas sílabas, componiendo frases inconclusas. Meras interpelaciones. Llamadas con las que buscan dejar testimonio de la propia existencia ante sí mismos y ante los demás.

—¡Ese Chuzo! ¿Qué diceees...?

—¡Ese Chino! ¿Quéééé...?

También todas las noches hay quien trata de mantener viva alguna disputa iniciada durante el día y aún no resuelta. Retándose con bravuconadas. Amenazando y jurando que a la mañana siguiente concluirán en el tigre, los lavabos del patio, en las duchas o incluso en mitad del patio, lo que las paredes y las puertas cerradas les impiden rematar en ese momento.

No faltan quienes se jactan de grandes proyectos en el pequeño mundo que es el módulo 2 de Botafuegos. Planes con los que, con toda seguridad, habrán de conseguir hachís, rohipnoles y heroína al día siguiente. También relatos de futuros imaginarios en los que se alejan para siempre de la cárcel, de todo y de todos en busca de su particular Arcadia. Modernos cantares repletos de lamentos por la mala suerte que ha dominado sus vidas en las cuales cubren de reproches a aquellos que, habiéndose cruzado en su camino, con su mala voluntad y sus peores acciones han provocado la desgracia que ahora penan. Y también de buenos propósitos, de proyectos en los que su vida y sustento dependerá únicamente del trabajo de sus propias manos. No faltan quienes planean retirarse del mundo en idílicas granjas y cortijos aunque ninguno haya pastoreado nunca un rebaño de ovejas, aseado una porqueriza, ni empuñado jamás un azadón o una guadaña.

De noche las horas se estiran y el tiempo se dilata hasta volverse infinito. Quienes tienen suficiente dinero para comprar una televisión en el economato de la prisión, tratan de abotargar con ella la mente, de detener con el bombardeo de imágenes y sonidos el torbellino de ideas y recuerdos plagados de frustraciones y fracasos. Los menos afortunados escuchan la radio o se limitan a contemplar la pared y el techo de su celda. Todos fuman. Muy pocos solamente tabaco.

Algunos dedican aquel tiempo a conversar con su compañero de celda o con el vecino de la contigua, acodados tras los barrotes horizontales en el alféizar de sus respectivas ventanas. Narran sus vidas de prisioneros, con relatos en los que buscan una historia común que les conecte. El vínculo con aquellos con los que se ha coincidido en este o en otro módulo, en esta o aquella otra prisión. Solo de tanto en tanto hablan de la vida en libertad, pero siempre para alardear de lo hecho y aún más de lo imaginado.

Carlos duerme con placidez, sin importarle lo que suceda a su alrededor. Cada noche Winston lo observa preguntándose por qué aquel tipo ha acabado en semejante pozo y no en cualquiera de los otros módulos de Botafuegos, mucho más amables, mucho más habitables. No tiene delitos violentos que penar y ni siquiera estaba condenado cuando ingresó. Además, cuando finalmente un juez decida cuánto tiempo va a pasar aún allí, está claro que no serán más de cuatro o cinco años. Y eso, teniendo en cuenta las ruinas con que cargan los presos de ese módulo, es insignificante.

El módulo al que ha ido a parar es el vaso de expansión del penal más duro y peligroso de España. Un pozo que forma parte de la rueda de cundas, los traslados de presos entre prisiones con que desde los despachos del Ministerio del Interior hacen rodar a los presos más conflictivos, aquellos a quienes ningún director quiere tener en su prisión durante mucho tiempo y que entran y salen una vez y otra de las celdas de aislamiento, cumpliendo sanción o en primer grado, y siempre implicados en motines y revueltas, peleas entre presos y agresiones a funcionarios.

Allí cumplen sus condenas los reos más duros de la prisión. Presos a los que todos los funcionarios conocen por su nombre y cuyos historiales, repletos de agresiones, intentos de fuga y secuestros, infunden respeto. Muchos de ellos son capaces de levantar un módulo y conseguir que los demás les sigan, de azuzarlos contra el sistema y contra su primera línea, los funcionarios que a pie de patio tratan de mantener el orden. Sus historiales hacen que al entrar de servicio los guardias sientan un vacío en el estómago y un sabor metálico que arruina el primer café de la mañana. Ninguno de ellos lo llama miedo, no lo es para la mayoría, y los que así lo sienten no quieren reconocerlo. Es la certeza de que en cualquier momento uno de aquellos presos provocará una bronca con algún otro interno por un quítame allá unos cigarrillos o iniciará una discusión con cualquier funcionario por la exigencia de un cambio de celda, una carta que no ha llegado a tiempo o una llamada telefónica no autorizada. Cualquiera de ellas puede ser la espita que desencadene el caos.

Son una clase especial de presos. Individuos de los que los guardias saben de su llegada antes incluso de que pisen el módulo de Ingresos porque, en cuanto el vehículo de la Guardia Civil en el que viajan sale por la puerta de una prisión, sin perder un minuto los funcionarios que se libran de ellos telefonean a los compañeros de la cárcel a la que han franqueado el envío. Por compañerismo. Para advertirles de lo que se les viene encima. Pero también como una suerte de inconsciente exorcismo mediante el cual, al dar aviso a otros de la marcha de ese demonio, tratan de conjurarlo y librarse de la penitencia que han purgado durante semanas, meses o incluso años. Al menos hasta la siguiente vuelta de la rueda que cruce de nuevo sus caminos. Hasta la siguiente temporada que llegará acompañada de nuevo, cada mañana, de un sabor metálico.

El módulo al que ha ido a parar Carlos, y que Winston controla desde hace años, lo ocupan tipos sin escrúpulos, resentidos, impulsivos, violentos, muchas veces descontrolados, dispuestos a quemar la vida a cada minuto. Él es una de las escasas excepciones a esta regla y por eso Winston no deja de observarlo cavilando, tratando de desentrañar su secreto, la razón por la que ha acabado en su celda y el motivo que le hace tolerar su presencia allí.

Como cada mañana Carlos y Winston fuman sentados en el respaldo de un banco de madera desde donde observan las idas y venidas de los otros presos que, en un continuo vaivén, recorren el cemento.

En la cárcel ningún preso pregunta la razón por la que otro cumple condena. Nadie pregunta, pero todos saben. Y en ese módulo todos saben que el ruso que cada mañana toma el sol después de pasar una hora lanzando puñetazos y patadas que hacen silbar el aire, mató a un policía. Aunque nadie sabe por qué y tampoco nadie quiere preguntárselo.

Todos en el patio saben también que el marroquí de la camiseta verde que discute siempre con el dedo índice levantado en dirección al cielo mientras arrastra sus gastadas zapatillas es un yihadista condenado por terrorismo que lleva ya más de siete años allí y con el que en todo ese tiempo muy pocos han cruzado una frase.

También está el Vasco, un antiguo preso de ETA que se enredó en asuntos de drogas y volvió a entrar poco después de salir a la calle tras haber cumplido quince años de condena. Ahora paga por haber matado a dos traficantes en un vuelco con el que iba a conseguir una tonelada de hachís pero en el que se le fue la mano con los explosivos.

O el Tejón, el único preso aún más menudo que Winston. Un retaco de puro músculo que, ciego de coca y whisky, descuartizó en la habitación de una pensión a una puta que, según dicen, se rio de él al verlo desnudo. Lo atraparon esa misma noche cuando bajaba la última de las bolsas de basura en las que intentaba deshacerse del cadáver. No debió de costar mucho atraparlo. Drogado como iba, había dejado un río de sangre que discurría por la calle, entre los contenedores de basura y la puerta de la pensión. Los policías, advertidos por los vecinos, no tuvieron más que seguir escaleras arriba aquel cauce rojo y llamar a su puerta. Cuando le contaron esta historia Carlos imaginó a uno de los agentes saludando educadamente al Tejón mientras le decía: «El asesino, supongo». Como un moderno Stanley, que tras remontar un Nilo rojo encontrara a un menudo y feroz Livingstone.

Muy cerca del asiento que ocupan, el mejor del patio, están los teléfonos públicos del módulo. En pleno siglo XXI, tiempo de Internet y de teléfonos inteligentes, esos aparatos adosados a la pared son un anacronismo. Sin embargo, gracias a ellos cada preso puede hacer diez llamadas a la semana durante un máximo de ocho minutos cada una. Dejando de lado las cartas, aún más vetustas que los teléfonos, no hay otra forma de contactar con el exterior. Al menos legalmente, ya que cada vez más presos ocultan teléfonos móviles que obtienen de contrabando. Algunos alquilan esos teléfonos de estraperlo a otros que no pueden costearse uno en propiedad. Pero para los presos con menos recursos o contactos, las tres cabinas son la única forma de telefonear.

Carlos observa sin demasiado interés a un tipo de unos veinte años mientras hace una llamada. Llegó al módulo la noche anterior, justo antes del recuento, cuando todos los demás presos estaban ya en sus celdas, y le han asignado la contigua a la suya. Los gritos que el recién llegado lanza ahora al auricular se oyen por todo el patio, pero nadie salvo Carlos parece prestarle atención.

—Tú no tienes ni idea de lo que es esto. Me quieren matar. Dicen que lo harán si no pago... Que no, coño, que no. ¡Que no es para droga, joder! Ya te he dicho que no. ¡Hostia puta! Es para esos hijos de puta. Que me van a matar, hostia. Me van a matar y será por tu culpa. ¡Hija de puta! ¡Me cago en tu puta madre! ¡Trae el dinero, hija de puta! ¡Mamá! ¡Trae el dinero de una puta vez...! ¡Te mato, te juro que te mato en cuando salga! ¡Trae el puto dinero! ¡Me cago en tu puta madre, coño...! No llores, hostia. Siempre llorando. Toda la puta vida llorando con la puta pena, joder. Venga va, para ya. Que sí, que sí... Que sí, joder. ¿Traerás el dinero que te he dicho? Joder, hostia. ¡Trae el puto dinero! ¡Hija de puta! ¡Tráelo o te mato!

Las últimas frases las grita al auricular antes de golpearlo tres veces contra el armazón de acero y dejarlo colgando del cable, balanceándose.

Uno de los funcionarios, apoyado junto a su compañero en la pared más cercana a la puerta del patio, lo mira fijamente y le hace señales para que se acerque.

El joven se aproxima a los funcionarios con la mirada gacha y el gesto hundido. Los dientes apretados hacen temblar sus mejillas. Una hilera de puyazos serpentea por sus enjutos brazos, cubiertos de tatuajes azules.

—Usted verá cómo le habla a su madre, caballero. Pero, si por mí fuera, ya le digo yo que le cortaba hoy mismo las llamadas y los ingresos de peculio para que no pudiese tener el dinero ese que la pobre mujer le va a acabar trayendo. Lo que sí le digo es que la cabina me la va a tratar usted mejor de ahora en adelante. —Describe con su mano derecha un movimiento que abarcaba todo el patio, y añade—: Porque como rompa el teléfono y estos señores que hay aquí no puedan llamar, entonces sí que va usted a tener problemas. Eso se lo garantizo. Y no vamos a ser nosotros los que se los busquemos. ¿Le ha quedado claro?

El recién llegado escucha y asiente mecánicamente, la cabeza hundida entre los hombros y la mirada clavada en el suelo. Cuando el funcionario le indica con un gesto que puede irse, lo que es más una orden que una sugerencia, el joven da media vuelta y con andar brioso, casi violento, pasa junto a Carlos, que le oye mascullar entre dientes un mal disimulado «Hijo de puta».

El módulo recobra entonces el ritmo habitual de todas las mañanas. Las conversaciones se habían detenido, los caminantes habían ralentizado sus pasos y los cubiletes y dados de los jugadores de parchís habían quedado suspendidos en el aire. Todos esperaban expectantes a ver cuál sería la reacción de los funcionarios si el nuevo les desafiaba. Siempre es un buen entretenimiento verles pasarlo mal al tratar de sujetar a un sublevado. Además, nunca se puede saber cómo va a acabar una situación como esa. A lo mejor el preso acaba sacando una cuchilla o un pincho. O es primo de algún otro preso que decide dar la cara por él. O, ¿quién sabe?, tal vez alguno de los funcionarios da un paso atrás, una muestra de debilidad, de miedo, y ya no puede volver a trabajar en el módulo nunca más.

Los brókeres y crupieres del módulo habían hecho correr las apuestas. Antes de que el funcionario hubiera acabado de hablar los envites se habían cerrado y los paquetes de tabaco estaban ya sobre las mesas.

Pero no ha pasado nada. Pese a sus bravatas, parece que el nuevo preso reserva solo para su madre los juramentos y las amenazas.

Así que, decepcionados incluso aquellos que han ganado las apuestas, todos vuelven a sus quehaceres: los locuaces a sus conversaciones, los caminantes reemprenden la marcha y los jugadores de parchís lanzan una vez más los dados. El nuevo ha quedado ya retratado. Un yonqui al que se le va la fuerza por la boca, un pringado. Esa será su etiqueta a partir de entonces y así será tratado por todos. El módulo le queda grande.

—De todos los chapas, ese es el más hombre —dice entonces como para sí Winston—. Es el jefe del módulo desde hace más de diez años y no lo he visto emputarse ni una vez. Y razones no le faltaron. Pero mantiene el temple el hideputa —hay respeto en sus palabras, incluso podría pensarse que admira al funcionario—. Es un man recto con el que se puede platicar, no como esos otros guachimanes que van por ahí muy gallitos y que son unos puros mangajos. Y no se arruga. Una vez hubo una tranquiza en las regaderas, las duchas como dice usted, y le vi salir soplando del despacho, a toda mecha. Entró solo, porque los demás chapas que le seguían se habían quedado atrás, los muy bambaros se ahuevaron. Uno de los presos se había vuelto loco y estaba allí en medio, pinchando a todos los que se le ponían a tiro. El muy cabrón era un verraco y ya tenía en el piso a cuatro manes que sangraban como cerdos. Don José se le acercó despacito. Hideputa. Cada vez que me acuerdo... Le iba diciendo «Omar.

Menuda tienes aquí liada, hombre. Vaya movida me has montado». El loco no se esperaba aquello, que el man se le acercara tan tranquilo. Y bajó la guardia. Yo creo que hablándole tranquilo le descuadró la locura. El caso es que cuando lo tuvo cerca le trincó la mano y lo hizo voltear, desnudo y mojado como estaba. Voló por encima de él y fue a caer a sus pies. El puto guachimán. Antes de que se diera cuenta el moro estaba en el suelo y le había quitado el pincho de la mano. Cuando llegaron los otros guardias ya lo tenía todo arreglado el jodido don José.

Carlos nunca había oído hablar tanto a Winston, que fuma en cuclillas sobre el asiento, con los brazos descansando sobre su resplandeciente barriga, fija su mirada en el joven yonqui y musita «Este jodón traerá problemas». Después se pone en pie, de un salto baja del asiento y se dirige a la biblioteca seguido de dos de sus acólitos, su guardia de corps.

Carlos no sabe si le conviene seguirle. Decide que si Winston no le ha invitado a acompañarle es mejor no humillarse persiguiéndole por todas partes, como un perrito necesitado de protección.

Lleva ya dos años compartiendo celda con él y Winston es la compañía más duradera que ha tenido nunca. Pero no sabe si eso los convierte en amigos.

Él nunca se ha sentido vinculado a nadie. Ninguna relación le ha durado mucho más allá del efímero bullicio de unas pocas noches de fiesta o unos cuantos viajes a bordo de una goma, compartiendo el olor a gasolina, la palpitante efervescencia del agua salada golpeándole la cara y la emoción única de volar sobre las olas negras, esquivando las rocas mientras huyen de las patrulleras.

Tampoco ha buscado jamás la compañía de las mujeres. Le gusta el sexo y disfruta de sus cuerpos. Pero no soporta su cercanía ni su parloteo y los reproches, quejas y súplicas que, inevitablemente, acaban llegando siempre.

Acabado el frenesí del sexo, el exaltado momento del riesgo o el entusiasmo de la farra, no hay nada que le una a quienes han compartido esos instantes de excitación. No le interesan sus inquietudes, no se aflige por sus desventuras ni se alegra por sus logros y júbilos. Le aburre su conversación y no siente curiosidad por sus vidas. Sencillamente, no encuentra interés por la compañía de otros. Hombres y mujeres le son indiferentes por igual y su presencia le resulta tediosa, molesta.

Hace ya tiempo que Winston, en cambio, ha empezado a tratarlo con más afecto. A menudo, cuando fuman sentados en un banco del patio, le rodea con el brazo dándole pequeños golpes con el puño en el hombro. «Bróder, cuando salgamos del trullo nos iremos a farrear, los dos juntos, en gajo», le dijo un día. Él asintió en silencio, esbozando una sonrisa. Ambos saben que eso es imposible, que al ecuatoriano aún le quedan muchos años por pagar y que, si alguna vez sale de prisión, será demasiado viejo para correrse las farras que tanto echa de menos.

Winston domina el módulo junto a su gente, pero eso no le hace invulnerable ni le protege de las amenazas que de un tiempo a esta parte parecen haber arreciado. Nunca comparte sus preocupaciones con Carlos, pero él percibe que desde hace unas semanas algo le inquieta. En los dos años que llevan compartiendo celda ha observado pocos cambios en su conducta. Pero desde hace no mucho los dos presos que siempre le acompañan, o por mejor decir le escoltan, permanecen más cerca, incluso pegados a él cuando camina por el patio. Winston también ha dejado de cumplir con su rutina diaria, la única actividad que hace en solitario: la lectura en la biblioteca del módulo, sin nadie a su alrededor que pueda distraerle o incomodarle cuando se zambulle en las páginas en las que pierde la noción del tiempo y con las que logra evadirse rebasando los muros.

Aunque la biblioteca es uno de los espacios menos frecuentados por los presos, y pese a que la mayoría únicamente acude a ella a trapichear, tratando de esquivar allí la acechanza de los vigilantes, cuando Winston entra por la puerta para cumplir con su diaria sesión de lectura hasta el preso bibliotecario sale discretamente, dejándole con la única compañía de Santiago, Aureliano, Horacio, el Jaguar, Florentino, Úrsula, Melquíades, la Maga, José Arcadio, Urania y, sobre todo, Ángela.

Sin embargo, ahora los dos pretorianos apostados en la puerta de la biblioteca ya no deben parecerle suficiente protección en esos momentos de embelesamiento, de vulnerabilidad, cuando inmerso en la vida de otros baja la guardia para dejarse llevar por las palabras. Por eso, muy a su pesar, su celda ha empezado a llenarse de libros y Winston ha mudado allí su otra realidad, la que se desarrolla en las vidas ficticias ideadas por otros, obligándole así a apagar la televisión mucho antes cada noche para dejar tiempo a la lectura. Gabriel, Julio, Mario habitan ahora con ellos.

En una ocasión, viendo a Carlos repasar los lomos de los

libros perfectamente alineados, con gesto cínico Winston le dijo «Si no fuera por esta panga de amigos hace tiempo que me habría colgado de un barrote de la ventana y, como soy patucho, no me salvo. Ni modo». Luego disparó una carcajada que a punto estuvo de alcanzar a Carlos, que logró esquivarla esbozando una mueca que el otro tomó por sonrisa.

CAMILA

Marcos pasaba el día sentado en un taburete de madera apoyado en la chapa del kiosco, observando por un lado a quienes, cuando bajaba el calor, tomaban el fresco o descansaban sentados en los bancos de la plaza del Sol y, por el otro, a quienes caminaban por el paseo ahora en dirección a Gibraltar, ahora de vuelta, dejando la roca a sus espaldas. Nadie escapaba al miope control que ejercía, siempre con un libro entre las manos, devorando cuanto cayera a su alcance, desde raquíticas novelillas baratas hasta pesados volúmenes de sesudos escritores rusos. Toda lectura parecía tener cabida en la cabeza cebona del kiosquero, siempre que no hubiese de pagarla y, tras fulminarla, tuviese cabida en los apretados anaqueles de metal del tenderete que rebosaba de canicas, recortables, Montaplex, YoyYos, Mortadelos, Zipis, Anacletos, Lylys, Rompetechos, Esthers, chicles, sidrales, caramelos, regalices, cigarrillos de chocolate y también de los otros, de los de verdad, los que marcaban la frontera entre los niños y los hombres y que Marcos vendía por unidades. También cambiaba tebeos y revistas porno. A duro el cambio y solo si el ejemplar que se entregaba estaba en buenas condiciones.

Arrellanado en el escueto taburete, su corpachón desmesurado intimidaba a los niños del pueblo que a diario desfilaban por el templete con sus monedas en el puño cerrado hasta que, aún calientes, pasaban al cajón de madera que Marcos custodiaba entre sus pies. El puesto de vigilancia se lo había proporcionado su padre, persuadido de que no habría otra forma de que aquel hijo suyo pudiera ganarse la vida si no era trabajando sentado y con poco esfuerzo. Así que, el mismo día que cumplió los diecisiete, Marcos ocupó su lugar y allí, en solo dos meses, por el espanto de verse tan de repente dueño de sí mismo y de su futuro, perdió el pelo a jirones, aunque solamente en la mitad derecha de la cabeza, donde fueron apareciendo grandes clapas redondas de piel lisa y brillante. Eso hizo que ganara un nuevo nombre: el Dosmitades, y por abreviar, Ades el del Sol, o simplemente Ades. Antes de cumplir los veinte las dos mitades de su cabeza se habían igualado, dejándole una calva resplandeciente y un mote del que ya pocos recordaban el origen.

A pocos metros del kiosco de Ades estaba la choza en la que creció Camila, pegada al delantal de la abuela Caela. Soldada a ella y a la lumbre del fogón. El sol casi no llegó a conocerla hasta cumplidos los siete años, cuando comenzó a acudir a la escuela. Y no por voluntad del abuelo, que decía a todo aquel que quisiera oírle que una mujer no precisaba saber nada más que las cuatro reglas y unas pocas letras. Lo hizo gracias a las dos mujeres que envió el ayuntamiento y al párroco del Carmen, que hartos de consumir su tiempo en visitas en las que no se les permitía pasar del zaguán, y tras repetir mil veces los mismos ruegos y amenazas, vieron como

única salida para escolarizar a la niña ofrecer al abuelo Rogelio una exigua paga a cambio de que Camila acudiera a clase.
A la vista de dinero tan fácil el abuelo le permitió por fin
acompañar a sus hermanos y asistir a la escuela. Algo que,
por otra parte, no le importaba en absoluto, como tampoco le
había importado la niña hasta entonces.

Quizá por haber pasado tantos años en la penumbra de la
choza, sin apenas salir de aquellas cuatro paredes más que a
la caída de la tarde para jugar sola en la puerta, su piel era de
un blanco radiante, como el de los picos nevados que solo
habían visto en las fotografías de las revistas de viajes y en las
postales que amarilleaban en el kiosco.

A la blancura de su piel se oponía el largo pelo que se de-
rramaba por su espalda, como un torrente negro y brillante.
«La niña de la cabellera de obsidiana», le gritaba Ades al verla
pasar cada mañana desde su puesto de observación, sin que
ni Camila ni sus dos hermanos, Carlos y Lolo, entendieran a
qué se refería, pero provocando invariablemente una luminosa sonrisa que ella dedicaba al lisonjero kiosquero mientras
avanzaba flanqueada por sus escoltas, más posesivos que protectores. Esa sonrisa dibujaba en el rostro de Ades un gesto
entre admirado y absorto, con el eterno cigarrillo humeante
atrapado entre los rechonchos dedos de la mano derecha mientras les seguía con la mirada embelesada hasta que se per-
dían tras la esquina. «Con cara de bobo», según la inapelable
sentencia que a diario dictaba Lolo, el mediano, mientras se
alejaban camino de la escuela.

Pese a haber pasado tantos años sin conocer otro horizonte que el de los muros de la chabola, sin jugar con más niños
que sus hermanos, ceñudo uno y apocado el otro, ni haber

conocido a más adultos que un padre velado, una abuela lúgubre y el abuelo, hosco y cetrino, Camila era la más luminosa y alegre de las niñas.

Irradiaba una alegría que envolvía a todos aquellos que la conocían, algo que hasta entonces le había pasado completamente inadvertido a Carlos y que, al poco de comenzar a asistir a la escuela, se le reveló de forma abrumadora. Fue cuando Lolo y él perdieron sus nombres, aquellos por los que les llamaban cuando, a gritos, los otros niños les reclamaban la pelota mientras jugaban en el patio, los animaban durante las peleas a pedradas con los de las monjas en la rivera de las cañas, o reclamaban su auxilio cuando alguno se quedaba enganchado en las zarzas, huyendo de los guardeses de alguna finca donde ya habían madurado las naranjas o caído al suelo las almendras. De la noche a la mañana dejaron de llamarse Carlos y Lolo, o «los Catalanes», y se convirtieron en los hermanos de Camila, repentinamente degradados a una subordinación desconocida hasta entonces para Carlos. A cambio de esta pérdida de identidad, dejaron de ser unos desconocidos para los adultos, a excepción de sus respectivas maestras y del director de la escuela, a quienes la sola mención de sus nombres provocaba una irritación que llegaba a ser incluso física en el caso del director.

De un día para otro Carlos pasó a ser el hermano mayor de la niña más querida y alegre de la escuela. Su nueva identidad le dejó durante unos días descolocado. Los profesores le sonreían y saludaban por los pasillos de la escuela. Los otros chicos buscaban su compañía. Incluso aquellos que hasta hacía poco le rehuían atemorizados se atrevían ahora a pasar a su lado e incluso, los más inconscientes, a dejar entrever un saludo. También las chicas, unas desconocidas que habitaban un mundo paralelo al suyo, parecieron descubrir entonces su existencia, cuchicheando entre ellas a su paso, dirigiéndole furtivas miradas y sonrisas.

Ese cambio fue evidente para los que eran sus dos únicos amigos, o más bien compinches, Joselito y Tono, los secuaces con los que, seguidos siempre de cerca por Lolo, saltaba la valla del colegio para recorrer las tascas del puerto en busca de colillas aún no completamente apuradas y también los que le ayudaban a vaciar los bolsillos de los borrachos o a romper el candado de los cofres de estiba de las barcas varadas en busca de botellas de aguardiente y aparejos que pudieran vender a cualquiera de los patrones que no quisieran hacer preguntas y pagaran bien.

Joselito y Tono no podían ser más diferentes. Joselito era hijo de un contratista de obras que enviudó cuando el niño era aún demasiado pequeño para poder recordar a su madre. El padre había decidido colmarlo de todos los antojos y deseos que salieran de su boca, no por tratar de suplir la ausencia de la madre muerta, sino para anular la misma existencia del hijo, a quien satisfacía cualquier deseo antes incluso de que llegara a expresarlo.

Tono era, en cambio, un pillo andrajoso, surgido del más inmundo lodazal de la ciudad y cuya familia, después de que su antiguo chamizo se viniera abajo por una avenida de aguas, había sido realojada en unos bloques de viviendas minúsculas y desvencijadas ya desde el mismo momento de su construcción. En una suerte de sarcasmo funcionarial, la nueva vivienda estaba en la zona conocida como «las calles de los ríos». Allí la calle Tajo confluía con la Ebro y el pasaje del

Duero iba a desembocar a la calle Guadiana. El agua que corría por esos cauces imaginarios debía ser la única que conoció Tono, porque después de haber sufrido la inundación parecía como si toda la familia hubiera hecho el propósito de no acercarse a más líquidos que el aguardiente y el vino.

Una mañana, al poco de la llegada de Camila a la escuela, Carlos y Joselito anudaban a un palo las patas traseras de una lagartija para impedirle huir mientras Tono sujetaba entre sus dedos la cola que, ya desprendida del cuerpo del animal, se retorcía entre sacudidas.

En ese momento entró en el patio Camila y, con aire jocoso, Tono comentó:

—Mira, Catalán, tu hermana. Qué suerte tienes. Qué guapa es. No como las mías, que son todas más feas que un perro. —Y elevando la mano en la que sujetaba la espasmódica cola de la lagartija, añadió—: Así me pone la picha cada vez que la miro: dura y nerviosa, como azogada.

Aunque Carlos no dijo nada, su mirada fue suficiente para Tono, que prudente decidió callar y no volver a comentar nada sobre Camila. Sin embargo, no apartaba los ojos de ella cada vez que la tenía al alcance de su mirada. Pero él no era el único: Camila tenía el poder de imantar las miradas y de oscurecer a la vista todo cuanto la rodeara.

A Carlos aquel cambio en la actitud que le dispensaba la gente no le gustó. Era una alteración de su mundo, una mutación que él no había pedido y que no toleraba.

Una mañana, cuando aún no habían pasado tres semanas desde la llegada de Camila a la escuela, un repetidor de último curso, dos años mayor que Carlos, se tropezó con él al cruzarse distraídos en mitad del patio. El encontronazo fue leve, un topetazo sin consecuencias. Carlos cayó al suelo, pero el otro muchacho, que caminaba con un bocadillo en la mano al que iba dando grandes mordiscos, siguió su camino tras dirigirle un gesto de descargo. «No ha pasado nada. Los dos hemos tenido la culpa. Dejémoslo aquí y no le demos más importancia», parecieron decir su mirada y la mano alzada a media altura.

Sin embargo, Carlos se levantó con la quijada tensa, el mentón hundido y los puños cerrados. Sus ojos, normalmente fríos e inexpresivos, habían adquirido la determinación de una ira desmedida que pugnaba por escapar de su interior. Dio dos pasos tras el chico, que se alejaba ajeno al inminente ataque, cuando alguien se interpuso sujetándolo por el brazo. Era Tono, que mirándolo a los ojos le dijo:

—Carlos, no. Coño. Que está mirando todo el mundo. Y también está tu hermana.

Camila le observaba desde el otro extremo del patio, donde jugaba a la comba. Se había detenido en mitad de su turno, de pie y en silencio, con la respiración agitada mientras la cuerda golpeaba sus pantorrillas y las demás niñas daban palmas y cantaban a coro «Yo tengo unas tijeras que se abren y se cierran. Yo toco el cielo. Yo toco la tierra. Yo me arrodillo y me salgo fuera...».

Vio también a Lolo, sentado al final del patio. Solitario y marchito, como solía estar desde hacía unas semanas.

Lo derribó con el primer golpe y antes de que nadie pudiera reaccionar ya había saltado sobre él. A horcajadas sobre su pecho descargaba un puñetazo tras otro. Hundiendo dientes.

Rompiendo huesos. Fracturando el cráneo sobre el cemento. Cuando finalmente el director, dos profesores y el bedel pudieron sujetarlo y arrancárselo de encima, la cara de Tono era una masa de sangre en la que la única señal de vida eran las burbujas rojas que brotaban del lugar que antes ocupaban nariz y boca.

A Carlos se lo llevaron dos guardias civiles. Tardó nueve meses en volver de nuevo a la escuela y, cuando lo hizo, pocos se atrevieron a sostenerle una mirada que se había vuelto aún más huraña y fría.

A su vuelta a casa, el abuelo receló de él tanto como para no querer siquiera pensar en un castigo. Delegó esa encomienda en su hijo, pero Ignacio no fue capaz de decidir a quién temía más, si a su primogénito o a su padre, y dejó pasar el tiempo sin acabar de decidirse.

En cambio, el abuelo impuso a Lolo la pena que no se atrevió a aplicarle a Carlos. Lo enroló en una traíña. Cada día al salir de la escuela cargaba con los trabajos de menos maña, los más sucios y desagradecidos. Con eso logró quitárselo de en medio y alejarlo de la casa la mayor parte de las tardes y casi todas las noches.

EL PINCHO

Cuando a las siete y media la voz del funcionario anunciando el recuento atruena en la megafonía, Winston ya lleva horas en pie y ha tenido tiempo de preparar todo lo que esa mañana va a necesitar. Sobre su catre dos grandes bolsas de plástico transparente contienen todas sus pertenencias y junto a ellas unos periódicos y varias revistas apiladas. Para Carlos son la confirmación de lo que va a suceder tan pronto como bajen al patio.

Sentado a los pies de la litera, Winston fuma en silencio con la mirada fija en la ventana abierta por la que, junto a la brisa fría de la mañana, se cuelan los rutinarios sonidos que anuncian el comienzo de una jornada más en el penal de Botafuegos. Puertas que se abren con estrépito, las voces de los funcionarios que se saludan al relevarse el servicio y el rumor que llega desde el interior de las celdas de los presos más madrugadores.

Observando aquel rostro impasible, casi vegetal, a Carlos no le es posible saber lo que pasa por la mente de Winston. Pero de lo que sí está seguro es de que esa no es la primera ocasión en la que el ecuatoriano va a empezar el día con la determinación de matar o morir.

Al bajar de la litera ve los dos pinchos sobre la mesa. Desde el día en que conoció a Winston, hace ya casi tres años, albergaba la certeza de que en algún lugar debía de esconder un arma. No sabía dónde, pero en algún sitio estaba, eso era seguro. Aguardando el momento en que el historial de su dueño y el apoyo de sus compadres no fueran suficiente disuasión para quien pretendiera defenestrarlo del trono que llevaba ocupando años, el del kíe más duro y temido de la prisión, el del que ha manejado a su antojo y deseo el flujo de drogas y favores, y hasta la vida de los presos del penal. Pero lo que nunca se le ocurrió pensar a Carlos es que fueran dos las armas, que estuvieran dentro de aquella misma celda y que, además, hubiera podido ocultárselas durante tanto tiempo.

Una vez más, Winston ha logrado sorprenderle. Durante todo ese tiempo los pinchos no han estado en los escondrijos en los que cualquiera en la prisión habría podido suponer. No en la lavandería, ocultos en los bajos de las lavadoras o de las secadoras. Tampoco en la consigna, entre las estanterías donde se amontonan las mochilas y bolsas de deporte de los internos. Ni, por supuesto, en los desagües de las duchas o en la celda de cualquier otro preso, alguno de los muchos que trabajaban para él y que, por propia voluntad las menos de las veces, o por temor a las consecuencias que tendría no obedecer sus órdenes las más de las ocasiones, cumplen con todo lo que Winston ordene. No, los ha tenido allí todo el tiempo, en su propia celda, delante de sus narices.

El más imponente de los dos pinchos debe de medir casi treinta centímetros. Es llamativo, aunque también difícil de ocultar y de manejar en una pelea. Con todo, el artesano que lo fabricó hizo un buen trabajo. Se trata de un trozo de varilla con una punta tan aguda que, para afilarla, el maestro armero debió emplear semanas de trabajo, puliendo pacientemente el metal de la baqueta contra el cemento. El mango, adaptado a la palma de la mano, está hecho con un cordón blanco enrollado hasta formar un óvalo rematado por un asa hecha con el mismo bramante. Está pensado para que quien lo empuñe pueda lacearlo alrededor de la muñeca y de ese modo evitar que durante la refriega el pincho caiga al suelo, al alcance del contrincante, y acabe clavado en el estómago de quien lo empuñaba primero.

La otra puya, en cambio, es más rudimentaria, pero al mismo tiempo más inquietante. No debe de medir más de quince centímetros; de ellos, algo más de la mitad corresponden a un mango fabricado con dos pequeños trozos de madera unidos entre sí con una cuerda enrollada con fuerza y acabada también en una lazada en forma de ojal. La hoja está hecha con el hueso de una chuleta de cerdo, tan pulido y endurecido que su superficie pardusca brilla bajo la luz del amanecer. La punta es curvada y tan afilada como la hoja de un bisturí, incluso deja intuir el canal interno del hueso, en el que se aprecian unas manchas oscuras que tanto pueden ser vestigios del antiguo tuétano como restos de la sangre seca de quien ya tuvo la desgracia de probar su eficacia mortal.

Carlos ha visto suficientes peleas como para saber que, aun con su menor tamaño y su aspecto tosco, en las manos adecuadas, con la habilidad y la determinación suficiente, ese hueso es mucho más peligroso que la gran varilla metálica. Ambas armas aguardan la oportunidad de demostrar su eficacia en las manos de Winston.

—Mijín, cuando un hombre va a bronquearse y sabe que le

va la vida, tiene que sacar la madre. Hoy bajaré solo. No tendré a mis panas ahí abajo. Ya no queda nadie. A todos les ha dado culillo y se han rajado. O se han ido con ese gitano huevón. O les han dado matazón, que también eso sucedió.

Winston habla sin mirarle. Con el cigarrillo todavía entre los labios y los ojos medio cerrados, tratando de esquivar el humo.

—Yo estoy contigo. Con los dos a la vez no se atreverán —se oye decir a sí mismo Carlos.

—No diga huevadas, mamón. Si usted se mete por medio lo van a despresar y no les va a durar ni un minuto. Ahí abajo habrá presos cebados, que ya se han llevado por delante a manes más arrechos que usted. Si se mete por medio esos hideputas se lo van a comer.

Carlos tiene el impulso de responder, de proclamar que está a la altura, que es tan bravo como él y como todos esos que estarán en el patio esperándole. Pero baja la vista, aunque no por vergüenza o cobardía.

—Hoy va a ser un día hermoso, mijín. He soñado con árboles y eso es buen presagio, porque aquí dentro no hay ninguno. Los árboles solo los puedes tocar en libertad y su sombra es más fresca que la de los muros.

Carlos no llega a entender las palabras del ecuatoriano, que habla como ido, paseando entre los árboles que evoca en su imaginación.

Tratando de eludir una respuesta evita la mirada de Winston y es en ese momento, al dirigir sus ojos en dirección al lavabo, cuando descubre de dónde han salido los pinchos. Winston tiene allí mismo una caja fuerte, un agujero hecho en la pared de hormigón macizo de la celda. No es más que una oquedad ovalada de apenas un palmo que va de parte a parte en el espacio que ocupaba la baldosa blanca que ahora reposa sobre el lavamanos metálico.

Carlos admira la sencillez, el ingenio y el tiento con el que el responsable de aquella pequeña obra ha horadado la pared, rebajando el cemento necesario para ocultar los chuzos. El azulejo debe de haber sido fijado en su lugar con pasta de dientes, que también servirá para simular el revoque exterior, con tal acierto que, aún después de años viéndolo a diario, él no ha sido capaz de reparar en el engaño.

Winston le saca de su ensimismamiento.

—Está bueno el quiñazo, ¿no es cierto? Casi un año estuve bregando, pero mientras afilaba la guadúa se iba haciendo sola y al final pensé, qué carajo pos aquí los guardo, no más.

Sonríe al decirle esto último, pero sus ojos conservan la frialdad acostumbrada, enturbiada ahora por un nubarrón en la mirada que Carlos quiere interpretar como un mal presagio para el zambo.

—Mijín, venga acá y ayúdeme a legajar estas revistas por la espalda, no sea que los asocios del gitano me vengan a dar una cachada por la retaguardia cuando esté estacando contra la pared a ese puto.

Carlos le ayuda a hacer lo que le pide y a los pocos minutos acaban de montar una armadura de papeles compactada con bolsas de basura que cubre el pecho y la protuberante panza de Winston, al tiempo que le protege también la espalda desde la cintura hasta los hombros.

A continuación, Winston se cubre con periódicos los brazos y las piernas, enrollándolos de forma que codos y rodillas quedan al descubierto, para no entorpecer sus movimientos.

Al finalizar la tarea a Carlos le parece que el pequeño kíe, con su armadura de papel y plástico, resulta ridículo.

Luego, el ecuatoriano se viste con una camiseta y unos pantalones amplios, cubriendo por completo la coraza. Remata su parapeto con unas botas y una chaqueta, una chompa según él, que le cubre hasta más abajo de las rodillas. Su tela encerada aunque ligera le dará cierta ventaja si los puyazos le llegan al bies.

Winston sujeta un pincho en cada mano y los sopesa. La piel tersa y oscura de su rostro brilla por la tensión de la mandíbula crispada y ligeramente adelantada, mientras con los ojos entrecerrados observa las dos armas, valorando cuál será la más adecuada para hacer frente al gitano Cortés y a su gente.

Inspirando profundamente, aprieta la mano derecha, con la que sostiene la larga y afilada varilla, al tiempo que lanza sobre la cama el pincho de hueso, que ha descartado. Carlos observa cómo Winston trata de enfundar el metal en el forro posterior de la chaqueta, a la altura de la cintura, y piensa que se equivoca. La varilla es imponente, sí, pero demasiado grande y le resultará difícil manejarla en una lucha cuerpo a cuerpo. Sin embargo, calla. Es evidente que Winston debe de tenerle querencia a esa arma que fabricó él mismo y que, además, seguramente trata de compensar su menor envergadura con un arma larga, con la que se siente más seguro.

Recoge de la cama el pincho de hueso y admira la tersura de la hoja aguzada hasta el extremo. Es dura y resistente, y la empuñadura se ajusta a la palma de su mano como si hubiese sido hecha expresamente para él, a su exacta medida. Siente que empuñando aquel pincho podría acabar con cualquiera.

Hasta con el propio Winston, a quien ahora la armadura de papel ha convertido en un ser torpe y lento. Le podría rebanar el cuello antes de que tuviese tiempo de reaccionar.

—Deje eso, huevón. Ya le dije que no iba a venir conmigo —le advierte Winston, mientras deja la chaqueta sobre la cama a la espera de que llegue el momento de salir al patio.

—Iba a esconderla en el agujero —miente.

—Bien, pues dele. No quiero que los boquis pillen la chuleta. Lleva mucho haciéndome compañía.

Carlos encaja el pincho en el hueco horadado en el hormigón y se dispone a rellenar el espacio con pasta de dientes, pero Winston chasquea la lengua y lo aparta asiéndolo por el hombro mientras le arrebata el azulejo blanco con la otra mano.

—Déjeme a mí, huevón. Si solo pone pasta de dientes, se caerá en una semana. Ve, mijín. Hay que empañetar con arena de esta y una miaja de cal que me consiguieron de los talleres. —Mientras dice esto extrae del cubo de basura una bolsa con el polvo blanco y otra con una pequeña cantidad de arena. Amasa la mezcla añadiéndole agua hasta que adquiere la consistencia que considera adecuada—. Pasta le tiene que poner poca dentro, para que la lechada no se fije tan firme que luego no pueda sacarla. Es mejor rebozar por fuera y así le sirve también para el enlucido.

En menos de dos minutos la baldosa vuelve a ocupar su sitio en la pared sin que nadie pueda sospechar qué se oculta tras ella. Solo una pequeña muesca con forma de medialuna en la parte inferior la diferencia de las demás piezas que cubren las paredes del escueto lavabo de la celda. Con toda seguridad aquella marca la hizo el propio Winston para señalar el lugar donde esconde su particular tesoro.

Cuando acaba el trabajo de alicatado, Winston se vuelve hacia él. Aparenta estar relajado, incluso alegre. Carlos piensa que de no haber acabado en prisión el ecuatoriano podría haber sido feliz trabajando de albañil o de carpintero.

En ese momento a través de la megafonía suena el aviso de recuento y empieza el rumor de puertas que los funcionarios van abriendo de una en una.

Ambos se colocan con desgana al fondo de la celda, esperando a que les llegue su turno.

—Buenos días. Recuento.

—Buenos días, don José. Otro día más, ¿no es cierto?

—Otro día más, Winston. Y un día menos para usted. Que la libertad está cada vez más cerca.

—¿La libertad, don José? No me haga reír, que es muy temprano para esas chanzas.

El funcionario cierra la puerta esbozando media sonrisa.

Cuando quince minutos más tarde vuelve a sonar la megafonía y las puertas se abren de nuevo para que los presos bajen al patio, el jefe de módulo está otra vez allí, apoyado en la pared frente a la puerta de su celda.

—¿Qué va a pasar hoy, Winston?

—No sé a qué se refiere, don José. No va a pasar nada. El tiempo es lo que pasa. Para todos lo mismo. Y es el único que nos iguala. ¿No es cierto?

—No me tome por tonto, Winston. Y déjese de filosofías de tres al cuarto. ¿A qué vienen esas bolsas sobre la cama? ¿Espera acabar en el chupano y no quiere que nadie le prepare el equipaje? Venga, dígame qué va a pasar. Quizá podamos evitarlo.

Mientras el jefe de módulo habla, Winston niega con la cabeza mansamente.

—Mire, don José, yo no le tomo por tonto. Eso se lo dice usted. Las cosas las he guardado, sí, pero porque estoy cansado de estas vistas y esta noche recién me dije: quiero un cambio y que don José me ponga en otra celda, en una de esas desde las que se ve la sierra. Quiero ver las montañas cuando me despierte por la mañana. No más.

—Ya veo que no me lo va a contar. Está bien. Pero sepa que no le voy a quitar el ojo de encima en todo el día. No me la líe, Winston. No me la líe.

Cuando el funcionario se aleja, Winston deja escapar un reniego entre dientes: «Conchasumadre. Se percató el muy cabrón». Lo dice para sus adentros, sin esperar respuesta. Pero Carlos sí le habla.

—Pues si lo vas a tener encima, se va a joder la cosa.

—¡Mama verga! ¡No sea huevón! Aunque el mandón esté al acecho los gitanos están picados y no van a dejarlo pasar. Hoy es el día. Acérqueme el caucho, nomás.

Carlos le acerca la chaqueta y, como los brazos enfundados en papeles prensados de Winston no pueden doblarse lo suficiente, le ayuda a colocársela y a esconder el pincho en el bolsillo interior.

Winston sale y se dirige a las escaleras. Camina pegado a la pared para proteger uno de sus flancos y poder ver desde mejor ángulo a los presos que salen de las celdas que una funcionaria va cerrando a sus espaldas. De nuevo para sí mismo, el ecuatoriano musita: «Es muy jodón, pero es legal el jodido don José».

Cuando por fin bajan, la tensión se palpa en el patio. Todos saben que la lucha que desde hace meses mantienen Winston y Cortés por el control del módulo se va a resolver esa mañana.

Desde que Cortés comenzó a colocar su mercancía, el

precio ha bajado y a la gente de Winston le cuesta cada vez más mantener la fidelidad de los clientes, que se pasan al nuevo tratante. Cortés ofrece el mismo producto, pero a mejor precio. Además, sus hombres se muestran más flexibles con los pagos. El procedimiento es el mismo: compra ahora y que alguien pague luego, casi siempre a través de un ingreso en una cuenta bancaria en el exterior. Pero los de Cortés permiten fraccionar el pago en cómodos plazos. Incluso hay quien se ha abonado a una especie de suscripción mediante la cual, gracias a un pago fijo mensual, se le garantiza un suministro seguro de la sustancia que escoja. Hay diferentes tarifas en función del material al que se esté suscrito, desde una básica que incluye solo el suministro de hachís, hasta una *premium* que permite acceso a todo tipo de sustancias en una cantidad limitada pero suficiente para la mayor parte de ellos.

Además, por si eso fuera poco, hace ya tiempo que los proveedores de Winston empezaron a fallar y a darle la espalda, por lo que no consigue garantizar la cadena de suministro. Es como si todos ellos hubieran dejado de confiar en su solvencia. Una auténtica crisis de reputación contra la que, pese a que ha tratado de activar a todos sus agentes en el mercado exterior, se ve incapaz de luchar.

Incluso los presos que tienen deudas pendientes han dejado de pagarle, contaminados por la idea de que el poder de Winston se ha debilitado y ya no va a ser capaz de obligarles a afrontar los pagos.

Este estorbo es el más grave de todos y el que asesta la puntilla a su industria. Cuando los primeros deudores se resisten a satisfacer lo consumido, sus hombres se ocupan de recordarles las obligaciones del contrato, como de costumbre. Pero al poco, la gente de Cortés empieza a entrometerse, ofreciendo préstamos blandos, líneas de crédito y, después, incluso protección a los clientes insolventes. Ahí es donde se produce el choque más grave. Cuando los hombres de Winston se las ven con los de Cortés y, debilitados como están por la falta de tensión y competencia durante años, pierden la partida. Algunos, azuzados por el miedo o la promesa de mejores soldadas, fichan por la nueva industria.

Las leyes del mercado son implacables. En pocos meses Cortés se ha quedado con los proveedores, la mercancía, los clientes y la mano de obra. Además, su reputación y el respeto entre todos los que participan de aquel negocio ha crecido al mismo ritmo al que se han perdido los de Winston, a quien ya solo le queda una salida: desbancar a la competencia y recuperar el mando.

Ese es el día en que el patio en pleno espera que se produzca la respuesta del ecuatoriano. Las señales son evidentes. La noche anterior, al finalizar la cena, la mesa que ocupaban Winston, Carlos y el Ñate, el último de los hombres de Winston que seguía aún fiel a su lado, recibió una lluvia de restos de comida, trozos de pan a medio masticar y salivazos. Aguantaron la afrenta tratando de ver de dónde provenían. Pero, sin necesidad de confirmarlo, los tres saben que el origen de los proyectiles les llevaría a los hombres de Cortés.

Justo después de la subida a las celdas el preso encargado de la limpieza del lavabo del patio alertó a los funcionarios. El Ñate estaba tirado en el tigre, sobre un charco de sangre y orín, inconsciente, con la mandíbula rota y un navajazo en la pierna. Los funcionarios tuvieron que llevarlo con urgencia a la enfermería, desde la que una ambulancia lo evacuó al hospital. Nadie sabía si sobreviviría.

Winston estaba solo y no podía soportar más humillaciones. Su respuesta no podía demorarse un día más. A nadie se le pasó por la cabeza que provocara a los funcionarios para que se lo llevaran en aislamiento al chupano. Winston había perdido el negocio frente a Cortés y su gente, pero no la dignidad del kíe que llevaba siendo desde hacía años. No se iba a arrugar, eso era seguro. Si había de salir del módulo, sería con los pies por delante.

Nadie contaba con Carlos. Ninguno de los presos que ahora observaban expectantes la entrada de Winston en el patio había considerado la posibilidad de que diera la cara por el ecuatoriano. En los casi tres años que llevaba en el módulo, compartiendo siempre celda con él, nunca había participado de sus negocios ni se había implicado en ninguno de sus manejos. Era su compañero de celda, solo eso.

Winston entra en el patio solo, avanzando con pasos lentos. Los faldones de la chaqueta se bambolean a un lado y otro, rígidos, contrariando el ritmo de sus piernas arqueadas.

Cortés lo observa desde el otro extremo del patio, rodeado de sus hombres. La actitud socarrona del gitano se torna en carcajada como respuesta al comentario de uno de los miembros de su séquito que, por enésima vez, se mofa de la corta estatura de su enemigo.

Pero la risa y la mirada del gitano no es la de otros días. Una nube negra de recelo e inquietud vela su aparente alegría y le impide apartar la mirada de Winston, que se ha detenido junto a la puerta del gimnasio y con movimientos almidonados enciende un cigarrillo. Como un autómata al que no le quedara ya suficiente cuerda.

Aunque ríe las chacotas que a costa de Winston va encadenando su gente, Cortés sabe que aquella no es una presa fácil y que no se va a dejar vencer dócilmente.

De repente el ecuatoriano tira al suelo la colilla que apuraba y comienza a andar con paso vivo, cada vez más rápido, en dirección al grupo que rodea a Cortés quien, imponiéndose por encima de las demás voces dice: «Estaros ya de flamear. Que viene el payo. ¡Que viene el payo, coño!».

Todos se vuelven entonces en dirección a Winston, que los enfrenta con la determinación de la muerte dibujada en la mirada.

Don José y otros dos funcionarios han permanecido atentos a los movimientos del ecuatoriano y también vigilan de cerca al grupo de Cortés. Al ver que Winston inicia la carrera, tratan de interceptarlo. Pero unos presos se interponen en su camino mientras simulan jugar con un balón y forman una barrera humana que les impide el paso. Varios de los presos y uno de los funcionarios caen al suelo.

Mientras avanza hacia Cortés, Winston palpa con su mano derecha el forro de la chaqueta en busca del pincho. Pero el hierro no está. Ha desaparecido y en su lugar solo encuentra dos cepillos de dientes anudados entre sí.

Winston se detiene bruscamente en mitad del patio y busca con la mirada a Carlos, pero no lo encuentra. El ecuatoriano sabe que con las manos vacías no puede enfrentarse a Cortés y a su gente, ha perdido la partida. El reinado ha llegado a su fin. Sujeta un cepillo de dientes en cada mano y con su espalda encorvada bajo el peso de la traición y la derrota vuelve sobre sus pasos hasta apostarse en la puerta de la biblioteca, cerrada a esa hora. Allí está, tratando aún de abrir la puerta, cuando oye a su espalda el ligero crepitar de un chándal de nailon a la carrera y la goma de unas zapatillas que, apresuradas, se desplazan sobre el cemento húmedo por el rocío de la mañana.

Tiene tiempo de girarse y ver cómo el joven yonqui empuña el que hasta hace nada era su propio pincho con ambas manos, levantando la larga y afilada varilla metálica por encima de la cabeza mientras corre hacia él. Winston levanta el brazo para protegerse en un gesto instintivo y el pincho le atraviesa la palma de la mano derecha. El golpe firme que el yonqui le ha asestado hace que la hoja penetre también en el cuello, provocándole un dolor frío que se abre paso bajo la clavícula, buscando el corazón.

Winston lo mira fijamente con los ojos muy abiertos. Como si no pudiera creer que ese guiñapo sea quien lo ha empuado.

Con la mano derecha inutilizada aferra el pincho con la izquierda, arrancándolo lentamente de la carne. Cuando el metal sale finalmente de su cuello, un chorro de sangre empieza a manar a borbotones, y con cada latido de su corazón riega el cemento como una fuente. Antes de caer de rodillas sobre el charco escarlata que crece bajo sus pies, Winston dice: «Puto cachero jodón. Me has matado», y después se desploma.

Cortés cumple su parte y dos días más tarde un tipo de piel tan oscura como el café con leche que les sirven cada mañana en el desayuno se acerca a Carlos y le entrega un sobre de color manila, grande y pesado.

No necesita abrirlo para saber qué contiene. Se limita a sujetarlo mientras aguarda a que le llegue el turno y la enfermera le entregue los ansiolíticos que el médico del módulo le recetó el día en que le ordenaron acudir al despacho de entrevistas. Allí se encontró con un cortejo encabezado por el subdirector y del que formaban también parte el jefe de servicios, el jefe de módulo, don José y una psicóloga, todos dispuestos en el pequeño habitáculo, como si posaran para un retrato de grupo y aguardaran a que llegara el Rembrandt que habría de inmortalizarles. En aquel cuadro la psicóloga estaba sentada tras la mesa y junto a ella, de pie con la mano apoyada en el respaldo de la silla mantenía la vista al frente el subdirector. Más atrás los dos mandos uniformados, también de pie, pero recostados en la pared, ofrecían el perfil de sus cuerpos, cabizbajos y observando al resto de soslayo.

Pero quien llegó no fue ningún pintor cargado de óleos y pinceles, sino él. Iba escoltado por dos funcionarios que, obedeciendo a una orden del jefe de servicios, salieron de nuevo, pero sin apartarse de la puerta, dispuestos a entrar si Carlos perdía los nervios cuando recibiera la noticia que nadie quería darle y que él no quería recibir.

Fue así como supo que Camila había muerto. Muerto, no fallecido, como decía la psicóloga, que trataba así de endulzar una noticia que no admitía edulcorante.

La psicóloga no dejó de hablar durante los siguientes cinco minutos. Lo hacía deprisa, deseosa de acabar con aquella situación que claramente la incomodaba incluso más que a él mismo. Trataba de aligerar el impacto de lo que le estaba diciendo, cada vez más nerviosa, más atemorizada, mientras el resto de la comitiva guardaba silencio.

Carlos salió de aquella sala sabiendo que a Camila la habían matado después de violarla y que la habían dejado tirada en El Zabal, junto a una tapia, muy cerca del cementerio.

La noticia le impactó igual que una piedra quebranta la superficie de un estanque: ondas de una ira sólida, palpable, se desplazaron desde el centro del cerebro recorriendo todos y cada uno de los rincones de su cuerpo llenándolo de odio.

Le habían arrebatado algo que era suyo, de lo que nadie debería haber dispuesto, que solo a él le pertenecía. La ira le quitó el aliento y tensó todos sus músculos hasta llegar a dolerle. El corazón cabalgaba dentro de su pecho y el sudor empapó su ropa.

En su mente un solo pensamiento: mataría a quien le había quitado lo que era de su propiedad. Fuese quien fuese iba a morir.

Carlos no aceptó el ofrecimiento que le hizo el jefe de servicios y renunció a hacer ninguna llamada. No tenía con quien hablar y tampoco ningún motivo para hacerlo. La abuela Caela era la única persona que Camila y él tenían en común y también la única que la lloraría, en silencio y tragándose el dolor, sin dejar que nadie supiese de su pena. De nada le iba a servir hablar con ella.

Cuando salió del despacho se giró y observó de nuevo a sus interlocutores: sus caras severas y las sombras provocadas por la luz que entraba por la única ventana, estrecha y enrejada, le recordaron al cuadro que colgaba en la sala de espera del único médico que visitó siendo niño. En él un grupo de hombres, todos ellos vestidos de negro y ataviados con grandes cuellos blancos, observaban cómo otro personaje, tocado con un sombrero, les mostraba los músculos del descarnado brazo izquierdo de un cadáver. Un cuadro siniestro para la consulta de un pediatra que durante años le atrajo y le intrigó.

Aceptó las pastillas que le ofreció el médico del módulo, pero solo para evitar así que cada mañana le hiciera acudir a la consulta con el afán funcionarial de cumplir el protocolo con el que la dirección de la prisión trataba de evitar que se suicidara. Simulaba tomar las pastillas y luego las vendía en el patio, donde no faltaban compradores. Había presos que no habían pasado un solo día de su condena sobrios.

A él no le hacían falta aquellas pastillas. No quería que ni la psicóloga ni la química le calmaran. Deseaba mantener viva la ira, alimentada con el odio que atesoraba dentro.

Como el magma de un volcán, se acumulaba y aumentaba cada día su fuerza y su potencia destructiva, hasta que llegara el momento de explotar. Un momento que Carlos reservaba para quienes habían hecho lo que detallaban con minuciosa meticulosidad los papeles por los que había vendido la vida de Winston.

LOLO

La casa era un chozo de ladrillo encalado que el abuelo había comprado hacía ya más de cuarenta años. En verano, mientras las demás viviendas de la playa se refrescaban por el día con la brisa proveniente del mar y de noche con la corriente más seca que le devolvía la tierra, aquella barraca parecía esquivar el viento, y lo más que podía ofrecer era el resguardo del sol cuando el sofocante calor amenazaba con incendiar el aire. En invierno la humedad se instalaba en su interior como un habitante más, pegándose a las paredes y mordiendo los huesos de los demás habitantes.

El chamizo tenía una sola habitación, ocupada casi por completo por una cama de muelles con un cabezal de hojalata hueca y un colchón de lana. Junto a ella un arcón hacía las veces de armario y cada vez que la abuela lo abría despedía un hedor rancio a ropa vieja y a humedad.

Completaban la vivienda un zaguán algo más amplio que la habitación, con un hogar siempre humeante y un agujero en el techo por única chimenea y, al fondo, un patio.

El mobiliario del zaguán era escueto: una alacena de formica de color turquesa, una mesa de madera basta y cuatro sillas con asientos de paja en las que era preciso hacer esfuerzos para no perder el equilibrio y caer al suelo. Algo que no era raro que le sucediera al abuelo cuando llegaba a casa con la cabeza embotada por el aguardiente y el vino, cuando todos se afanaban en huirle, ocultándose de su mirada vidriosa. Un escaño de piedra recorría la pared contraria al fuego y también servía de asiento en las raras ocasiones en las que recibían visita y las cuatro sillas se hacían pocas.

El patio lo ocupaba casi en su totalidad un cobertizo construido con tablones de castaño, restos de una barca varada y una malla de alambre, mugrienta y repleta de plumas y mierda de gallinas. Aquel gallinero y las aves que albergaba eran el bien más preciado del abuelo.

La abuela habitaba la casa como un fantasma. Una sombra. Como el humo que, tenaz, vivía en el zaguán y ennegrecía las paredes y el techo.

Carlos nunca encontró su sitio allí. Estaba fuera de lugar. No se avenía al persistente humo y a los penetrantes olores que manaban de la olla de cobre renegrido en la que la abuela cocinaba sus pucheros. Guisos de verdolaga y borrajas, algunas veces huevos y otras pocas peludas, sardinas o acedías, pero esas solo cuando los pescadores las descartaban por estar muy golpeadas y rotas, o cuando, ya prácticamente podridas, se deshacían entre las manos. Cuando eso sucedía la abuela Caela las enterraba en un cajón de arena, envueltas en un paño para evitar que se las comieran las moscas, aplacando el olor y dejando así que desaguaran los hediondos jugos que desprendían.

Aunque no importaba demasiado qué cocinara, porque la abuela tenía la extraña virtud de lograr que todo, fuera verdura o pescado, tuviese el mismo sabor a potaje agrio.

Carlos no se acostumbró nunca a no tener un espacio que pudiera considerar suyo. Cada noche dormía junto a su padre y a Lolo en un jergón que por la mañana enrollaban y colgaban del modillón de una de las vigas, colocando de nuevo la mesa y las cuatro sillas frente al fuego siempre encendido, tanto en los húmedos inviernos como en los mucho más frecuentes tórridos días de verano.

Su ropa, la de Lolo y la de su padre también pendían del techo. A falta de armario su lugar era el interior de una bolsa de lona que descolgaban dos veces a la semana. Los sábados para sacar una nueva muda con la que vestirse tras el baño semanal, y los domingos para guardar en ella la que se habían quitado el día anterior, estuviera o no seca tras haberla frotado contra una tabla en el barreño, procurando no desperdiciar el trozo de jabón de sosa que cada tanto les entregaba la abuela.

En aquella casa hostil había un lugar que tenían especialmente vetado y al que, según las normas del abuelo, no debían entrar nunca si no era para trabajar haciendo exactamente lo que él les había ordenado. Y es que nadie podía acercarse al gallinero sin su permiso. Únicamente la abuela estaba autorizada a salir al patio, y ello solo para limpiar la incesante inmundicia que generaban las gallinas. El abuelo no dejaba que nadie se acercara a sus pollos, cuyos pertinaces e irritantes cantos, cacareos y cloqueos no cesaban desde antes del amanecer hasta después de la puesta del sol. La algarabía de aquellos animales era para Carlos aún más insufrible que el hedor que desprendían.

Porque el abuelo era gallero, de gallos finos. Esa era su única ocupación conocida y su empeño. La cría de pollos, a los que celaba con la dedicación y el esmero que nunca había puesto en cuidar de su único hijo ni, por supuesto, tampoco de su mujer, a la que nunca se dirigió por su nombre. «¡Mujer, trae el agua! ¡Niña, no has comprado el grano! ¡Puta vieja! ¡No tienes ningún jeito! ¡Te dije que cerraras la gallera! ¡Que estás desnortá, coño!».

El abuelo se apuraba, llevaba casi cuarenta años apurándose por conseguir los mejores purasangre de la zona. Se afanaba por hacer las cruzas más aventajadas con una veintena de gallinas y los diez o doce gallos que de regular habitaban el corral. Cada uno encerrado en una jaula de malla metálica enrollada en forma de tubo y cubierta de uralita. Las jaulas estaban separadas unas de otras para evitar que aquellos animales pendencieros y crueles se dañaran entre ellos. Los gallos estaban separados también de los pollos, que campaban a su aire por el resto del patio.

Las continuas ayuntas entre primos, hermanos, padres y madres, en lugar de reforzar y mejorar sus ejemplares para la pelea, le dejaban unos pollos enclenques y alelados, sin porte ni presencia. Los alimentaba con fruta fresca, con el mejor grano que podía comprar y que empapaba en leche y mezclaba con migas de pescado y latas de atún. Los arropaba bajo su camisa dándoles calor con su propio cuerpo cuando refrescaba. Y se desesperaba cuando alguno de los que iba a despuntar, según la valoración de su ojo experto, no se recuperaba de la pelecha o le cogía un catarro o un moquillo, se le quedaba ciego o perdía el apetito y se le moría poco a poco. A veces, cuando se encorajinaba con un animal enfermo al que no era capaz de sanar y con el que se había gastado más perras de las que podía y quería reconocer, lo cogía por las patas y lo estrellaba contra la pared. Entonces los demás pollos aleteaban con bulla y piaban alborotados. Pero enseguida se aquietaban, aunque mirando al abuelo de medio lado, los ojos inquietos y torvos, recelando si no serían ellos los siguientes. Al poco los pollos volvían a picotear el suelo, caminando de un lado para otro, meneando las cabezas en todas direcciones y agitando sus carnosas crestas rojas.

El abuelo se cuidaba de sus animales con el esmero que un ganso pone en la cría de sus propios polluelos. Con una dedicación abnegada para que no les faltara nunca comida, agua ni los cuidados que fuese menester para lograr que saliesen adelante e hiciesen así cierta la esperanza que alumbraba con cada nuevo pollo que rompía el cascarón. Que este sí, por fin, le sacara de la miseria de aquella choza a pie de playa y de la insignificancia de una vida anónima, insustancial. El ansia por escapar de la irrelevancia, por destacar de entre los otros y poder mirarlos desde arriba, era lo que codiciaba más que cualquier otra fortuna. Ser alguien, descollar por encima de los demás, imponerse sobre aquellos que ahora ni siquiera le miraban y sobre los que, aún peor, lo hacían para mostrarle su desdén.

A las personas, el abuelo Elio las trataba como hace el alcaudón con sus presas. Empalándolas en afiladas espinas para devorarlas luego poco a poco, arrancando la carne a jirones. Se servía de quienes estaban a su alrededor para su provecho, sin tener en cuenta nunca nada más que su voluntad y capricho. Todos estaban a su servicio y debían obedecerle. El precio de la desobediencia era la vara, el puño o el tizón. Él graduaba el castigo según su humor y el ánimo de cada momento. La falta cometida nada tenía que ver con la pena impuesta y pocas veces Carlos supo prever cuál sería la que el abuelo le impondría a él o a Lolo si olvidaban llenar de agua la tina del patio, limpiar los excrementos de las galleras, despertarle de la siesta a la hora indicada o si el cansancio o la mala fortuna querían que se quedaran dormidos durante las vigilias que, de tanto en tanto, decidía imponerles, obligándoles a mantenerse toda una noche despiertos, desnudos y de pie frente a la puerta de la casa, vigilando el horizonte para correr a avisarle en el preciso instante en que el sol despuntara en el horizonte. Aquello no tenía otro objetivo que demostrarle su aguante y sus redaños. Quizá esa era la misma razón por la que en ocasiones les acechaba en algún lugar y cuando pasaban a su lado los empujaba contra la pared, dejándolos medio inconscientes. O cuando, sin ningún motivo, los agarraba por el cuello hasta que sus caras azuleaban.

A la abuela Caela nunca le puso la mano encima. O al menos no mientras ellos estuvieron presentes. Tal vez se debiera a que, a fuerza de práctica y con el paso de los años, ella había aprendido a anticiparse a sus intenciones y a desaparecer al ver la sombra de la amenaza, cuando él volvía de pasar el día en La Perla o El Pirata, con la cara roja y la camisa abierta, resoplando y sudando vino. O cuando alguno de los gallos le enfermaba y no encontraba el remedio adecuado. También en las raras ocasiones en que volvía a casa después de un desbroce, de pasar la jornada vareando y llenando las tolvas de aceitunas, aterido de frío, con las manos heladas y cuarteadas. O después de trillar en la era bajo el sol del verano. La abuela había aprendido que entonces debía ocultarse o, si eso no era posible, someterse a él de tal forma que le perdiera el interés, dejándola atrás entre improperios y desprecios, mientras buscaba una víctima más propicia a la que empalar entre espinas.

Camila era la única de sus nietos a la que nunca golpeaba, humillaba o sometía. Cuando muy niña, porque para él ni siquiera existía, su presencia le pasaba inadvertida y bien podría decirse que durante años olvidó que con él vivía una niña y que aquella criatura era, además, su nieta. Solo empezó a reparar en ella cuando, cumplidos ya los cinco años, ni siquiera el férreo control de la abuela fue suficiente para sofocar el esplendor de su risa y el alborozo de sus juegos. Elio reparó entonces en que de entre las faldas negras de la mustia Caela se escapaba un fulgor desconocido que le sostenía la mirada con curiosidad y sin miedo. A partir de entonces, muchas tardes se repantigaba en un sillar junto a la puerta, con la espalda apoyada en el tapial y la bota de vino al alcance de la mano. Liando y fumando su tabaco de picadura, la observaba en silencio a través del humo espeso que escapaba de sus labios entreabiertos. Camila jugaba, corriendo y saltando de un lado para otro, ajena a las miradas insidiosas del abuelo, que escrutaba sus correrías en silencio, y también a los ojos temerosos de la abuela, cuya silueta se adivinaba en la penumbra de la casa.

Ajena también a Ades, que la observaba desde su puesto de vigilancia en el kiosco y que parecía mantener una muda rivalidad con el abuelo por ver quién de los dos lograba expulsar más humo.

Por las mañanas, después de alimentar a los gallos y de cambiarles los cuencos de agua, siempre llenos de excrementos, Elio se sentaba en el zaguán y los examinaba en silencio. Cada tanto se levantaba, cogía alguno de los animales y lo pesaba en la romana, después se esmeraba en afilarle los espolones con su navaja y en recortarle las plumas y la cresta.

Cada tarde sacaba por turno a los gallos de sus jaulas, uno a uno, y los tentaba con una mona hecha de trapo y plumas, escrutando con sus ojos diminutos y crueles las reacciones del animal, la velocidad y la fiereza de sus acometidas. Seleccionaba así a los más fuertes y combativos. Esos eran los que recibían las mejores atenciones y por los que el abuelo se desvivía en la esperanza de criar por fin al ganador que le acabara haciendo rico.

Carlos odiaba aquellos pollos de ojos nerviosos y prominentes. Le asqueaban. Los veía como una prolongación de su abuelo. Seres repugnantes y malolientes, dispuestos a matarse entre ellos en cualquier momento y también a matar y a devorar a sus propias crías. Unos bichos nauseabundos cuyo destino no era otro que ganar la gloria o acabar desangrados en la arena del palenque, que era lo único que conocían los que criaba el abuelo.

Un día uno de los gallos escapó de su jaula y apareció enredado en la malla que lo separaba de los pollos, con la cabeza atrapada en el alambre. En su intento por deshacerse del cepo el animal había forcejeado hasta quedar exhausto y desde el otro lado de la valla los animales más jóvenes habían picoteado su morra, arrancándole la piel y sacándole los ojos de las cuencas. El gallo, aún vivo y con la cabeza llena de hormigas, piaba lastimosamente con la lengua fuera del pico entreabierto.

Al ver al animal en ese estado, la abuela corrió a esconderse en el rincón más lóbrego, junto a la chimenea. Sentada en una piedra, su cuerpo se encorvaba tras la olla, abrigando a la niña entre sus brazos y cubriéndola casi por completo con el delantal. Sus ropas negras se fundían con la pared, haciéndola invisible. En cambio, Carlos y el pequeño Lolo, atraídos por el espectáculo de la agonía, la sangre y la muerte, se acuclillaron junto al que hasta hacía solo unas horas era el más jactancioso y pendenciero de los gallos de aquella gallera.

Cuando el abuelo llegó al chamizo, algo más calado en tinto de lo que acostumbraba, los encontró absortos en el paso de las hormigas que, con un incesante ir y venir, porteaban minúsculos pedazos del ave.

Los niños no oyeron la llegada del viejo, que venía de acordar la venta de su mejor animal a un tal Cortés, un fullero que controlaba las apuestas y la mayor parte de los reñideros entre San Roque y Tarifa. Entró en silencio, satisfecho y cavilando en qué iba a emplear las ganancias cuando, al cruzar el zaguán, los vio agachados junto a la gallera. Sigiloso, cogió la vara de castaño con la que azuzaba a las bestias. Los críos contemplaban algo que desde la puerta él no veía.

Al acercarse lo descubrió y de su boca escapó un bramido, un grito ahogado que más pareció un estertor, al tiempo que daba un paso atrás, buscando un apoyo que le mantuviera en pie después de que el pánico y la negación tomaran el control de su cerebro. Luego llegó el odio. A sí mismo, al gallo y a todos los que le rodeaban. Ese que agonizaba era el gallo que había acordado vender al gitano Cortés. Su futuro, su triunfo.

Los niños percibieron su presencia un instante antes de oír el ahogado lamento y, en su intento de huida, cada uno se lanzó hacia un lado, procurando rodear al abuelo. Pero el viejo se movía con sorprendente agilidad. El brazo levantado con la vara en alto, los ojos encendidos en sangre, los dientes negros corroídos por la picadura dentro de una boca que exhalaba el hedor del odio antiguo y la pestilencia del resentimiento.

Primero agarró a Carlos. A Lolo pudo sujetarlo porque, al ver a su hermano apresado, detuvo su huida y trató de ayudarle. Los niños quedaron atrapados en un rincón del patio. Carlos cara a cara con su abuelo. A su espalda Lolo, más menudo, trataba de esconderse. Su sollozo inicial se transformó en gritos desesperados cuando el abuelo levantó aún más la vara, antes incluso de que este lanzara el primer golpe. La madera, todavía verde, se combó como un látigo golpeando de arriba abajo a los dos niños. Carlos recibió todo el impacto, desde el hombro izquierdo hasta la rodilla derecha.

Encajó el golpe con los ojos cerrados y los dientes apretados para no aullar de dolor, para no darle la satisfacción al viejo, que de nuevo volvió a cargar levantando la vara por encima de su cabeza. Abrió la boca para aliviar la tensión y con ella también los ojos, a tiempo para ver cómo la fusta temblaba dispuesta a caer otra vez sobre él. Los golpes se encadenaron, uno tras otro. Lolo lloraba a su espalda mientras tiraba de él hacia atrás, tratando de escapar de la garra que los mantenía unidos, atrapados bajo la lluvia de trallazos.

Desde la puerta se oyó entonces una voz quebrada que, tratando de simular firmeza, gritó: «¡Déjelos, padre! ¡Déjelos ya, que los va a matar!». Pero el viejo no se detuvo. La voz no volvió a oírse de nuevo ni tampoco Ignacio llegó a traspasar el umbral de la puerta.

De repente los golpes cesaron. Carlos abrió entonces los ojos, solo para ver que el viejo tiraba a un lado la vara rota y cerraba el puño con el que había sostenido la madera, propinándole un puñetazo en la cara. Si no se desnucó fue porque su cabeza fue a chocar con la de su hermano, quien quedó tendido en el suelo bajo él, inconscientes los dos y sangrando sobre la hilera de hormigas.

Desde entonces, cada vez que Carlos recordaba ese día, su mano derecha ascendía hasta la boca y, dotado de una voluntad propia, el pulgar reseguía el surco que le recorría el labio inferior hasta perderse bajo el mentón.

Un año después Lolo murió mirándole a los ojos. Solo tenía ocho años y las mejillas pegadas a la calavera, tan descarnadas y enjutas como el resto del cuerpo. Murió con la boca abierta y la vista perdida, pero Carlos tenía la certeza de que los ojos amarillentos de su hermano estuvieron fijos en él mientras moría.

En la semana que pasó en el hospital, después de que saltara por la ventana del aula en mitad de una clase de matemáticas, la abuela Caela fue la única que, además de él, acudió a ver cómo Lolo se consumía en aquella habitación desangelada.

La abuela fue al hospital solo tres veces. La primera después de que a Lolo y a él les trajeron en ambulancia desde el colegio, acompañados por la señorita Maruja, la profesora de gimnasia, una solterona de pelo intensamente cobrizo en el que cada quince días una delatora línea blanca pugnaba por abrirse camino. La profesora no paró de llorar durante todo el trayecto hasta el hospital. Sentado entre ella y el conductor, en el asiento delantero de la ambulancia, Carlos observaba cómo el sudor humedecía las mejillas de la maestra, cubiertas de un vello largo y fino que se le antojó tan suave como repugnante. «Igual que el pelito de las orugas», pensó.

La maestra huyó del hospital en cuanto resolvió el papeleo del ingreso. La abuela llegó poco después, cargando bajo el refajo la cartilla del seguro y el carnet de identidad, que eran los únicos documentos que poseyó nunca y que guardaba envueltos en un pañuelo en el tercer cajón de la alacena, junto a unas estampas de la Inmaculada y del apóstol Santiago. Un relicario sin el que nunca salía de casa, por miedo a que si algo le pasaba nadie la conociera. No quería morir sola, rodeada de desconocidos que no pudieran dar noticia de quién era y acabar enterrada en una fosa común, rodeada de muertos extraños y sin una lápida que la recordara. Al llegar al hospital se sentó junto a Carlos en la sala de espera y no pronunció ni una sola palabra. Cuatro horas más tarde se levantó y dijo: «El abuelo está por llegar a casa». Y sin esperar respuesta se marchó.

Carlos no se despegó de su hermano en la semana que se alargó su agonía. Durmió a los pies de su cama. Comió las raciones que sobraban y que las enfermeras le iban dejando, acompañándolas siempre de un mohín, de una caricia con la que trataban de mostrar que se compadecían de su dolor.

Se agazapaba en un rincón de la habitación cuando los médicos entraban, siempre en tropel, nunca menos de cinco. Observaban a su hermano unos y consultaban los papeles que traían consigo otros, mientras debatían entre ellos, en un lenguaje que para Carlos era incomprensible. Al salir siempre alguna de las mujeres más jóvenes, y nunca la misma, les dedicaba a ambos una sonrisa de conmiseración y alguna palabra de ánimo dirigida a él y que, al igual que le sucedía con las caricias de las enfermeras, le parecían tan falsas como innecesarias.

Al día siguiente aparecieron dos policías de uniforme y hablaron con el médico. Les acompañaba la abuela y con ella iban las dos trabajadoras del ayuntamiento que habían negociado con el abuelo la entrada de Camila en la escuela. Carlos no pudo escuchar lo que decían, reunidos frente a la puerta abierta de la habitación. El médico negaba una y otra vez con la cabeza mientras uno de los policías le iba haciendo preguntas y el otro lanzaba indisimuladas miradas a las enfermeras que pasaban a su lado.

Cuando el interrogatorio al médico acabó, los policías entraron en la habitación.

—Hola, chaval. Tú eres Carlos, ¿verdad? —le dijo mientras consultaba sus papeles el que había hablado antes con el médico. Carlos no contestó—. Mira, sentimos mucho lo de tu hermano y todo eso, pero el juez quiere saber por qué saltó por la ventana y nos ha encargado averiguarlo. ¿Tú sabes qué le pasó? ¿Estaba mal o algo? ¿Tenía algún problema en el cole o con algún amigo? No sé, algo. Un niño no salta por la ventana porque sí, ¿verdad? —Esto último lo dijo esbozando una mueca similar a una sonrisa dirigida a su compañero, que permanecía tras Carlos.

El policía presionó el botón de su bolígrafo, dispuesto a tomar nota de cuanto dijera. Pero Carlos no habló. Sentado como estaba en el suelo, abrazó aún más fuerte sus rodillas y bajó la cabeza.

—Vámonos, Paco —dijo el otro policía—. Ya te dije que no íbamos a sacar nada de aquí. Vamos rápido al colegio que con un poco de suerte y si no nos entretienen mucho, hoy salimos a la hora.

Con los policías se fueron también la abuela y sus acompañantes. Carlos los vio marchar mientras pensaba en aquella pregunta. ¿Por qué Lolo había saltado por la ventana? Él no lo sabía, no tenía ni idea de qué podía haberle pasado por la cabeza a su hermano para hacer aquello. Era cierto que desde hacía unas semanas estaba más raro de lo habitual. Más callado. Más apartado y hermético que de costumbre. Siempre había sido un niño solitario, algunos decían que raro. Aunque nadie se había atrevido nunca a meterse con él, con el hermano pequeño de Carlos el Catalán. Siempre había estado a salvo fuera de casa, y aún más en la escuela.

No lograba dar con la respuesta. Por mucho que lo pensara durante aquellos días en el hospital y aun después, durante años no llegó a saber por qué su hermano un buen día se levantó en mitad del recitado de la tabla del siete, se dirigió a la ventana, la abrió y, mientras el resto de los compañeros seguían con la cantinela, unos mirándose incrédulos y otros aún ajenos a lo que estaba sucediendo, saltó al vacío desde el tercer piso dejando a la profesora, que ni siquiera se había movido de su silla junto a la pizarra, presa de un ataque de nervios.

La abuela volvió al hospital cuatro días más tarde, después de que los médicos la mandaran llamar para decirle que no había ya esperanzas. Que la caída había dañado el cuerpo de su nieto de tal forma que lo único que podían hacer era aliviar sus dolores hasta que muriera y que ese momento no iba a tardar mucho en llegar.

Teniéndola ante sí, el médico descartó descargar sobre ella la retahíla de reproches que había ido anotando mentalmente desde que le cayó en suerte el caso del niño suicida de la 237.

El joven médico decidió callarse las preguntas y las recriminaciones. No supo cómo planteárselas a aquella mujer renegrida, minúscula y asustada que no era ni tan siquiera capaz de sostenerle la mirada y aún menos iba a serlo de entender todo lo que quería decirle. Aceptó al verla que si ella era quien hasta entonces se había cuidado del pequeño Manuel, bastante suerte había tenido el niño de llegar a cumplir casi nueve años. Se limitó a darle la noticia de que iba a morir. Habló con una rudeza desacostumbrada en él y no trató de evitarle ningún padecimiento o hacerle más llevadera la contundencia de la noticia.

El estado de Manuel era calamitoso, irreversible. La lista de lesiones que recitó el médico parecía más bien un parte de guerra.

Al acabar hizo una pausa y fue consciente de que había degustado con placer la idea del sufrimiento que sus palabras provocarían en la anciana. La había observado mientras le escuchaba y poco a poco su mente intentaba procesar lo oído. Se había deleitado en el proceso, tratando de imaginar cómo se desencadenaría en el cerebro de la mujer una tormenta sináptica cuyos efectos él ansiaba observar. Esperaba al menos una contracción involuntaria de los músculos faciales y el inevitable y esperado llanto, quizá acompañado de espasmos.

Pero nada de eso sucedió. La abuela se limitó a asentir mientras alargaba levemente, algo más de lo habitual, el parpadeo de sus ojos, con languidez. El médico no pudo evitar sentir una decepción al comprobar cómo se frustraba el castigo al que había querido someterla. No hubo nada más. Ni una lágrima. Ni un lamento. Ni una pregunta. Ni un solo y mínimo movimiento de los labios.

Súbitamente avergonzado, con la misma brusquedad que había empleado para comunicarle la noticia, le ofreció sus condolencias y se despidió. Simulando más urgencia en sus quehaceres de la que realmente tenía, caminando a toda prisa, trató de huir de sí mismo y del azoramiento que le provocaba la conciencia de aquel arrebato de crueldad y sadismo con el que se había deleitado durante unos minutos.

De repente, a medio pasillo se detuvo y volviéndose de nuevo hacia la vieja le preguntó si tenía alguna idea de por qué Manuel había saltado por aquella ventana. Ella, por toda respuesta, encogió los hombros y negó con un movimiento de cabeza.

La abuela Caela entró en la habitación de Lolo, pero no pasó de la puerta. Miró a su nieto, que alojado en un duermevela del que ya no despertaría, gemía débilmente entre tubos y cables. Allí permaneció durante una hora. En silencio, con los puños apretados y los brazos rígidos a ambos lados del cuerpo. Lloraba y se desgarraba por dentro, pero después de tantos años de tragarse las lágrimas y ahogar el llanto, no se toleraría a sí misma mostrar ninguna emoción. Eran debilidades que no se podía permitir. Que el abuelo aprovecharía en su contra y a través de las que podría abrirse paso a espacios en los que seguir lacerando su alma tanto como antes había dañado su cuerpo. Por eso había decidido convertirse en roca, encerrarse bien adentro y llorar sus penas sin que nadie supiera siquiera que las tenía, que era capaz de sentir.

Cuando vinieron a llevarse su cuerpo, los ojos de Lolo continuaban abiertos y, aunque ya opacos, parecían seguir buscándole mientras lo cargaban en la camilla. Justo antes de que lo cubrieran con una sábana una de las enfermeras reparó en que Carlos, solo y en silencio en un rincón de la habitación, observaba el trasiego profesional con que se movían a su alrededor. La mujer quiso abrazarlo y sacarlo de allí, darle un cariño que, aunque efímero, sirviera para acompañar a aquel muchachito delgado que acababa de ver morir a su hermano y al que no amparaba nadie. Pero Carlos se zafó y salió del hospital sin volver la vista atrás.

Tardó más de tres horas en hacer un camino que por lo habitual no le llevaría más de veinte minutos. Recorrió todas las calles del barrio, una a una y a buen ritmo. Sin detenerse en ningún momento por nada y con nadie. Atravesó aquel territorio que tan bien conocía y que durante los últimos ocho años había ido mostrando a Lolo. Enseñándole a moverse, señalándole dónde estaban las fronteras que delimitaban su zona, aquella en la que podían andar sin miedo a recibir una pedrada o ser corridos a palos por los chicos de los otros barrios. Apartándole de calles en las que se enseñoreaban otros que, como ellos, aspiraban a instaurar su propio territorio y a ser respetados por ello.

Cuando cansado ya de deambular llegó por fin a la casucha, el abuelo lo recibió eufórico. Sujetándolo por los hombros reía a carcajadas mientras lo zarandeaba y le clavaba los dedos huesudos en la piel, incapaz de controlar su alegría. Por fin había conseguido que uno de sus gallos pelease en el más importante de los reñideros. El sábado se enfrentaría con el campeón del Trapillo, el gallero más reputado de Algeciras. Las apuestas iban en su contra, él lo sabía bien. Pero estaba seguro de que su gallo ganaría al de aquel buhonero venido a más que había conseguido, entre trampas y sobornos, que sus aves vencieran en todas las riñas en las que habían participado.

—Tres mil euros —repetía—. Quinientas mil pesetas de bolsa para el que gane, más todo lo que se lleve en envites. Y todos esos hijos de puta van a apostar en mi contra. Los voy a joder a todos. Los voy a dejar sin un real. Por mis muertos que me voy a quedar con sus dineros.

Dejó a Carlos a un lado y se dirigió al patio, abismado en los planes en los que se veía ya respetado como lo era ahora el Trapillo. Le reemplazaría y se convertiría en el mejor criador de gallos finos del sur de Cádiz. ¿Por qué no? Experiencia no le faltaba. Y ganas. Porque en cuanto a ganas no había rival que se le pudiera medir de igual a igual. Llevaba toda la vida esperando esta oportunidad y no la iba a dejar escapar. Había llegado su momento.

El gallo elegido era el Pinto, el de mejor porte, el más bravo y fuerte. Llevaba meses entrenándolo y ya le había destrozado cuatro moñas. En los entrenamientos revolaba por encima del muñeco y, cuando ya parecía que iba a pasarlo, se lanzaba en picado clavando los espolones y el pico, todo de una vez. No había visto nunca antes un bicho tan rápido y vivo. Lo había tentado con el resto de sus machos, pero siempre reservándolo porque aquel animal estaba ansioso de sangre. Lo sabía especial y no quería que sufriera ningún daño hasta que llegara su hora. Y aquella era su oportunidad. El sábado iba a reñir y a ganar. El abuelo estaba seguro. También para él había llegado por fin su hora.

Carlos lo contempló desde el zaguán pensando que ni siquiera había preguntado por Lolo. Los dos hermanos eran para él una parte más del paisaje. Elementos móviles, estorbos con los que se cruzaba en ocasiones y a los que no se dirigía si no era para darles órdenes, espantarlos de su camino o descargar su ira.

Aquel noviembre estaba resultando muy frío y de madrugada, cuando Carlos tomó el camino a la cañada, tuvo que proteger las manos en los bolsillos del pantalón y encoger los hombros mientras apretaba el paso, tratando de entrar en calor.

Tardó más de una hora en llegar al barranco donde crecían los baladres que buscaba. Descendió dejando que sus pies se deslizaran sobre los guijarros sueltos, saltando a cada poco para no perder el equilibrio y levantando a su paso una nube de polvo blanquecino que le cubrió hasta las rodillas. Hacía muchos años que por aquel cauce no había corrido más agua que la que caía del cielo. Pero eran ya seis los meses sin lluvia y el polvo iba ganándole terreno a la vegetación, allí y en todo el sur.

Sin embargo, desafiando la sequía, en el fondo de la torrentera las grandes y frondosas matas verdes se erguían por encima de su cabeza y las ramas entreveradas formaban un macizo bloque vegetal impenetrable. Al acercarse a ellas recordó a la Bruja, que le había enseñado lo útiles que podían llegar a ser aquellas plantas en las que nadie reparaba, pero que albergaban en su interior un secreto tan mortífero como accesible.

La Bruja fue su maestra en esta y en muchas otras cosas, la mayor parte de ellas de una utilidad tan práctica como letal.

Recordó entonces, mientras caminaba en busca de la mata precisa, cuándo empezó a relacionarse con ella. Carlos era el único que observaba su afanosa búsqueda de hierbas, bayas y raíces mientras los demás niños salían huyendo. La secuencia era siempre la misma: parapetados tras los matorrales que moteaban las pendientes que cercaban la margen del río, y después de tirarle piedras y gritarle «Bruja. Sarnosa. A la hoguera con la bruja», los niños se alejaban corriendo con el miedo de que pudiera reconocerlos y lanzarles un mal de ojo, en los que se decía que era experta.

Carlos también huía, pero nunca se alejaba demasiado. Dejaba que los demás tomaran ventaja mientras él se iba rezagando hasta que terminaba por detenerse y volvía la vista atrás, hacia la Bruja que, en silencio y momentáneamente erguida también, le observaba. Después, poco a poco, se acercaba de nuevo mientras ella retomaba su tarea y él se sentaba en el mismo talud desde el que instantes antes había estado arrojándole piedras.

A ella no le pasó inadvertido el interés que aquel mocoso mostraba por sus negocios y se dejaba seguir mientras acopiaba genciana, tomillo y, a veces, ruibarbo. Aunque los mayores esfuerzos los ponía en encontrar ruda, más esquiva y difícil de conseguir, pero también mucho más valiosa. Con ella, dependiendo de la dosis, tanto podía curar un dolor de barriga como aliviar la aflicción de una joven que necesitara que en sus bragas volviera a aparecer la mancha roja que cada mes traía consigo la calma. O incluso también, si quien lo pedía pagaba lo suficiente, acabar para siempre con las pesadumbres y los anhelos de quien bebiese el brebaje que solo ella sabía elaborar.

Al igual que había pasado otras veces, con el paso de los días los chicos perdieron el interés por molestarla. Pero Carlos no dejó de seguirla a distancia y observarla en sus idas y venidas por la ribera. Poco a poco, fue volviéndose más osado, acercándose cada vez más. Hasta que, con el tiempo, se convirtió en un ayudante atento y devoto, capaz de encaramarse a las paredes más escarpadas y rebuscar entre las matas más frondosas. Siempre en silencio y siempre alerta, tomando nota de la utilidad de cada planta. De lo bueno y de lo malo que atesoraban sus hojas y raíces. De la forma más adecuada de prepararlas y de las dosis necesarias para curar o, si ese era el caso, procurar el mal.

Carlos recordaba todo esto mientras se acercaba a los baladres, pisando el manto de flores rosadas ya completamente secas. Recogió unas pocas de las pequeñas semillas marrones que rebosaban en las vainas parduscas que moteaban la planta, allí donde antes estuvieron las flores ahora caídas. Sentado sobre una piedra las limpió, frotándolas con un pañuelo hasta desprender la pelusa que las envolvía. Después las guardó envueltas en el trapo que dobló con esmero y emprendió el camino de vuelta a la choza.

Tres días más tarde el abuelo llegó a casa ya de noche con el espanto metido en el cuerpo. La barbilla, cubierta de canas hirsutas que abrasaban al tacto, caía sobre su pecho y la boca entreabierta exhalaba el hedor del aguardiente con el que en vano había tratado de ahogar el miedo que le aguijoneaba el estómago.

Cargaba al hombro una jaula vacía atada con una cuerda. Quizá fue por aquella cuerda por lo que no tuvo tiempo de levantar los brazos para tratar de evitar el golpe cuando de la sombra de la choza surgió una figura que descargó un único trallazo sobre su cabeza, haciéndole perder el sentido y rodar por la solera de cemento.

Cuando despertó, el dolor que sentía en las muñecas y los tobillos, atados con bridas, pugnaba por superar al que se había apoderado de su cabeza, imponiéndose a cualquier pensamiento. Tenía la cara cubierta por sangre a medio coagular. Tardó en darse cuenta de qué provocaba los vaivenes que le hacían dar tumbos a un lado y otro, golpeándose a cada poco con las paredes del minúsculo cubículo metálico en que se encontraba. El ruido de los neumáticos sobre el asfalto y el rugido del motor le ayudaron a darse cuenta de que la caja era en realidad el maletero de un coche cuyas paredes y suelo habían sido recubiertas de planchas metálicas soldadas entre sí. El techo era una reja cerrada con un candado. Una jaula tan grande como para alojar en su interior a un hombre, a él mismo.

En el suelo de la jaula, allí donde ahora se apoyaba su vientre, había varios agujeros, a modo de rudimentario sumidero. Fue al ver aquellos agujeros taladrados en el metal cuando el desconcierto dio paso al terror. Pataleó y trató de gritar, pero la mordaza se lo impedía y, con cada esfuerzo que hacía, únicamente lograba que el trapo que debían de haberle metido a presión en la boca penetrara cada vez más profundamente, hasta la garganta, provocándole arcadas.

Logró contener un ataque de pánico, tratando de pensar y de valorar sus opciones, pero entonces el coche frenó en seco, haciendo que las rodillas golpearan contra la pared metálica y provocándole un dolor agudo. Las luces de freno iluminaron en rojo el habitáculo y le dejaron ver a su lado un mazo de goma de los que él mismo había utilizado alguna vez para, en plena canícula, golpear los troncos de los almendros y hacer caer los frutos sobre los mantos que se colocaban al pie de los árboles y que pocos meses después también servirían para recoger las aceitunas.

Con ese mazo debieron golpearle, pensó. Porque si le hubieran dado con un martillo ahora estaría ya muerto.

Ese pensamiento le reconfortó por un instante. Si no le habían matado ya era porque, fuera quien fuese quien le había metido en aquel maletero, lo quería vivo.

Estaba seguro de quién había ordenado que se lo llevaran. «Claro que sí, joder. Me cago en mi puta estampa. Ha sido cosa del Cañaíllo. Ese hideputa. Me quiere dar un escarmiento para que le pague la deuda. Su puta madre. Hijo de puta. La voy a pagar, coño. La voy a pagar. Me cago en tos sus muertos. Claro que la pago, Cañaíllo, quillo. Claro que la pago, cojones. La próxima riña la pago. Fijo que sí. Con la ganancia de otro gallo... Que te la pago, Cañaíllo. Que te la pago, fijo».

Mientras gritaba en silencio, desesperado, su cerebro trataba de dar forma y buscaba sentido a lo que le estaba ocurriendo. Se aferraba a la esperanza de que aquello acabaría pronto con algunos huesos rotos y algo más humillado de lo que ya estaba. Las ideas se agolpaban, trastabillando en su cabeza.

No podía entender qué le había pasado a aquel puto gallo. El motivo de los espasmos ni cómo había sido que empezara a sangrar de aquella forma, por delante y por detrás, justo cuando lo azuzaba contra su contrario. Justo en el momento en que empezaba la pelea que iba a sacarlo de pobre, en la que había puesto todas sus esperanzas, el poco dinero que tenía y el mucho que no tenía y que había pedido fiado. No podía creerlo. Qué coño le estaba pasando a aquel maldito bicho.

Lo dejó en el suelo, sin saber qué hacer. Mirando al Cañaíllo, que después de mucha insistencia y humillación había aceptado prestarle las quinientas mil pesetas, los tres mil euros con los que había apostado por la victoria de su animal. Él se quedaría cuatro de cada diez de ganancia y de ahí devolvería lo prestado más un veinte por ciento. Un buen negocio para él, pero mejor para el prestamista. «Joder, Cañaíllo, que te lo devuelvo. Descuida, coño. Que te lo devuelvo todo».

El gallo había caído fulminado al suelo, entre estertores. Se desangraba mientras Rogelio lo observaba de rodillas sobre la arena, con los ojos cubiertos de lágrimas y la boca abierta dejando escapar un gemido casi inaudible.

Cuando levantó la vista aún alcanzó a ver cómo el usurero escupía su puro y le daba la espalda, encaminándose a la puerta mientras apartaba al público a golpes con la cachaba de olivo forrada en cuero y rematada con un colmillo de jabalí con la que siempre tocaba el hombro de aquellos con los que cerraba un trato y con la que la semana anterior había golpeado el suyo. Le acompañaban sus dos hijos, que rivalizaban entre ellos por ser el más despiadado y cruel, y que ahora sonreían mientras seguían a su padre, apartando a manotazos a aquellos que no le abrían paso suficientemente rápido.

Mientras recordaba esto, vio, danzando junto al mazo de goma al ritmo impuesto por el vehículo, unas tijeras de podar de más de un metro de largo. Aun en la penumbra rojiza del maletero pudo darse cuenta de que las cuchillas de las tijeras, curvadas como el pico de un loro, estaban manchadas de sangre. Fue entonces cuando notó que las bridas que atenazaban sus muñecas no solo le aprisionaban las manos a la espalda, sino que también las entumecían e impedían que se desangrara al tiempo que adormecían el dolor de los dedos o, mejor dicho, de su ausencia. Porque ya no tenía dedos. Porque no era un trapo lo que se agolpaba en el interior de su boca.

El coche se detuvo de nuevo, el motor cesó su extenuado petardeo y dos puertas se abrieron al mismo tiempo, con un graznido estridente una y un golpe seco la otra, para volver a cerrarse de inmediato. Oyó cómo dos pares de pasos rodeaban el vehículo y se aproximaban. Cuando el maletero se abrió el abuelo Rogelio ya sabía que iba a morir.

LOS ARCÁNGELES

Miguel Melés gobernaba el clan y ni sus hermanos se atrevían a discutirle una decisión. Su palabra era ley. Suyas eran las gomas y él decidía cuándo se alijaba y quién lo hacía. Suyos eran también los contactos en Marruecos y solo con él trataban los compradores que alquilaban sus gomas y, con ellas el resto del equipo y la infraestructura necesaria: a su gente para pilotarlas y alijar los fardos, sus guarderías para esconder la droga cuando llegaba a tierra y sus policías y guardias en nómina.

Se contaba que cuando con veintiséis años salió de prisión, después de cumplir su única condena, recuperó el botín del atraco que le había llevado a pasar cuatro años encerrado y ni siquiera se permitió una mariscada o unas putas para celebrarlo. Ni un vino dicen que se tomó. En lugar de eso, con aquel dinero compró sus dos primeros motores, su primer teniente de la Guardia Civil y una compañía entera de gendarmes marroquíes. Con la ayuda de sus dos hermanos colocó los motores en uno de los cayucos de madera que en ese tiempo llegaban a diario desde Marruecos y que quedaban abandonados en las playas cuando los negros que venían a bordo salían corriendo despavoridos tierra adentro, con un número de teléfono anotado en un papel, pero sin saber adónde dirigirse ni qué hacer a partir de entonces. Perdidos y asustados, pero también eufóricos por haber llegado por fin a la tierra prometida, aquella en la que les habían asegurado que encontrarían ríos de leche, vino y miel.

Aquella barca medio desvencijada, con las cuadernas de popa podridas y sin mamparos ni plano que les separara de la salmuera, hizo por primera vez un viaje de vuelta para aparecer de nuevo en la playa, dos días más tarde, con un cargamento de chocolate que los Arcángeles habían trajinado por encargo de un holandés con el que un año antes Miguel compartió celda en El Puerto.

El holandés era un tipo de carrillos rosados, pelo siempre revuelto y que parecía blanco de tan rubio. Sudoroso, lento y torpe en el andar, que durante un tiempo se dejó ver por la playa, siempre en compañía de Miguel Melés y de un gorila de brazos desmesurados, al que los niños apodaron Conan y al que seguían allí adonde iba, boquiabiertos y asombrados por aquella desmedida masa de músculos.

Escondidos tras las tapias o agazapados detrás de los coches, los niños admiraban su altura imponente, los músculos formidables y las gafas oscuras que, con sol o sin él, cubrían sus ojos. «Como las del Maverick ese, quillo. El piloto de la película de los aviones», se decían unos a otros, emocionados.

Pero lo que de verdad les fascinaba era que el trabajo de Conan, la forma que tenía de ganarse la vida, consistiera únicamente en acompañar en sus idas y venidas desde Gibraltar a un rubio gordo que negociaba con los Arcángeles. Lo observaban mientras cumplía con sus dos únicos cometidos: vigilar sentado en un extremo de la terraza de cualquier restaurante, mientras el Gordo y Miguel comían, bebían y discutían durante horas, y seguir a su amo, siempre tras él, salvo cuando se acercaba para abrirle la puerta del Bentley descapotable en el que ambos se embutían camino de la avenida del Príncipe y, de ahí, de vuelta al Ocean Village de la Roca.

La última vez que alguien vio al holandés fue sosteniendo una copa de ginebra en la terraza del Caleta Hotel. Después salió hacia las coloridas casas de Catalan Bay, donde dijo tener prevista una reunión, y ya nadie supo nada más de él ni de su desmesurado guardaespaldas. Las gafas de Conan las heredó Rafael Melés, el menor de los Arcángeles.

Habían pasado ya casi treinta años desde aquello y ahora la playa pertenecía a Miguel y a sus hermanos.

En cuanto en la escuela lograron deshacerse de él, Carlos fue en busca de los Arcángeles. Aquel primer día encontró a Miguel, el jefe del clan, en la calle, rodeado de un séquito de siete u ocho hombres entre los que estaban sus dos hermanos, Gabriel y Rafael.

El primero era el encargado de la logística. Responsable de las gomas, de surtirlas de combustible y de mantener al día el material necesario para su funcionamiento. Rafael en cambio, a quien no se le conocía ninguna habilidad ni otro interés que no fuera la fiesta, la coca y las mujeres, era el comparsa de Miguel. Siempre a su sombra, aunque nunca estaba dispuesto a hacer nada que representara un mínimo esfuerzo, cumplía a regañadientes con lo que el hermano mayor le ordenara. Únicamente había una función que Rafael ejercía siempre con agrado: aplicar la ley de los Arcángeles.

Aunque Carlos no pudo hablar con ninguno de los tres hermanos, sí consiguió al menos hacerlo con uno de sus lugartenientes, al que le hizo saber que estaba dispuesto a hacer cualquier cosa a cambio de dinero y, con ello, no tener que volver al chamizo. Dos días más tarde, Carlos estaba sentado frente a la puerta de la tasca de Toncho cuando un chaval de unos catorce años frenó bruscamente el escúter que conducía y, sin bajarse de la moto, le espetó:

—Mañana a las cuatro en la barraca verde que hay delante del colegio. ¿Estamos?

—¿De la mañana?

—Claro, quillo. ¿Te vas a poner a descargar por la tarde? Si es que... —Y entornando los ojos en señal de suficiencia el muchacho giró la empuñadura de la moto y arrancó dejando tras de sí una nube de humo blanco que cubrió por completo a Carlos.

Aquel día Carlos entró en nómina de los Arcángeles.

El frío de la madrugada le provocó un temblor en el momento justo en que Gabriel Melés le dio el teléfono móvil con el que iba a montar guardia. Sócrates no perdió la oportunidad de hacérselo notar a su jefe.

—¡Cucha el Catalán! Está cagado de miedo, Gabri. Y eso que todavía no sabe cuál es su punto. ¡Jodido maricón! —dijo, mientras reía y miraba a su alrededor buscando la complicidad de la veintena de hombres, algunos casi niños, que habían sido convocados aquella madrugada.

Carlos conocía a Sócrates. Todos en La Atunara lo conocían, aunque apenas había cruzado alguna palabra con él. En realidad se llamaba Jenaro, pero si alguien se dirigía a él utilizando ese nombre lo más probable es que ni siquiera respondiese. De niño, cuando jugaba a perseguir un balón por las calles del barrio, liaba su cabeza con una cinta blanca, recogiendo unas largas greñas rizadas, al modo del capitán de la selección de Brasil durante el Mundial de México. Desde entonces fue ya para siempre Sócrates. Incluso para su madre, a quien Jenaro tampoco le había gustado nunca para un niño. «Si es que le viene grande el nombre. Eso fue cosa de su padre», solía repetir cuando aceptó que su hijo ya solo sería Jenaro para la policía y el juez. Aunque seguramente nadie estaría nunca más lejos de emular al mítico jugador brasileño, famoso por su inteligencia, y aún menos de rivalizar con el filósofo griego al que aquel debía su nombre. El Sócrates de La Atunara no había oído nunca hablar del segundo y después de más de treinta años, a duras penas podía recordar ya algo del primero.

—Es solo un repelús, por el frío —dijo Carlos sin mirar a Sócratess—. ¿Cuál es mi punto?

—No tengas tanta prisa, Catalán. Ya te lo dirán en el coche —le contestó Gabriel mientras con la mano izquierda le ordenaba apartarse a un lado para dejar paso al siguiente en la cola del reparto.

—Los que tengan un móvil con etiqueta encarnada, conmigo.

—Los de la etiqueta verde, a este coche. Y los de la pegatina celeste, a este otro. ¡Venga! ¡Cagando leches, señores! —gritaban los capataces.

El teléfono que le había entregado el mediano de los Arcángeles era del primer grupo. Allí estaban Pedro el Perico, el

117

Bocachocho, el Borrico, Currito Blanco y Currito Negro, a bordo de un Discovery negro con asientos de piel conducido por el lugarteniente con el que había hablado unos días antes y al que, supuso, debió de caerle en gracia. Tan pronto como dejaron atrás las últimas casas, el conductor repitió las instrucciones que ya les había dado Gabriel antes de salir:

—Cada uno a su punto y atento. Si veis a los picolos, un Land Rover o una lancha, llamáis. Si veis el helicóptero de los de Aduanas, también. El teléfono está desbloqueado y el número ya está metido en la memoria. Solo tenéis que darle a llamar. ¿Está claro?

—Que sí, coño. Que tampoco es tan difícil —contestó molesto el Bocachocho, dejando caer el labio inferior aún más abajo de lo habitual.

—¡Me cago en tu puta madre! Como la cagues ya sabes lo que hay, Bocachocho. Y como alguno se duerma, también. Avisados estáis.

—Que no nos vamos a dormir, quillo. ¡No ves que vamos con el Perico! —bromeó Currito Blanco palmeando la espalda de Pedro, que ocupaba el asiento delantero y que, acompañado por las risas de todos, sacó dos papelinas de las que inmediatamente dieron cuenta con una cánula de metal plateado.

Después de dejar en sus puestos al Borrico y al Bocachocho llegaron al aparcamiento de la playa de El Zabal, donde el conductor detuvo el vehículo.

—Ese es tu punto, Catalán —dijo señalando en dirección a la playa. Y, tras una breve pausa, queriendo subrayar el lugar preciso, añadió—: En todo lo alto de la torre.

—¡No me jodas! ¿Ahí arriba? Me van a ver desde toda la puta playa. ¿Y cómo subo hasta ahí? —objetó Carlos.

La torre era una mole circular, una construcción de piedra y arenisca de más de diez metros de altura. Alguien le contó alguna vez que hacía siglos los cristianos la levantaron para vigilar las incursiones de los piratas moros que atacaban aquellas costas cada poco tiempo.

—Ahí en el suelo tienes una escalera. A las doce vuelvo. No te duermas, cabrón.

El coche se alejó con las luces apagadas tan rápido como había llegado.

Encontró la escalera de aluminio oculta entre unos matorrales junto a la torre y desde que subió a ella su máxima preocupación fue evitar que la escalera cayera dejándole atrapado arriba. Empleó el cinturón para izarla y luego sujetarla a una de las piedras de la plataforma que desprendió sin demasiada dificultad, sin más herramienta que sus propias manos.

Cuando una hora más tarde el sol amaneció rompiendo la oscuridad de la noche, comprobó que desde allí tenía una perspectiva completa de la costa de Levante. Podía ver desde Punta Mala hasta el Peñón. También tenía una visión perfecta de la costa africana con Ceuta en primer término. Ante él se extendían más de once kilómetros de costa. En esa ubicación podría ver aproximarse cualquier embarcación. Sin embargo, era una posición muy expuesta y, tal y como previó a su llegada, también él era un objetivo visible.

Se sentó, con la mirada fija en el horizonte, el teléfono en la mano y tratando de no perder de vista cualquier movimiento que pudiera producirse en el mar, atento también a los caminos que bordeaban la playa. El calor del sol y el rumor de las tenues olas, que con la marea alta rompían a los pies de la torre, le hicieron arrepentirse de no haber aceptado la invitación que Pedro el Perico le había hecho durante el trayecto de ida.

Cuando pasada la una de la tarde oyó llegar el todoterreno negro, hacía ya horas que la playa se había llenado de bañistas y de sombrillas. También hacía ya horas que el sol había dejado de ser el aliado que le ofrecía la energía necesaria para desentumecer los huesos, para convertirse en un implacable mazo del que solo pudo defenderse enrollando su camiseta alrededor de la cabeza.

Así, sudoroso y trasmutado en uno de los beduinos cuyas temidas razias habían motivado la construcción de aquella torre, vio descender del vehículo a Sócrates, que bajó riendo a pleno pulmón y no dejó de hacerlo durante todo el viaje de vuelta. Carlos no dijo nada, ni siquiera cuando el otro dejaba libre el volante para aplaudir en el aire mientras entre carcajadas le repetía: «No te enfades, Catalán. Que es una broma, coño. Que es tu primera vez, quillo. ¡Una broma, joder!».

CELDAS

Por el momento no podrá sentarse a fumar en una de las barcas varadas en la playa del Rinconcillo, viendo cómo las olas lamen la orilla y se retiran, una y otra vez, mojando la arena de un blanco tan intenso que duelen los ojos de solo mirarla.

Tampoco contemplará a las muchachas que, en las mañanas de verano, mientras el sol arranca brillantes destellos de sus cabelleras negras y salvajes, muestran con descaro su alegre y despreocupada juventud. Cogidas de las manos o abrazadas por la cintura, caminando por el paseo a grandes zancadas, brincando, riendo felices. Todavía inocentes. Aunque ya algunas de ellas sean conscientes de su poder, sosteniendo la mirada insolente a cuantos hombres se cruzan en su camino y a los que las contemplan desde las puertas de los bares mientras en silencio fuman y beben.

No habrá de momento más cervezas en la taberna del Toncho, un bigardo de dos metros de altura que lleva toda la vida parapetado tras la barra de su tugurio: los brazos, firmes robles, perpetuamente clavados en la madera, tan empapada en el vino y la cerveza que el olor dulzón de su podredumbre impregna la tasca y su pestilencia se embebe en los cuerpos apoderándose de las voluntades. El Toncho luce una calva resplandeciente, lustrosa de sudor y rematada por los flecos de unos rizos ralos y grasientos que cuelgan de su nuca. El rostro desabrido e inexpresivo, enmarcado por dos grandes hachas grises trasmutadas en patillas que cubren casi por completo sus mejillas. Nunca ha salido sobrio de aquel antro, como tampoco ha podido hacerlo nadie que atraviese su puerta. Esa tasca forma parte de sus recuerdos, tanto como la habitación en la que creció, el primer coche que condujo o la primera lancha que alijó.

Pero Carlos no echa de menos nada de eso. Ni la playa, ni las muchachas, ni el vino ni las cervezas. Lo que realmente desea, aquello que de verdad ansía poder disfrutar es infinitamente más simple y, en apariencia, mucho más fácil de conseguir. Algo a lo que cuando estaba libre no había dedicado un pensamiento. Lo único que desea ahora en prisión es poder estar solo.

Él desea tener lo que para muchos otros pesa como una maldición y de lo que huyen como si fuera la peste. Mendigando compañía. Humillándose para tener a su lado a alguien que escuche sus lamentos y mentiras. Para no sentir su propio desamparo.

En ese momento Carlos necesita, incluso más que la libertad, poder estar solo. Sin nadie que vigile sus paseos o que le observe mientras se ducha, come, duerme, fuma o utiliza el retrete. No quiere tener a nadie junto a él. Necesita estar solo para rugir de rabia hasta que los dientes le crujan, hasta que los brazos le duelan y los puños apretados le sangren. En prisión estar solo es un lujo que, hasta ahora, no se ha podido permitir.

Desde que le detuvieron en la playa, en mitad de una batalla campal que se saldó en tablas, nunca ha vuelto a estar solo, realmente solo.

Creyó que había recuperado el sosiego de la soledad después de que Winston muriera en mitad del patio, a manos de ese yonqui que, al cumplir las órdenes del gitano, pensó que ya se había ganado no solo el perdón de sus deudas sino también el derecho a barra libre, a consumir tanto como se le antojara y a ganarse el respeto de los demás presos.

Qué poco sabía el yonqui sobre la cárcel y sobre sus normas. A nadie en el patio le importó su machada y nadie se la tuvo en cuenta más que para catalogarlo como lo que era: un carajote desesperado que haría lo que fuera por conseguir cualquier cosa con la que colocarse. Un tipo incontrolable y, por tanto, peligroso y despreciable al que había que esquivar a toda costa. Y, si evitarlo no era posible, se le debía eliminar.

Por otra parte, los funcionarios no iban a dejarlo allí sin más, como si no hubiera pasado nada. No se le podía ocurrir pensar a nadie (o quizá sí, quizá el memo del yonqui sí lo pensó) que después de matar a un preso no lo trasladarían a otra prisión donde sería llevado a las celdas de sancionados, además de tener que afrontar una nueva condena que le obligaría a pagar más tiempo, mucho más tiempo en prisión.

Sentado sobre el camastro anclado al suelo en el centro de la celda de aislamiento, Carlos observa fijamente la pared de cemento cubierta de inscripciones hechas por los presos que le precedieron allí. Huellas impresas con la intención de dejar a la posteridad el rupestre testimonio de la rabia que acumulaban en su interior. Una posteridad efímera, que se prolongará solo hasta el siguiente repintado.

En un módulo de aislamiento la rutina es aún más tediosa

que en los ordinarios. Cada mañana a las siete y media los funcionarios abren una tras otra las puertas de las celdas y, a modo de saludo, enuncian un rudo «¡Recuento!». Después llega el reparto del desayuno a través de las trampillas de las puertas y veinte minutos más tarde la salida al patio, por turnos y en grupos de no más de cuatro presos, o en solitario si se trata de un sancionado o de uno de los presos considerados más peligrosos. Por la tarde, después de la comida, vuelve a empezar la rueda, con nuevos funcionarios que relevan a los anteriores y que comienzan su jornada con un nuevo recuento a las dos y media. Nuevos turnos de salida al patio e idénticas conversaciones hasta que, poco después de las ocho, las trampillas se vuelven a abrir y las bandejas de la cena van apareciendo en ellas a manos de presos de confianza que, en ocasiones, bajo las patatas que acompañan el bistec o sumergidos en la salsa del estofado, hacen llegar a los que allí cumplen sanción los condimentos que les envían sus compadres desde los otros módulos para hacerles más llevadero el encierro, la atronadora soledad de la celda insoportable para todos excepto para él. Un último recuento pone fin a cada jornada y da paso a noches idénticas, en las que los sancionados, tumbados en sus literas o acodados en las enrejadas ventanas, ven consumirse las horas.

En el Departamento Especial parte de la rutina consiste también en que los presos se enfrenten a los funcionarios, provoquen incendios en sus celdas, peleen unos con otros en los patios o se hagan a sí mismos cortes con los que tratan de aliviar la ira y la frustración que los corroe por dentro.

Con esta frenética actividad a su alrededor, Carlos no logra la paz que esperaba encontrar cuando le llevaron allí después de que, tras la muerte de Winston, la suya se convirtiera en una de las pocas celdas del módulo con una cama disponible. Los funcionarios no dejaron pasar ni un día en asignarla, uno tras otro, a los presos que llegaban al módulo y no encontraban ningún conocido con el que compartir celda. Desde entonces el continuo tránsito de nuevos ingresados que pasaban allí las pocas noches necesarias hasta encontrar mejor acomodo hizo que aquella celda pareciera una pensión barata.

En pocos días Carlos vio pasar por ella a siete presos. Todos extranjeros, sin amigos ni conocidos entre internos y funcionarios, y sin experiencia tampoco en las rutinas y las normas de la prisión, las impuestas por los guardias y las más importantes, las no escritas, aquellas que hacen que la convivencia entre los presos sea posible y que se pueden resumir en una sola frase: vive y deja vivir.

El último inquilino, un joven ceutí recién ingresado y a la espera de juicio, no supo entenderlo y se empeñó en demostrar su enfado con los policías que lo habían detenido, el juez que lo había encarcelado, los funcionarios que lo retenían allí y, peor aún, con la novia a la que él mismo había matado, vociferando su ira a través de la ventana durante toda la noche, destrozando el colchón y las sábanas, lanzándolo todo al patio a través de los barrotes. Cuando se quedó sin munición propia y pretendió también arramblar con las pertenencias de Carlos, empezando por la televisión que había heredado de Winston, Carlos decidió que ya había tenido bastante paciencia y, tras sujetarlo por detrás y encastar su cabeza entre los barrotes, cerró la ventana tantas veces como fue necesario hasta lograr que se callara.

Al llegar al Departamento Especial, don Francisco, el jefe de ese módulo de excepción, le dijo algo que en ese momento Carlos no entendió pero que más tarde evocó a menudo y valoró como muestra de la sabiduría que dan los años y la experiencia. Mientras dirigía su cacheo y con la misma calma y parsimonia con la que después lo vio entrar en una celda en llamas o en un comedor con presos vociferantes mientras dos de ellos se peleaban a navajazos, el funcionario le miró a los ojos y dijo: «Carlos, cálmese. Ya está hecho. Ahora va a pasar una temporada con nosotros. Si es inteligente, aquí no vivirá la cárcel. Este será tiempo de descanso, de vacaciones. La prisión de verdad queda ahí fuera, detrás de esa puerta, y la hacen los demás presos».

Aunque en aquel momento no supo verlo, aún excitado por lo sucedido en el módulo con el ceutí, don Francisco tenía razón. Quienes en realidad hacen dura la prisión, los que la hacen inhabitable, son los presos en cuya compañía se paga la pena. No ha sido consciente de ello hasta que ha estado solo en su celda, aislado. Lo que pretendían que fuera un castigo se ha convertido en un regalo.

Estar en el módulo de aislamiento le permite poder ducharse a solas, dejando que el agua corra por su cuerpo sin tener que soportar la presencia de nadie a su lado en las duchas comunales de los módulos donde, además, hay que estar en permanente tensión sin bajar nunca la guardia. Y ello no por el temor que acompaña a los novatos a su llegada y que todos, funcionarios y presos, parecen empeñados en alimentar entre bromas y tomaduras de pelo esos primeros días, sino porque es en las duchas y en los lavabos de los patios, los tigres, donde los presos aprovechan para resolver las disputas y saldar deudas, lejos de las cámaras de vigilancia y de la mirada escrutadora de los vigilantes.

Allí también puede dormir sin tener que soportar la conversación insustancial, repetitiva y fantasiosa o los ronquidos de un compañero de celda, cuando no el ritmo, al principio pausado y más tarde frenético, de la masturbación de algún preso joven y todavía fogoso que al caer la noche trata así de aliviar su soledad.

Después de siete días de completo aislamiento, los funcionarios le ubican en la tercera galería del chupano, como llaman los presos al módulo de aislamiento. Solo dos de las ocho celdas de la galería están ocupadas. No tarda en conocer a sus vecinos, que se presentan tan pronto como los funcionarios que lo conducen allí cierran la puerta metálica y el sonido de sus pasos se aleja.

En la celda de la izquierda, la número treinta y cuatro, vive Matías. Lo conoce desde hace tiempo, es uno más de los muchos raterillos de La Línea. Un golfillo de tres al cuarto cuya fotografía cuelga de las paredes de las oficinas de seguridad de todos los supermercados y grandes almacenes entre Marbella y El Puerto de Santa María. Está especializado en conseguir por encargo perfumes y juegos de videoconsola, motivo por el que se ganó el sobrenombre de Sonic. Cumple quince años porque mató de un puyazo en la ingle a uno de sus clientes que, viéndolo tan poca cosa y teniendo ya en su mano el encargo, decidió que no le iba a pagar lo acordado. Sonic cumple ahora un primer grado por haberle rajado la cara a su último compañero de celda mientras dormía. Ninguno de los dos ha explicado el motivo de la disputa.

Al otro lado está la celda treinta y dos, ocupada desde hace casi un año por un tal Hicham, al que Carlos no había visto nunca y del que tampoco había oído hablar. Es un marroquí venido de un pueblucho de las montañas del norte sobre el que, ese charlatán, no se cansa nunca de hablar. Carlos no sabe qué delitos le han llevado a prisión, pero está seguro de que son muchos. Aunque no deja de parlotear, Hicham no tiene un gran repertorio, y tampoco muchas luces. Sus dos temas de conversación preferidos son los muchos delitos que ha cometido y su madre, lo que incluye por extensión el pueblo donde nació.

Según va deduciendo Carlos de su perorata diaria, Hicham llegó a La Línea siendo niño, pero se marchó poco después para volver de nuevo hace un año, huyendo de Marruecos al caer en desgracia allí.

Para Hicham la vida es sencilla: drogarse, follar y echar de menos a su madre, su pueblo y lo que dejó allí. Su pueblo es la piedra de medida que le permite valorar el mundo entero. Allí viven las mejores personas, las más pías y honradas. Desde sus azoteas se divisa el mejor de los paisajes. No es posible comer en ningún lugar nada que ni remotamente se asemeje a la comida que preparaba su madre, nunca ha visto en España mujeres más bellas que las que caminan por las calles de su pueblo y jamás ha encontrado en este país cabras más obedientes y sabrosas que las que pastorean en su amada tierra.

Escuchando las andanzas de Hicham alguien podría pensar que se encuentra ante un Pablo Escobar renacido o el mismísimo John Dillinger del Estrecho. Carlos sabe que muchos presos inflan sus hazañas y convierten en proezas los fracasos. Pero las exageraciones de Hicham le irritan profundamente. Sin embargo, hay algo interesante en cada una de las cosas que cuenta. La inconsciente monserga de aquel raterillo le traiciona y Carlos va destilando poco a poco sus palabras y obteniendo de cada historia unas gotas más de esencia.

Comparte con sus vecinos de celda el mismo turno de patio. Cada mañana a las ocho, justo después del primer recuento y del reparto del desayuno, los funcionarios vienen en su busca y tras cachearles los escoltan más allá de la puerta de acero y cristal blindado. Allí les aguardan unos muros de seis metros que forman una caja de cemento: veinte metros de largo por nueve de ancho donde lo único que Carlos puede hacer es caminar, fumar y lanzar una pelota medio desinflada contra una canasta, mientras Hicham sigue hablando y Sonic trata de rebatir sus desmesuras.

Carlos decide renunciar a salir al patio casi todas las mañanas. Esas dos horas son las únicas en las que puede disfrutar de la tranquilidad y el silencio que le prometió don Francisco a su llegada.

El resto del tiempo, incluida buena parte de la noche, Sonic e Hicham lo pasan acodados en las ventanas de sus celdas, hablando y discutiendo a gritos. Los desacuerdos consisten en disputarse la razón sobre qué modelo de deportivo es el más veloz, qué moto ganaría a un coche de Fórmula 1 en una carrera, cuál de los dos ha consumido más cocaína y pastillas en una sola noche, quién ha pegado los palos más lucrativos y ha huido a más velocidad de la policía o quién se ha follado a más putas. Cualquier tema vale para la discusión, la exageración y la mentira, siempre y cuando sea lo suficientemente banal.

La noche que se cumplían dos meses desde la llegada de Carlos al departamento de sancionados empezó igual que las anteriores. Tras el último recuento del día, después de que se cerrasen las puertas de las celdas y solo cuando la cancela que separa la galería del pasillo central hubo crujido al encajarse en su marco, los dos tertulianos reemprendieron su acostumbrado coloquio.

—Tú eres un mal musulmán, Hicham. Robas, te drogas y no rezas nunca. A este ritmo no te vas a follar nunca a las quinientas vírgenes que te están esperando en el paraíso —dijo Sonic.

—No tienes ni idea. Son setenta y dos, no quinientas. Y son huríes, no vírgenes. Bueno, vírgenes también. Aunque se llaman huríes —le replicó el otro—. Pero no te preocupes, hermano. Seguro que me las voy a follar a todas. Igual que me follé a tu madre, cabrón.

—Seguramente yo también me la habré follado alguna vez. Si es que todavía sigue viva esa hija de puta barata que la chupa por diez euros —respondió Sonic riendo y provocando también la hilaridad de Hicham.

La referencia a la desconocida madre de Sonic tuvo el efecto de hacer que Hicham retomara el tema preferido de sus tertulias: su pueblo y la gente que lo habita. Más concretamente, su madre, que según dijo había muerto pocos meses atrás.

Hicham repetía con machacona insistencia que la suya había sido la más amorosa de las madres. Sus besos los más dulces y cariñosos que ningún niño pudiera recibir. Sus brazos los más cálidos y protectores, y su amor incondicional y eterno.

Sonic escuchaba en silencio, maldiciendo entre dientes a quien le restregaba una madre y una felicidad que él no había conocido nunca. Carlos, en cambio, abrió aún más la ventana e intervino en el debate nocturno por primera vez desde su llegada.

—Es cojonudo tener a alguien que te quiera de esa manera, ¿verdad, Hicham? Yo también tenía una madre y es lo que más echo de menos aquí.

—Sí, hermano. Te lo juro, de verdad. Aunque no esté, yo la quiero más que a nadie, hermano.

—Te entiendo, tío. Una madre es lo mejor del mundo. Y además te hace sentir que eres especial. Que para ella no hay nada ni nadie más importante que tú y que sería capaz de hacer cualquier cosa por ti, ¿verdad, hermano?

—Sí, Catalán, tío. Tienes toda la razón, hermano. Una madre es lo más grande —respondió Hicham con la voz ahogada por la emoción.

—Lo que pasa, hermano, es que las madres siempre esperan lo mejor para nosotros, y eso es muy difícil para ellas. Es imposible no hacer algo que las entristezca o que las haga sentir mal. Yo, por ejemplo, estoy seguro de que a mi madre no le gustaría nada saber que estoy preso. Iba a ser el mayor disgusto de su vida. Menos mal que no se puede enterar, ya nunca la decepcionaré ni la haré sufrir más por lo que yo haga. Murió hace años.

—Lo siento, hermano. Es muy difícil, sí...

—Por suerte yo no creo en Dios, ¿sabes? Así no me tengo que preocupar de si mi madre me estará viendo desde el cielo y estará sufriendo por lo que hago. ¿Tú crees en Alá, hermano?

—Sí, claro. *Al hamdu lillah!*

—Tiene que ser duro, hermano. Saber que tu madre te está esperando en el Paraíso y que está sufriendo porque tú no vas a poder pasar la eternidad con ella. Yo creo que ese tiene que ser en realidad el infierno para una madre. ¿No te parece, Hicham, hermano? Eso tiene que ser muy duro para ella. Ver desde el Paraíso cómo su hijo se condena a la cárcel y al mismo tiempo al Infierno. Creo que es lo peor que puede pasarle a una madre. —Hicham calla mientras Carlos sigue su discurso—. Además, sin poder hacer ya nada por ayudar a su hijo. Porque mientras estaba viva aún podía darte consejos o ayudarte de alguna forma, ¿no te parece? Pero ahora, muerta y en el Paraíso, ¿qué va a hacer? Ya no puede hacer nada por ti. Y mientras tanto está ahí, viendo cómo tú pasas tu vida en la cárcel, jodido y haciéndote polvo. Enganchado a la mierda de la droga, ¿verdad, tío?

—Sí...

—Y ella sufriendo. Toda la eternidad. Sufriendo para siempre, Hicham, hermano.

El marroquí ya no contesta. Tampoco habla más Carlos. Desde su camastro alarga el brazo y cierra la ventana. Iluminado únicamente por la brasa del cigarrillo y la luz de los focos que se cuela por la ventana, sonríe satisfecho.

Los días pasan, todos iguales entre sí. Sin más diferencia entre ellos que los rostros de los funcionarios que se alternan con cada cambio de turno. Las mismas rutinas. Los mismos horarios e idénticas conversaciones entre Sonic e Hicham, con las intervenciones nocturnas de Carlos, que se han hecho ya habituales, obligadas.

Todas las noches los debates nocturnos se transmutan en monólogos de Carlos que tienen como destinatario al marroquí. El efecto de aquel cambio habría pasado inadvertido para un observador externo, alguien que los escuchara o se detuviera a observar a aquel trío de presos durante sus días de confinamiento no podría advertir cómo Hicham se va apagando poco a poco, cada día menos activo, más cabizbajo, más cetrino y huraño.

Pasan dos meses durante los cuales las peroratas nocturnas de Carlos se transforman en auténticos discursos de adoctrinamiento, mediante los cuales inculca en su público la culpa y la mortificación de unas vidas insignificantes abocadas al fracaso.

Una mañana, cuando los funcionarios que hacen el recuento abren la celda treinta y dos, se produce un revuelo que rompe la monotonía. Carreras, mensajes por radiotransmisor que se entrecortan, más funcionarios y sanitarios que llegan. Órdenes que se contradicen, ajetreo de cuerpos que se afanan por lograr lo imposible y, finalmente, el silencio.

Tres horas más tarde Carlos oye la voz del director que, acompañado del jefe de servicios y un reducido séquito de funcionarios, escoltan a una joven jueza y a sus acompañantes. Entre ellos dos policías de paisano y una médica forense que, con gesto severo y provistos de unos guantes de látex, entran en la celda mientras los demás los contemplan desde el pasillo. El director, solícito y sumiso, se esfuerza por dejarle claro a la jueza que nadie ha tocado nada, a excepción del trozo de sábana con el que se colgó el preso y que los funcionarios han cortado después de dar la voz de alarma.

—También habrán movido el cuerpo, ¿no es así? —pregunta la jueza que, pese a la vehemencia de su gesto y el aparente aplomo de su voz, no logra ocultar que aquel es su primer destino, un juzgado del que han huido todos sus predecesores y del que también huirá ella tan pronto como pueda. Aquel es también su primer cadáver.

—Por supuesto que no, señoría. Por supuesto. Únicamente lo depositaron en el suelo para intentar reanimarlo. Aunque, lamentablemente, no fue posible.

—¿Y por qué no lo dejaron sobre el camastro? ¿No le parece a usted que habría sido más digno eso que dejarlo en el suelo?

—Por supuesto, señoría. La verdad, no sé qué puedo decirle... Tenga la seguridad de que hablaré con ellos y no volverá a suceder.

En ese momento interviene el jefe de servicios, don Emilio, el único al que Carlos puede ver con claridad en el reducido campo de visión que le ofrece la rendija de la puerta de su celda y que, desde que el séquito ha llegado, no ha hecho el más mínimo esfuerzo por disimular su desagrado por las explicaciones de su superior, el servilismo con el que se dirige a la jueza y la manera en que trata de responder unas preguntas para las que no tiene la mayor parte de las respuestas.

—Si me lo permiten su señoría y el señor director, la razón por la que a los que se cuelgan los dejamos en el suelo es otra —todas las miradas se vuelven hacia él, a la espera de la explicación que, con indudable habilidad dramática, ha dejado en suspenso. El jefe de servicios, un sesentón de humor socarrón y muy respetado por funcionarios y presos, continúa su discurso con desparpajo y familiaridad—. Hace años, con otro que también se colgó, nos llevamos una sorpresa. Después de que los funcionarios lo descolgaron y el médico certificó que había muerto, lo dejaron sobre la cama y, como marca el protocolo, los funcionarios cerraron la puerta de la celda hasta que llegó la comisión judicial. Al abrirla de nuevo nos lo encontramos en el suelo, boca abajo y con la nariz rota. Nos costó dios y ayuda hacerle entender al juez que ya estaba muerto cuando los funcionarios cerraron la puerta y que el médico lo había certificado antes de dejarlo allí, tumbado tranquilamente en el camastro. A punto estuvimos de que nos empapelara a todos por denegación de auxilio y homicidio imprudente. —El funcionario hace una nueva pausa que aprovecha para sujetar entre los dedos el palillo que masca y observarlo distraídamente, después vuelve a introducirlo en su boca antes de proseguir—. Menos mal que después de examinar el cadáver, el forense certificó que la fractura de la nariz había sido *post mortem* y que el cuerpo se cayó de la cama solito. Seguramente porque los funcionarios, los muy torpes, no lo habían dejado bien asentado. Por eso ahora, a los que descolgamos, por si aún están vivos y resulta luego que no, que ya están fiambres, los dejamos en el suelo hasta que su señoría viene a hacerse cargo. No vaya a ser que además del problema del muerto acabemos todos con una causa abierta en su juzgado.

La mirada que el director dirige a don Emilio tiene toda la intención de fulminarlo, pero este no se arredra y dedica la mejor de sus sonrisas a la jueza que, satisfecha o no con la explicación, urge a los policías y a la forense para que concluyan la inspección ocular y así poder abandonar cuanto antes el lugar.

Poco después dos empleados de la funeraria vienen a llevarse el cadáver de Hicham. Les acompaña un funcionario que, antes de que cierren la cremallera de la bolsa negra en la que lo cargan, le toma las huellas para asegurarse de que quien sale ahora es el mismo que entró antes y así evitar que ningún preso trate de emular la hazaña de Edmundo Dantés.

Aquella noche y las siguientes son por fin el remanso de paz y silencio que Carlos había imaginado.

Carlos hace uso todas las semanas de las cinco llamadas que le corresponden estando en primer grado. Siempre marca el mismo número, el del móvil de su hermana, el único para el que solicitó autorización.

Las llamadas se cortan automáticamente a los ocho minutos, pero él solo consume quince segundos. Los que tarda en activarse el contestador para escuchar el mensaje que dejó grabado Camila: «¡Hola, pringao! No estoy o no he querido contestar». Su voz suena acelerada y al fondo se puede oír el barullo de la calle. Carlos la imagina caminando por el paseo, alegre junto a sus amigas. A continuación, lanza una gran risotada y añade «Deja tu mensaje y, si quiero, ya te llamaré yo. ¡Adiós, pringao!».

Quince segundos en los que se limita a escuchar, sin despegar los labios. Sin nada que decir. A continuación, cuelga y pide a los funcionarios, que impasibles esperan tras el cristal blindado, que le devuelvan a la celda.

ADES

Cuando siete meses después llega el día de su libertad, Carlos aún sigue en primer grado. Dos funcionarios abren la puerta de la celda y le informan de que debe recoger sus pocas pertenencias en unas bolsas que le entregan a través de la reja. También le ordenan hacerse cargo de la impedimenta de la celda (sábanas y manta, almohada y colchón, papelera y cubo de fregar), dejándola a punto para el siguiente inquilino.

Oye un rumor de pasos en la celda contigua. No se despide de Sonic, hace semanas que no hablan. El raterillo tampoco dice nada.

Acompaña a los funcionarios por los pasillos vacíos y cuando ya está a punto de salir por fin del chupano, mientras se acerca a la cancela mecanizada que les separa del resto de la prisión, don Francisco sale de su despacho y va a su encuentro.

—Ya le dije que antes o después todos dejan el Especial.

—Sí. Pero yo he tenido que esperar a cumplir mi condena para poder salir de este pozo. Creo que se han pasado conmigo, ¿no le parece?

—Pues si le soy sincero, creo que no. Creo que aún ha salido usted con bien. Sobre todo teniendo en cuenta lo de Hicham.

—¿Lo de Hicham? ¿A qué se refiere? —contesta Carlos desafiante, entornando los ojos y apretando los puños. En sus manos aún sostiene las dos bolsas llenas de ropa.

—Usted lo sabe bien, Carlos. Aquí se habla mucho y de todo se entera uno si pone oído y escoge bien a quién escuchar. Otra cosa es poder demostrarlo, y ahí no hemos hecho bien nuestro trabajo —afirma el funcionario, al tiempo que con la mano describe un gesto con el que parece querer abarcar toda la prisión.

—Se equivoca, don Francisco. No hay nada de eso que se imagina —replica Carlos fríamente al tiempo que se dirige de nuevo a la cancela que aún sigue cerrada, dando por concluida la conversación.

Don Francisco no contesta. Se limita a hacer un gesto con la cabeza dirigido al funcionario que maneja los controles de las puertas y que, apretando un botón, la abre dejando pasar a Carlos y a los dos funcionarios que le escoltan.

Mientras lentamente se cierra a su espalda la gran puerta de acero y cristal blindado Carlos vuelve la vista hacia el jefe del Especial y le dice:

—Don Francisco, me parece que continuaremos esta conversación dentro de un tiempo.

—Eso creo yo también, Carlos. Eso creo.

Lo primero que hace al llegar a La Línea es ir a casa de Miguel Melés, pero cuando llega al lugar que ocupaba la antigua casa de los Arcángeles se detiene y mira a su alrededor para confirmar que no ha equivocado el camino y que aquella es la dirección correcta. La vieja casa de una sola planta y tres piezas donde crecieron los Arcángeles ha desaparecido y con ella las dos a ambos lados en las que siempre, hasta donde alcanza a recordar, han vivido la familia del Pelao y la de Antoñita la Coquina.

Su lugar lo ocupa ahora una construcción mastodóntica, una mansión que parece haber absorbido en su desproporción a las otras viviendas. Un edificio de tres plantas de color pardusco, coronado por almenas en sus cuatro esquinas, innumerables antenas parabólicas y una hilera de aparatos de aire acondicionado. La fachada está rematada por una cornisa de color ocre, decorada con arabescos que se repiten en las jambas de las ventanas y que también enmarcan el portalón al que se accede tras subir una escalinata de mármol jaspeado y vetas rosadas. La entrada está enmarcada por cuatro columnas entorchadas, ribeteadas en oro y cuyos capiteles sirven de pedestal para una lancha de piedra que se abre paso entre las olas y las estatuas de tres ángeles. Uno armado con espada y escudo, vence a un diablo que yace a sus pies. El segundo despliega unas grandes alas y lleva en su mano lo que a Carlos le parece una maza. El último sostiene un pez y una vasija.

El edificio es tan excesivo que, si en lugar de estar en mitad de aquella callejuela hubiese sido construido en una urbanización de lujo, igualmente habría resultado desmesurado.

Bajo la sombra de la fachada, a refugio del ardiente sol del mediodía, dos hombres le observan. Sentados en sillas de plástico rojo, dejan caer a sus pies las cáscaras de las pipas que a ritmo acompasado devoran entre chasquidos. Ambos lucen el brazo derecho completamente cubierto de tatuajes y no hay ninguna duda de que tan pronto como sean relevados correrán de vuelta al gimnasio.

El mayor es Sócrates, uno de los más antiguos empleados de los Arcángeles y el único que siempre se ha mantenido a su lado como un perro fiel, custodiando su puerta y acompañando a Rafael cuando hay que enseñarle los dientes a algún descarriado. Si además hay que morder, él es el más indicado.

El otro, el más joven, responde por Jesús el Bienpeinao. El mote lo heredó de su madre, Manuela, a quien nunca se le escapó ni un solo cabello del prieto moño en que los aprisionaba formando sobre su cabeza un casco grasiento. Ni siquiera al salir por la puerta trasera de los muchos coches en los que, con devota entrega, se embarcaba cada noche en las calles del polígono.

Sócrates es el primero en hablar.

—¿Qué dices, Catalán? ¿Ya te han soltado, quillo?

—Ya ves. Estaban hartos de aguantarme. ¿Está Miguel dentro? —pregunta Carlos señalando la casa.

El Bienpeinao mueve los labios y a punto está de contestar, pero Sócrates se lo impide levantando la mano derecha con un gesto autoritario y de nuevo es él quien le habla, entrecerrando los ojos:

—¿Qué le buscas? —responde suspicaz inclinando la cabeza a un lado.

—Vengo a buscar trabajo. No es nada malo, tranqui.

—¡No me toques los cojones, Catalán! Yo estoy tranquilo. Eres tú el que a lo mejor no tendría que estarlo tanto, niñato. —Apoyando las manos en la silla se incorpora, tensando ostentosamente sus músculos y haciendo crujir en los puños cerrados las pipas que aún sujeta.

—Mira, Sócrates, no vengo buscando problemas. Solo

quiero pedirle trabajo. Si está, bien. Pero si no, me voy y en paces. ¿Vale? Sin problemas, tío.

—No está, Catalán. La cosa está muy revuelta. Ya sabes lo que ha pasado, ¿no? —le dice Jesús el Bienpeinao.

Carlos niega con la cabeza.

—Acabo de salir de Botafuegos. Vengo directamente de allí y no sé nada.

—A ti te lo puedo contar. Tú eres de la casa —responde Jesús—. La semana pasada hubo un vuelco muy potente, quillo...

—¡No le cuentes nada! ¡Coño, Jesús! —interviene Sócrates, dando un golpe con el anverso de la mano en el hombro de su compañero.

—¡Estate ya, coño! ¡Que es el Catalán, joder! ¡Que ha estado pagando tres años en Botafuegos por los Arcángeles y no ha abierto la puta boca! —sentencia el Bienpeinao haciendo callar a Sócrates—. Ya hace un par de años que hay muchos vuelcos y la gente está muy nerviosa. Eso ya lo sabes, ¿verdad? Bueno, pues resulta que esta vez la cosa ha sido muy seria. Se han llevado un cargamento de puta madre: ¡más de doscientos kilos de coca que nuestra gente llevaba para el norte por cuenta de unos gitanos! Pero ya sabes cómo van estas cosas. Los gitanos le habían contratado el porte a Miguel, pero la coca tampoco era suya... Ahora todo el mundo anda revolucionado buscando la nieve de los cojones.

—¡Venga, ya está! ¡Tú vete de una puta vez! ¡Y tú cállate ya, que lo estás rajando todo! ¡Hostia puta! Como se entere Miguel te va a cortar los huevos —intervine de nuevo Sócrates, dando por concluida la conversación.

—En fin, Catalán. No te preocupes, en cuanto venga Miguel, nosotros le decimos que has venido, quillo. Si él quiere verte ya sabemos dónde buscarte, ¿vale? —dice desde su silla el Bienpeinao mientras Sócrates trata aún de componer una mirada escrutadora que resulte al mismo tiempo intimidante.

—Oye, Carlos. Siento mucho lo de tu hermana. A ver si pillan pronto al hijo de puta que lo haya hecho —añade Jesús cuando Carlos está ya a punto de doblar la esquina.

Carlos dirige un último saludo al Bienpeinao y, mientras camina por los estrechos callejones que conectan las callejas del barrio con el paseo marítimo, aún oye cómo Sócrates rezonga mientras su compañero trata de aplacarlo.

—¡Cállate ya, quillo! ¡Ya está, coño! Siéntate, joder. Anda, dame más pipas.

No tiene que caminar mucho para llegar a la puerta del chamizo. La abuela Caela se levanta para recibirle y da dos pasos en dirección a él, pero no llega a abrazarle, tampoco le habla. De sus ojos comienzan a brotar unas lágrimas ralas, dispersas, que se derraman por sus mejillas, como si de pronto los ojos se hubieran licuado y anegaran la piel curtida y los surcos que cuartean su rostro.

Carlos no ha visto nunca antes llorar a su abuela. Ni siquiera cuando murió Lolo. Tampoco cuando vinieron a decirle que había muerto su marido. Aunque quizá ese fuese el día en que tuvo menos motivos para hacerlo.

—¿Y mi padre?

—Por ahí anda. Con la botella —contesta la abuela con un hilo de voz.

Deja en un rincón las dos bolsas de plástico con las que carga desde que salió de la cárcel, bajo el antiguo saco que aún cuelga de las vigas, y vuelve de nuevo a la calle en busca de quien sepa darle razón de su padre. Solo espera saber qué le ha contado la policía sobre la investigación. Al fin y al cabo, aunque sea un borracho, es el padre de la muerta y algo deben de haberle dicho. Algo debe de saber.

Al llegar a la plaza ve cómo las mujeres, que cada día van ocupando los bancos al ritmo al que el sol los indulta, le observan y chismorrean.

Las cigarras chirrían con fuerza y del asfalto cercano se elevan pequeños torbellinos de aire ardiente que arrastran el polvo y la arena de la playa.

Ades le ha visto llegar desde su atalaya y ya le espera. La figura imponente de más de dos metros de altura, la colosal masa de carne de aquel cuerpo desmesurado empequeñece la estructura metálica del kiosco, coronada por una cúpula negra que semeja un templete. La pequeña capilla dedicada a honrar a un santo sacrílego y excesivo.

Cuando Carlos se detiene frente a él, Ades posa la mano derecha sobre su hombro. Es como si con aquel peso muerto le unciera con un yugo caliente y húmedo. Nota cómo sus dedos rollizos le apresan y tiene la certeza de que si el gigante se lo propusiera solo le haría falta apretar el pulgar para quebrarle el cuello.

—Catalán, nadie va a sentir más que yo lo de tu hermana. Bueno, nadie que no seáis tú o tu abuela, claro está.

—Sí, Ades, ya lo sé. —Carlos calla, ligeramente azorado, y rápidamente trata de enmendar lo dicho—. Perdona, quería decir Marcos. Ya sé que le tenías mucho aprecio a mi hermana. Ya lo sé.

—No te preocupes, chaval. Ades está bien. Desde que se murieron mis viejos ya nadie me llama Marcos. Es como me conoce todo el mundo, ¿no? Está bien así, no te preocupes —contesta condescendiente—. ¿Qué puedo hacer por ti? Dime, chaval. Lo que sea, ya sabes.

Las solícitas palabras de Ades no encuentran acomodo en la gélida expresión de sus pequeños ojos que, como azules piedras de hielo enterradas en pulpa, le escrutan tras unas lentes moteadas de manchas blanquecinas.

—Solo quiero saber si has visto a mi padre. Quiero hablar con él —responde Carlos tratando de no dejar traslucir la repulsión que le produce.

—Hace días que no le veo, la verdad. No sé por dónde andará. Aunque lo que es seguro es que estará borracho. Pero a lo mejor yo te puedo ayudar. Dime, ¿qué quieres saber? Yo me entero de mucho y la gente me cuenta cosas. Ya lo sabes.

Hace años que el kiosco dejó de ser atractivo para los niños que, seducidos por la inmediata globalidad que manejan desde las palmas de sus manos, desprecian los reclamos colgados de pinzas multicolores que aún ofrece Ades. El kiosquero tampoco ha podido retener a quienes antes acudían a él en busca de dulces y golosinas imposibles de reproducir digitalmente. Eso explica que escupa al paso de cuanto chino y pakistaní se cruza en su camino. Sin embargo, contra toda lógica, allí sigue, más que desafiando los cambios, negándose a aceptarlos. Siempre pendiente de todo cuanto pasa en el barrio.

Desde su puesto de vigía Ades ha ido absorbiendo todo lo que sucedía a su alrededor, nutriéndose de las vidas de quienes día a día pasan a su lado, deglutiendo pacientemente las historias de sus vidas. Como un vampiro que se alimentara de las alegrías y de las penas ajenas. De cuanto sucede a quienes le rodean, hasta convertirse en la persona mejor informada de La Línea.

Sabe con precisión de relojero cuándo se va a hacer la próxima descarga y quién la organiza. También sabe quiénes trabajan para los Arcángeles, quiénes para la policía, los aduaneros o los guardias, y quiénes para todos ellos. Controla las idas y venidas de unos y otros.

Pero también está al tanto de las historias pequeñas. El nombre del padre del chiquillo recién nacido de una nigeriana quinceañera que desde hace un año se ofrece entre las barcas arrumbadas en la playa, a diez euros el servicio. Conoce lo que sucede en el interior de cada una de las casas que rodean la plaza. Anticipa las discusiones y las reconciliaciones de las parejas y hasta los embarazos de las mujeres es capaz de conocer antes de que sus maridos sospechen que otra nueva boca está por llegar, reclamando espacio y alimento.

—Busco a mi padre para que me cuente qué le ha dicho la policía de lo de mi hermana. Quiero que me cuente todo lo que saben.

—En eso no te va a poder ayudar tu padre, Catalán. Y me parece que tú también sabes que los maderos tampoco van a decirte nada, si es que saben algo.

—Pero alguien tiene que haber visto algo, Ades. No me creo que nadie sepa nada. Eso es imposible. —Carlos habla con indignación y rabia. Desde que le dieron la noticia en Botafuegos y después, durante los meses de aislamiento que dedicó a estudiar los informes de la policía y el de la autopsia que le había conseguido el gitano Cortés, apenas ha logrado contener la ira que se ha apoderado de él de una forma que hasta ahora no había conocido. Disfruta de ese sentimiento, se regodea en ella y la reserva para el momento en que tenga ante sí a quien mató a su hermana. Pero ahora, ya en el barrio y sintiéndose más cerca del asesino de Camila, caminando por las mismas calles que él camina, respirando el mismo aire que él respira, la necesidad de acabar con él es tan intensa y visceral que siente que puede paladearla y su sabor es el de la sangre.

—Ellos no son los que te van a ayudar, chaval —sentencia Ades, al tiempo que libera el hombro de Carlos de la maza con que la aprisionaba. Este nota que sus piernas recuperan de nuevo las fuerzas que por momentos le habían faltado. Ades eleva ligeramente la ceja derecha, baja el mentón y a continuación añade—: Pero si estás dispuesto a todo y no te da miedo saber lo que de verdad le pasó a tu hermana, yo te puedo ayudar.

Carlos se limita a asentir. El gigante sonríe y da una larga chupada al cigarrillo que humea en el hueco de su mano izquierda.

Los cigarrillos que fuma Ades son peculiares, diferentes a todos los demás. También en eso es extraño aquel gigante. Se los hace traer de Alemania. Son gruesos y sin boquilla. El papel es de un blanco hiriente y en él dos leones se yerguen sobre sus patas traseras bajo un dosel y una corona, lo que les otorga, según suele decir, un toque distinguido y exclusivo. Apura aquellos cigarrillos aspirando su humo áspero y picante con la codicia de un condenado. Cuando algún cliente se interesa por ellos y pretende comprar un paquete, se ufana y, jactancioso como es, le responde que no están a la venta. Aunque, en realidad, si el precio que se le ofreciera resultara suficiente, Ades nunca se negaría a vender lo que fuera.

Solamente otra persona goza del privilegio de poder disfrutar aquellos cigarrillos exclusivos. Don Luis, el párroco del Carmen. El cura no recuerda ya cuándo empezó a hacerlo, pero Ades le surte cada mes de tabaco sin pedirle nada a cambio, como si fuera un donativo que el kiosquero le hiciera directamente a él, sin pasar por el cepillo.

Cada vez que el pedido llega de Alemania, Ades acude a la iglesia con dos cartones bajo el brazo y en la mano una botella de licor de endrina, el preferido del párroco.

Es una rutina placentera para don Luis. Ades entra al final del oficio de Vísperas, espera a que las ancianas salgan de la iglesia y toma suavemente por el brazo a don Luis para acompañarlo a la sacristía. Allí se demoran fumando, bebiendo dedales de licor y hablando hasta bien entrada la noche.

El párroco de Nuestra Señora del Carmen conoce como si fuera su propia familia a los vecinos de La Atunara y ese es el tema de conversación preferido de Ades. Don Luis se preocupa por todos y cada uno de ellos, por sus problemas, sus necesidades y agobios. Cuida de su rebaño como un buen pastor y Ades se preocupa por él y cada mes, sin faltar nunca a su cita, se interesa por sus inquietudes y escucha lo que tenga que decir quien dedica su vida a escuchar a los demás.

Don Luis sabe que no hará de Ades un devoto católico, ni siquiera un creyente, pero disfruta de aquellas tardes de libertad en compañía de un vecino que, en contra de lo que afirman sus feligreses, con él siempre ha sido servicial y amigable, un hombre culto con el que es posible hablar de algo más que de las apreturas para llegar a final de mes, de las ayudas que no llegan, de la necesidad que ahoga y obliga al hijo a meterse en lo de las lanchas y el hachís o de la esperanza de que la semana que viene o en quince días llegue el golpe de suerte que haga que el hijo les pague la hipoteca o desempeñe la barca con la que se han ganado la vida hasta que llegó la crisis y ya no hubo ni para remendar las redes.

Carlos no confía en Ades. Nadie lo ha hecho nunca. Esa es una lección que todos los niños de La Línea aprenden bien pronto. Pero, si quiere encontrar a quien busca, antes o después tendrá que pedir ayuda; él solo no podrá lograrlo.

Sabe que llegar a un acuerdo con Ades es hacer un pacto con el diablo. El kiosquero sacará más provecho del que le dará a cambio. Pero necesita su conocimiento de cuanto sucede en La Línea y no se puede permitir despreciar su ofrecimiento.

—De acuerdo. Dime lo que sabes y también qué quieres de mí.

El brazo derecho de Ades vuelve a reposar sobre su hombro. Carlos acusa de nuevo su peso.

—Nada, Catalán. No quiero nada, chaval —le contesta, dibujando una sonrisa, mientras da una última y profunda calada a su cigarrillo.

JOSELITO

La taberna del Toncho es un tugurio. Una construcción de una sola planta a unos quinientos metros de la Punta del Rinconcillo, en la esquina de una callejuela a espaldas de la playa. En su interior no cabrían más de diez personas de pie, si es que en algún momento se hubiesen llegado a juntar tantos bebedores en ese antro ruinoso al que, desde hace años, solo acuden pescadores arruinados y los puntos y paqueteros del barrio para darse un empellón de valor en forma de copas de aguardiente y alguna raya antes de las descargas. En la taberna no hay ni sillas ni taburetes en los que descansar ni sobre los que aliviar la jumera, únicamente una barra que va de pared a pared, lo que convierte el local en un tubo que deja el espacio justo para que los parroquianos se acoden y beban. Por no tener, no tiene ni lavabo.

Por las encaladas paredes exteriores se derraman regatas pardas. Restos de la mugre antigua y de los trozos de arcilla que han ido desprendiendo las tejas de la cubierta. Los sillares del zócalo hace años que han desaparecido, deshaciéndose en arena a causa de las continuas subidas del mar y también del desgaste al que las somete el agua que anega las calles cada vez que llueve.

Una máquina de aire acondicionado cuelga de dos escuadras oxidadas en la pared lateral, junto a la ventana, pero no hay en toda La Línea quien jure haberla visto alguna vez en marcha. La fachada la remata una antena parabólica de la que nacen dos cables sujetos con cuatro clavos que recorren la pared de punta a punta, hasta perderse en el interior del local a través de su única ventana.

La puerta, siempre abierta, desentona con las que la rodean, no solo porque es metálica, sino por su desmesurado tamaño, lo que da a la fachada el aspecto de un almacén —lo que probablemente fuera antes— o del chiquero de una plaza de toros. Al aire taurino contribuye también el color rojo desvaído y mortecino de la puerta, el tejadillo de chapa que la cubre y la reja de su única ventana.

Cuando Carlos atraviesa el vano, dejando caer tras de sí las cintas de plástico verde de la cortina, que restallan como látigos a su espalda, tiene que dejar pasar unos segundos hasta que sus ojos se acostumbran a la penumbra.

Toncho mira hacia la puerta con los puños cerrados apoyados en la barra, que en algún momento también fue roja. Sus brazos, como columnas inclinadas, parecen soportar el peso de todo el local.

Desde la pantalla de la televisión que cuelga del techo en la esquina más alejada a la puerta, una joven morena de mirada desafiante e hipnótica parece retarle mientras canta doliente en un paisaje posapocalíptico. «Yo que tanto te camelo, y tú me la vienes haciendo».

Al fondo, difuminado en la penumbra, Joselito bebe acodado en la madera mientras contempla ensimismado cómo los hielos se deshacen en el vaso de ginebra. Carlos abre la navaja y se dirige hacia él al tiempo que el otro levanta la mirada en dirección a la televisión, donde un molino estalla en llamas mientras en los altavoces atruena el motor de una motocicleta a toda velocidad. «Que tú de aquí no sales —canta por bulerías la muchacha—. Con el revés de la mano, yo te lo dejo bien claro».

Joselito debe haber oído el trote acelerado de quien viene a matarlo, porque vuelve la vista en el último momento y, al ver el brillo del arma que se dirige a su costado, salta hacia atrás, esquivando la primera acometida. Carlos no tiene tiempo de corregir la trayectoria de su envite y golpea el vaso de ginebra, que salta por los aires, rompiéndose en pedazos al golpear la pared a la espalda de Toncho.

Antes de caer al suelo, Joselito logra sacar la navaja del bolsillo del pantalón y se incorpora con ella en la mano derecha lanzando un golpe en dirección a Carlos, que se deja caer hacia atrás para evitarlo. Joselito aprovecha para levantarse e iniciar un nuevo ataque. La navaja va esta vez bien dirigida: al hígado y desde abajo, con un movimiento recto y rápido, acortando la trayectoria para evitar la defensa de Carlos, que aún trastabilla hacia atrás, intentando no perder el equilibrio. Joselito tampoco alcanza su objetivo esta vez. Aunque, al intentar esquivarlo, Carlos cae de bruces junto a la barra. El otro aprovecha la ocasión y se lanza buscando el cuello para apuntillarlo con su estoque, pero solo logra herirle en la espalda. En la televisión la música sigue a todo volumen y la cantante jalea «¡Eh! ¡Eh, eh! ¡Eh! ¡Eh...!», braveando, con chulería entre palmas y bullangas.

Desde el suelo, Carlos apoya los pies en la pared y logra lanzarse sobre su rival, derribándolo de nuevo. Se aferran el uno al otro y braman como animales. Con la mano izquierda Carlos trata de apresar la derecha de Joselito, mientras con su derecha busca cómo clavarle el cuchillo, donde sea. Pataleando intenta ponerse sobre el otro y con ansia arrastra los pies sobre el suelo, buscando un punto de apoyo que le otorgue una mínima ventaja, un estribo con el que darse impulso y vencer a su oponente. La sangre que brota de su espalda impregna su camiseta. Los gemidos se convierten en gruñidos y estos en aullidos, cada uno trata de herir al otro. Matar o morir. «¡Eh! ¡Eh! ¡Eh...!», les anima la muchacha.

De pronto, Joselito deja escapar un quejido sordo. Carlos ha logrado que la hoja del cuchillo se abra camino en su costado, a la altura del pulmón. Se dobla y sus brazos pierden fuerza. Carlos aprovecha para extraer el puñal y volver a clavarlo otra vez. Pero ahora de arriba abajo, junto a la clavícula. Otra vez, y otra, y otra, y otra... Otra, otra más... «¡Eh! ¡Eh! ¡Eh! ¡Eh! ¡Eh...!». Con cada golpe que asesta ahoga un grito de ira, mientras la saliva se le escapa entre los dientes apretados. Con cada puyazo que recibe, Joselito deja escapar un gemido, cada vez más débil, menos audible. Con cada facazo sus labios se abren más y más, la mandíbula se afloja por momentos.

Por fin Carlos se detiene. Exhausto. Empapado en el sudor y la sangre de ambos. De la boca de Joselito aún escapa un bramido casi imperceptible mientras su mano derecha trata en vano de alcanzar la navaja tirada en el suelo junto a él. La sangre brota de sus heridas con cada latido.

Tan solo se oye el crepitar del fuego que quema en la pantalla, los jadeos cada vez más apagados de Joselito y la agitada respiración de Carlos, que alza la vista y por primera vez desde que ha entrado en la taberna toma conciencia de que no hay nadie más. Solo Joselito, Toncho y él.

Se levanta, tratando de palparse la herida que le quema como si en lugar de una navaja le hubiese clavado un atizador candente. Se vuelve hacia Joselito, que en el suelo le observa con la mirada velada y ya casi perdida. Escupe sobre su cuerpo casi inerte y le da una patada que el otro ni siquiera acusa. Apoyándose a cada paso en la barra se dirige hacia la puerta mientras con la mano izquierda trata de palparse la herida, más por darse consuelo que por taponar la hemorragia, que no es abundante. Todavía sujetando la navaja ensangrentada en la mano, levanta el brazo derecho para apartar la cortina, lo que le provoca un intenso dolor y le obliga a arquear la espalda.

Toncho se incorpora entonces desde detrás del mostrador. Pálido y con un palillo todavía colgando de los labios entreabiertos, su mirada parece secuestrada por el cuerpo ensangrentado de Joselito, ya totalmente inmóvil. Carlos, cuya figura recorta el sol de la mañana contra la puerta, le dice: «Tú no has visto nada, ¿verdad, hijoputa?». Como si saliera de un trance, el tabernero niega moviendo la cabeza, sin ser en realidad consciente de qué le dice Carlos ni de cuál es su respuesta. Con las manos apoyadas de nuevo en la barra, sus brazos como columnas tiemblan.

Carlos sale de la tasca y el fogonazo de luz de la tarde de julio le deja por un momento ciego. Corre de memoria. Guiándose por los pasos antiguos de incontables carreras pretéritas. Cuando perseguía gatos junto a su hermano, con una tabla tachuelada en la mano, o cuando huía de la vara y de los puños del abuelo.

Calles estrechas en las que las antiguas casas bajas de los pescadores, con paredes desconchadas que ya nadie se ocupa de enlucir, se alternan con otras inmensas y arrogantes. Edificios de dos y de tres alturas, con fachadas cubiertas de azulejos o esmaltadas en rojos, verdes, naranjas, azules o amarillos. Una lucha callada en la que los miembros de los diferentes clanes rivalizan por lograr la policromía más llamativa y estridente. Fortines de ventanas cerradas y persianas selladas, en las que el zumbido de los aires acondicionados se impone sobre el de las moscas.

A las cuatro de la tarde de un día de verano en La Línea no hay alma que se aventure por las calles. A esa hora la fuerza de la luz ciega al caminante imprudente que se arriesgue a salir a las calles ardientes. Convirtiéndose en aliado del clandestino, de quien se esconde y huye de las miradas y sabe que el intenso sol es para él tan útil como la noche cerrada, recluyendo las indiscretas miradas tras los zaguanes, en la penumbra y a resguardo del calor sofocante.

Carlos recorre las angostas callejas sin cruzarse con nadie hasta llegar al colegio y, oculto por unas palmeras bajas, salta la tapia trasera. Se esconde junto al gimnasio, dispuesto a esperar. Pocos años antes había corrido durante horas en aquel mismo lugar sin sufrir jamás el ahogo que ahora le oprime los pulmones.

Allí había jugado con Lolo, con Joselito y Tono, con el Chivo, con Jesús, el Borrico, Bocachocho y todos los demás. En el gimnasio junto al que ahora espera en cuclillas y recostado contra la tapia del patio en el que pateó decenas de balones, disparó centenares de balas, alijó miles de toneladas y ganó millones de euros.

Todos ellos querían ser quienes tripulaban las gomas, huían de las patrulleras y se enfrentaban a tiros a la policía, venciendo siempre. En cambio, ninguno quería nunca el otro papel. Aspiraban a ser siempre quienes paseaban su éxito cubiertos de pulseras, anillos y colgantes dorados, conduciendo lentamente sus Bemeuves y Mercedes por el barrio. Motores rugientes y potentes altavoces, detenidos frente a los bares de las pocas calles en que transcurrían sus vidas.

La fangosa sangre que le cubre la espalda y las manos no tarda en secarse. Una fetidez de matadero, ferrosa y dulzona, le envuelve y satura su olfato. Recuerda entonces el cuerpo de Winston tirado sobre el cemento de Botafuegos, tratando de levantarse y cómo, con cada esfuerzo que hacía por incorporarse, su herida manaba con menos fuerza, hasta que dejó de hacerlo y quedó inmóvil, con los ojos aún abiertos y la mirada ya sin brillo fija en él. Como la de Joselito.

No le pesa la muerte de Winston. Era el precio que Cortés había puesto a la información que necesitaba. Son solo negocios y Winston lo habría entendido.

Al poco, desde su escondite, puede oír las sirenas y el rumor de los que acuden a conocer de primera mano lo que ha sucedido en la taberna de Toncho. A oír el relato que el tabernero hace a los agentes, explicando entre gritos y aspavientos cómo un desconocido ha entrado en su tasca y, sin mediar palabra, ha matado a Joselito a puñaladas. No, no lo conoce. No lo había visto nunca. Sí, lo podría identificar. Era un moro, como todos esos que desde hace tiempo vienen por aquí a robarnos y a matarnos, mire usted señor agente.

Acompaña sus palabras con amplios círculos que describe con los brazos peludos. Tratando de abarcar con ellos a sus vecinos, al clan, a la tribu que ahora le arropa como a un mesías y, entre murmullos cada vez menos discretos, hace suyas las palabras del tabernero y su protesta. La indignación del gentío crece con cada comentario, con cada imprecación contra el moro: traidor, asesino, cobarde, violador y ladrón.

Los policías, acostumbrados a que su presencia no sea bienvenida en aquellas calles, apremian a la secretaria judicial en la que la jueza ha delegado para que abrevie el trámite y así poder salir de allí cuanto antes.

Las diligencias se acortan tanto como puede tolerar el celo profesional de la funcionaria.

Poco después Toncho ya ha logrado apañar la sangre que pavimentaba su escueto local y también, valiéndose de seis cubos de agua y cuatro botellas de lejía, ha baldeado la acera. Al caer la noche aún hay tiempo para que quien quiera acompañe la tertulia con unos tercios cuya primera ronda Toncho anuncia que cobrará a mitad de precio.

—Por los nervios pasados y para celebrar que estamos vivos —dice entre aplausos que recibe con el orgullo de saberse el protagonista, el hombre del momento.

Cuando la noche ya es cerrada, Carlos oye por fin el motor de un vehículo que se detiene junto a la tapia del colegio. La suspensión gime cuando el conductor desciende pesadamente.

—Catalán. Venga, salta. Que no hay nadie, niño. Salta ya, quillo.

LOS SUECOS

El Carita había sido siempre un cero a la izquierda, una nuli-
dad. Le faltaba inteligencia y carácter. Lo que, unido a la cara
de niño medio lelo que le acabó bautizando, marcó su destino. Anduvo siempre a la sombra de los demás, correteando a
la zaga de los mayores, pendiente de sus órdenes, dispuesto
a hacer todo lo que a ellos se les antojara. Si era buscar un
balón entre las zarzas, allá saltaba él. Si era beber los orines de
uno de los capitanes a modo de prueba de fidelidad, también
daba un paso al frente. Lo mismo se clavaba en el brazo un
estilete para demostrar su cuestionada resistencia al dolor,
que se presentaba una tarde con la bota de vino de su padre,
aunque lo hiciera con la certeza de lo que le esperaba al regresar a casa. Todo era poco en su afán por lograr un sitio entre
los que contaban y ganarse su respeto, ser uno más entre ellos.
Cuando por la tarde bajaba el sol y todos salían a la calle a
jugar al fútbol, era el último en ser escogido, y cuando su equipo perdía aceptaba con la mirada gacha los pescozones y las
puyas por aquel pase que había perdido o el error que había
provocado estorbando en un remate. Cuando era su equipo el
que vencía era él quien más lo festejaba, el que más bulla hacía y quien más empeño ponía en humillar con torpes burlas

a los vencidos, que se desquitaban del bochorno de la derrota corriéndolo a patadas y cogotazos.

Aunque habían pasado ya muchos años de aquello, el Carita seguía siendo el mismo pelele a merced de quienes mandaban. Ahora eran los Arcángeles quienes daban las órdenes y él quien las obedecía sin plantearse otro objetivo que la complacencia de sus amos.

Era el más fácil de encontrar y, según el plan trazado por Ades, debía ser el primero en morir. «La vino a buscar el Carita y se la llevó en el Q8 de Gabriel. Yo lo vi llegar y me dije, este viene a por la hermana de Carlos. Y digo que si vino a por ella. Hasta se bajó a abrirle la puerta. Quijoputa. De verdad, Catalán. Y luego, mira, la dejaron ahí tirada. Pobrecita la niña Camila, joder».

Sin embargo, Carlos añadió a Joselito a la lista y decidió ir a por él en primer lugar. «Ese no estaba, quillo. Joselito es un cabrón, todos lo saben. Pero no estuvo en lo de la niña Camila», objetó Ades. Pero Carlos insistió sin dejar lugar a réplicas ni querer darle más explicaciones. El gigante prefirió callar, y se encogió de hombros.

Unos días después, cuando la espalda de Carlos ya ha dejado de sangrar, Ades le dice dónde encontrar al Carita.

—En la carretera del cortijo del cojo, en el Polígono de Campamento —le espeta una mañana—. En la fábrica de gases abandonada. Allí lo vas a encontrar a ese cabrón. ¡Ay, si yo pudiera ir contigo! ¡Le iba a arrancar los huevos a ese hijoputa! ¡Por mis muertos, Carlos! ¡Por mis muertos! Va mucho allí. Con el Q8 de Gabri Arcángel o con el suyo, un Alfa rojo. No te puedes equivocar, niño.

Llega al polígono conduciendo una de las motos que los Arcángeles tienen aparcadas bajo una techumbre de uralita, junto a la iglesia. Unos escúteres siempre disponibles para su gente, con los depósitos llenos y las llaves puestas, para que cada vez que se les requiera puedan moverse rápidamente de un puesto de vigía a otro, de una descarga a la siguiente. A nadie va a extrañar que coja uno y tampoco nadie podría imaginar que quien se atreva a tocar una de aquellas motos lo haga sin el permiso de Gabriel o alguno de sus dos hermanos.

Cuando llega al polígono deja el escúter escondido tras unos matorrales, a cien metros de la nave industrial que le ha señalado Ades, un vetusto armazón metálico a la sombra de la refinería, apartado de las demás construcciones, en el extremo norte de un polígono industrial desolado por el que solo de tarde en tarde circula algún camión y donde a aquella hora no queda ya ningún empleado.

Dispuesto a mantener la vigilancia el tiempo que sea necesario, Carlos se aposta en el talud que bordea el lateral de la nave. Tumbado en el suelo para evitar ser descubierto, deja el campo abierto a su espalda seguro de que quien llegue habrá de hacerlo por la carretera de cemento plagada de socavones que él acaba de recorrer.

El sol ha empezado a perder altura, pero quedan al menos dos horas de buena luz. Una brisa caliente levanta del suelo arenoso y seco un polvo que penetra en sus pulmones con cada respiración. Pasados unos minutos empieza a notar las punzadas de las diminutas piedras del terreno y, aunque trata de acomodarse, la sensación se va haciendo cada vez más molesta, hasta transformarse en un dolor agudo y constante.

Aunque la nota sobre el muslo, palpa por encima de la tela

del pantalón para cerciorarse de que la navaja sigue allí, dispuesta a servirle cuando la requiera. Piensa entonces que el Carita podría cargar un hierro y se maldice a sí mismo por no haberlo tenido en cuenta antes. Desde que los vuelcos son tan frecuentes, los Arcángeles han armado a su gente y las pistolas circulan ya por La Línea como golosinas a la puerta de un colegio. Busca a su alrededor algo que sumar a la navaja, cualquier cosa que le sirva. Cinco metros más abajo ve una piedra del tamaño de un puño cerrado, compacta y cubierta de aristas. Se deja caer por el terraplén, arrastrándose hacia atrás para alcanzarla. La herida de la espalda le molesta aún y con cada restregón sobre el suelo siente un dolor sordo, aunque confía en que el remiendo que le ha hecho Ades aguante. En el momento en que alcanza la piedra, el ruido del motor de un coche comienza a imponerse, silenciando a las cigarras.

Trepa nuevamente por la pendiente para recuperar el puesto de vigilancia y, al hacerlo, levanta una nube de polvo que se eleva por encima de su cabeza. Aprieta los dientes con fuerza y se maldice a sí mismo confiando en que la gran polvareda que arrastra consigo el todoterreno, que ya clava los frenos a la puerta de la nave, impida a sus ocupantes ver la que él ha provocado.

Durante unos minutos nada se mueve. El Range Rover blanco ronronea suavemente y a través de sus cristales tintados se percibe un rumor machacón y una voz desganada que canta a ritmo de *dembow*.

El motor y la música callan a la vez y las cuatro puertas del Rover se abren simultáneamente escupiendo a cuatro tipos ataviados con gafas de sol. Dos de ellos se pinzan aún la nariz con los dedos mientras sorben ruidosamente.

Uno de los cuatro, un negro delgado de músculos fibrosos que carga una bolsa de deporte, se encamina a la puerta de la nave, abre los candados y retira las cadenas. Actúa con seguridad y está claro que no es la primera vez que visita el lugar. Los otros tres se colocan frente al portón trasero del vehículo con los brazos rígidos a ambos lados del cuerpo, procurando permanecer quietos pese a la tensión que pugna por hacerlos brincar y que atenaza sus mandíbulas.

El negro asoma medio cuerpo por la puerta y hace un gesto de asentimiento en dirección a los demás, que inmediatamente se abalanzan sobre el maletero del coche, abriéndolo con movimientos mecánicos e impacientes. Sacan en volandas a dos hombres atados de pies y manos, con las cabezas cubiertas con bolsas de lona negra y a rastras los llevan al interior de la nave.

En ese momento el Alfa Romeo del Carita enfila a toda velocidad la calle. Cuando se detiene junto al Range Rover los frenos gritan. La puerta del conductor se abre y las pupilas de Carlos se dilatan mientras aprieta los puños. Sin embargo, no es el dueño del destartalado vehículo quien desciende de él, sino la viva imagen de quien el Carita habría querido ser. Perilla, pelo rapado, moreno, alto y de hombros anchos y fuertes, con una seguridad en sus movimientos que el Carita no habría llegado a imaginar en el mejor de sus sueños. Una madeja de gruesas líneas de brillante tinta negra asciende por la parte trasera de su cuello y continúa brazo abajo, como las ramas de una zarza enmarañada. Con solo cuatro zancadas deja atrás los vehículos y alcanza la puerta del edificio. Un instante antes de traspasarla, vuelve la vista en dirección al camino, como si sospechara que alguien le observa. Es entonces cuando Carlos puede ver su rostro: Salmerón.

Carlos queda desconcertado unos instantes. Salmerón fue uno de los capitanes de los Arcángeles, el protegido de Miguel. Hasta que cayó preso y pagó una condena de cuatro años. Pocos, teniendo en cuenta el negocio al que se dedica, aunque a él sí debieron parecerle demasiados. Al salir de la cárcel no quiso saber nada más de los Arcángeles. En La Atunara se decía que les dejó porque se sintió traicionado y abandonado por sus antiguos jefes, aunque muchos en La Línea piensan que en realidad siempre aspiró a reemplazarles y quizá el tiempo en prisión le había cargado de valor para dar el paso y establecerse por su cuenta.

Sea por la razón que sea, lo cierto es que Salmerón desapareció y no se supo nada de él hasta que empezó a correr la voz de que se había unido a unos sicarios extranjeros especializados en secuestrar y matar por encargo a quienes fallaran en los pagos o estorbaran en el negocio. Llevaban ya dos años trabajando por toda Málaga y se decía que desde hacía meses habían llegado también a Algeciras y a La Línea, subcontratados por los productores africanos y sudamericanos, para quienes ejercía como su brazo ejecutor. Los traficantes españoles les tienen tanto miedo como la policía. Ya hablan de ellos en los periódicos, donde los han bautizado como los Suecos porque, aunque sean hijos de emigrantes somalíes, iraníes y marroquíes, se han hecho famosos en Suecia por golpes muy sonados en los que, además de utilizar armas automáticas, también les gusta hacer explotar coches y edificios.

Carlos comprende enseguida: uno de los dos prisioneros es el Carita. Y lo que se dice de Salmerón es cierto. Es el enlace español de los Suecos.

Deja pasar unos minutos y se acerca al edificio con cuidado. Rodea el talud en busca de una entrada, un acceso que le permita saber qué sucede dentro. Camina con pasos cortos y veloces hasta una de las esquinas de la parte trasera, encorvado y procurando no hacer ruido, con los brazos pegados al cuerpo y asiendo aún la piedra que recogió durante la espera.

Al llegar a la pared trasera de la nave nota un calambre en el antebrazo derecho. Mira la piedra como si nunca antes la hubiera visto y abre la mano enrojecida por la presión, dejándola caer con suavidad para no delatar su presencia. No le va a servir de mucho frente a aquellos tipos.

Busca a lo largo de la pared algún hueco desde el que observar lo que sucede en el interior y, cuando casi llega al final del muro, encuentra una angosta abertura a ras de suelo. Se trata de un canalón encachado de poco más de medio metro de diámetro por el que cuando la empresa todavía funcionaba debió discurrir un desaguadero. Arrastrándose por él logra entrar.

Se agazapa junto a unas grandes máquinas cubiertas de polvo arrumbadas al fondo de la nave. Sus ojos tardan unos segundos en acostumbrarse a la falta de luz. En el centro de la amplia estancia, a unos quince metros de donde se encuentra, se recortan las figuras del grupo. Los dos encapuchados están atados a pequeñas sillas que le recuerdan a las de su antigua escuela, de un color verde pálido. Varias vueltas de cinta americana rodean sus tobillos, uniéndolos a las patas metálicas de sus respectivas sillas. Desde la cintura al pecho están sujetos al respaldo mediante film transparente. Con ese mismo plástico han unido también los antebrazos con los muslos, dejando libres las manos. Las dos sillas están en el centro de un gran plástico de color azul extendido sobre el suelo de hormigón.

Salmerón observa a los dos cautivos. Con los brazos a ambos lados y las piernas abiertas, parece un futbolista que se dispone a lanzar una falta. Un cowboy preparado para un duelo al atardecer.

En cambio, los gorilas no dejan de moverse de un lado a otro. Con los pechos hinchados, resoplan a cada poco, fumando sin parar, con las cabezas gachas y ladeadas y los codos separados del cuerpo, en un gesto que reclama para sí todo el espacio que le rodea.

El tipo negro ordena en silencio el contenido de la bolsa de deporte sobre una mesa de camping, de espaldas al grupo. Carlos no puede ver qué maneja con sus manos huesudas, pero no le resulta nada difícil imaginar qué sucederá después.

A una señal de Salmerón, dos de los gorilas arrancan las capuchas de los prisioneros. Aun a contraluz y con tan poca claridad, Carlos puede reconocerlos. Tal y como había supuesto, el más gordo es el Carita, cuya mirada aterrorizada recorre a los cinco tipos que le rodean. El otro es Currito Negro, un moro de Castillejos que de niño llegó a la península en los bajos de un camión de feriantes. Resulta extraño verlo sin su otra mitad, Currito Blanco. Juntos desde niños, han formado siempre un tándem indisoluble. Los dos pequeños, enjutos y nerviosos, con la piel recorrida por gruesas venas. Consumidos por las platas de heroína con las que tratan de compensar los subidones de la coca. Uno sonrosado de tan blanco y el otro oscuro como el limo del fondo de las acequias. Correteando por La Bajadilla, El Zabal o La Atunara su vida es recorrer los callejones y los estrechos pasos entre las casas bajas, día y noche. Ofreciéndose para lo que sea menester. Puntos, para vigilar la costa y los caminos. O porteadores, para las descargas a pie de playa. Pero tampoco le hacen ascos a lo que surja, tanto si es pegarle el palo a un guiri como ofrecerse de chapero si no hay nada mejor. Los Curritos se buscan la vida siempre para poder contar cada día con sus dosis.

El Currito Negro no reacciona cuando le arrancan la cinta adhesiva que le cubre boca y nariz. Salmerón se acerca y lo examina brevemente. Después se aproxima al negro, que sigue ante la inestable mesa de camping, y le comenta algo que Carlos no puede escuchar. Al poco Salmerón se vuelve hacia los otros esbirros y, sin alzar la voz ni inmutarse lo más mínimo, les dice:

—*You've killed him. He has suffocated. This one no longer serves us.*

Carlos no entiende aquellas palabras, pero al ver cómo los gorilas se miran y cómo uno de ellos, entre reniegos, sujeta la cara del Currito y después arroja el cuerpo al suelo de una fuerte patada en el pecho, comprende que está muerto. Debe de haberse ahogado en el interior del maletero, con la boca y la nariz cubiertas por la cinta.

El Carita no deja de emitir un gimoteo continuo que se transforma en hipido histérico después de que el cuerpo del Currito Negro caiga junto a él con un ruido de fardo mojado.

Salmerón se acerca y le arranca la mordaza al tiempo que atenaza con una mano su garganta.

—No se te ocurra gritar, cabrón. Te voy a soltar, pero no grites.

Cuando el aire llega de nuevo a sus pulmones el Carita lucha por no toser, pero le es imposible evitarlo y aún tarda unos minutos en recuperar el aliento. Entonces Salmerón le habla de nuevo.

—Vamos a ver, pedazo de mierda. Sabemos que el puto moro este y tú os habéis llevado un cargamento que no es vuestro. Resulta que nos pertenece y lo queremos. ¡Lo queremos ya! No te voy a mentir, tú hoy no vas a acabar bien. Eso lo sabes tú y lo sé yo. Pero de ti depende cuánto dure esto. Dime dónde está la coca que nos habéis robado y veremos qué te puedes ahorrar. ¿Te ha quedado claro, gilipollas?

El Carita le mira con la boca entreabierta. Los dedos, frenéticos, parecen querer escarbar en sus muslos tratando de encontrar una vía de escape, una salida que le permita huir de allí, de lo que está por venir. Llora, pero sin emitir más sonido que el del hipo que no cesa. Cuando Salmerón calla, intenta articular palabra, pero solo es capaz de negar con la cabeza, una y otra vez, con la mirada implorante fija en Salmerón.

Este vuelve la cabeza hacia el que parece capitanear al resto, que se acerca al Carita con un pequeño soplete en una mano, del que brota con fuerza una llama azul y sibilante. En la otra mano lleva unas tenazas. Uno de los gorilas introduce un trapo en la boca del Carita, que ni siquiera así deja de hipar.

Pasados veinte minutos, en los que el negro ha hecho al menos cinco viajes a la mesa para intercambiar sus herramientas —abandonando las tenazas y el soplete por un martillo y un escoplo, después una cizalla, una sierra, una barrena y, por último, una escofina—, Salmerón vuelve a hablarle.

—Dime dónde está la coca, hijoputa. O le digo al negro que siga. Tú mismo.

El Carita asiente entre hipos y Salmerón le arranca el trapo de la boca.

—¡En una guardería de los Arcángeles! ¡En el Camino de la Viña! ¡La casa verde! ¡La casa verde! ¡Aaaaaahhh! ¡La casa

166

verde...! ¡Por favor...! ¡Mamá! ¡Mamá! ¡Por favor, no! ¡Mamá! ¡No!

El llanto desesperado y el hipo del Carita se ahogan con el trapo que de nuevo tapona su boca.

Salmerón se frota los dedos en la pernera del pantalón, como si con ese gesto no solo limpiara la sangre y la saliva del Carita, sino que también se desentendiera de lo que ha de sucederle al cuerpo que ya ha empezado a desdibujarse frente a él. Tras encender un cigarrillo se dirige al negro.

—*All for you.*

Salmerón, sentado en una de las sillas escolares, contempla cómo el negro, que ha recuperado de nuevo el martillo y el escoplo, se afana en su trabajo, pero ya sin otro objetivo que su propio goce y el prurito profesional por lograr la excelencia mediante la práctica. Ensayo y error.

Los tres gorilas hace rato que se han desentendido de los quehaceres del negro y han tomado posesión de una esquina de la mesa.

Como si se tratara de un cirujano o un artista, celoso de su material, el jefe les impide tocar sus herramientas. Allí han desplegado espejo, tarjeta y canutillos, después de encender dos lámparas portátiles que hacen renacer al instante la paleta de colores que la puesta de sol había debilitado. De pronto el rojo emerge con fuerza avasalladora, apoderándose de la estancia e imponiéndose a los grises que se habían ido extendiendo lentamente.

Carlos repta de nuevo por el suelo y vuelve al exterior atravesando el canal de desagüe. Corre agachado junto al talud, como si huyera atravesando una trinchera en mitad de la batalla. Al llegar al final trepa por la pendiente, cuidando de no asomar la cabeza por encima del desnivel. Cuando por fin llega al escúter no lo pone en marcha inmediatamente, lo empuja por la carretera hasta que se aleja de la nave tanto como cree prudente para evitar que desde dentro puedan oír el motor.

LA GUARDERÍA

La casa verde no es en realidad una casa. Se trata de un almacén o más bien un garaje, una cochera. Una de las diez o doce guarderías que los Arcángeles utilizan habitualmente para dejar descansar el hachís después de las descargas y antes de empezar a moverlo. Desde ahí transportan los fardos por carretera para entregárselos a sus nuevos propietarios.

La guardería del Camino de la Viña, la casa verde, está quemada. Hace unas semanas que no se utiliza porque en una de sus rondas semanales de vigilancia Gabriel Melés vio a dos tipos en el interior de un coche aparcado muy cerca de allí. No podía saber si se trataba de guardias civiles, policías o paleros, pero lo que era seguro es que no era una pareja de acaramelados amantes planeando su futuro mientras hacían manitas y se besaban bajo el sol de una mañana de mayo en La Línea. Gabriel había pasado la matrícula a su hombre en Tráfico, pero el hígado del contacto acababa de darle un nuevo achuchón y lo tenía recluido en el hospital. El Arcángel no quiso gastar un boleto con alguno de los policías que tiene en plantilla, así que no le quedó más remedio que esperar a que echaran del hospital al funcionario. Mientras, puso la casa verde en cuarentena. No podía correr riesgos, no se podía jugar el negocio y la libertad, o quizá incluso la vida. Como aún pasará algún tiempo antes de recibir los datos que le permitan decidir qué hacer, mientras tanto la casa verde ha quedado condenada hasta nuevo aviso. Nadie se acercará allí hasta que deje de quemar y, si es necesario, la abandonarán para siempre, como tantas otras antes.

Esto lo saben todos los que trabajan para los Arcángeles o, al menos, todos los fijos que reciben un sueldo cada mes, además del variable que sacan en cada descarga según su cometido y responsabilidad.

No obstante, por mucho que Gabriel se aplique en controlar la logística de su organización y lo que se debe callar, a la gente le gusta hablar, y eso pese al temor que su hermano Rafael infunde entre su gente.

A Rafael le gustan «los escarmientos», como él suele llamarlos. Los realiza a menudo, casi siempre en público, para procurar que todos sepan qué ha de sucederles a quienes no respeten las normas de los Arcángeles y el obligado silencio impuesto a todos, incluidos los vecinos del barrio. Y en un lugar donde nunca pasa nada más que lo que todo el mundo sabe que pasa y no puede contar, cualquier cosa que se salga de lo normal, la más mínima alteración que provoque un cambio en la tediosa calma que provoca la sucesión de días y noches iguales, es un hecho que merece ser contado.

Es por eso que, como cualquier otro lanchero, conductor, punto o paquetero habitual de los Arcángeles y cualquiera de los muchos que dejan morir las horas en los bares que pespuntean el barrio, al igual que lo supieron el Carita y Currito Negro, también Carlos sabe lo del arresto provisional de la guardería del Camino de la Viña y que allí no se acercará ninguno de los Arcángeles durante mucho tiempo.

Deja el escúter junto a una gasolinera cercana y atraviesa a pie el descampado que le separa de las casas bajas y de los almacenes, procurando no llamar la atención. Rompe con una piedra el cristal de un ventanuco situado en la parte trasera del garaje, seguro de que, en la penumbra de la noche, y con el campo a su espalda, nadie podrá verle trepar por la pared y meterse dentro por él.

Aunque la única iluminación con que cuenta es la que proviene del ventanuco roto, enseguida comprueba que el local está vacío. Es un espacio de unos veinte metros cuadrados, diáfano y limpio como un quirófano, sin un solo objeto a la vista. Nada. Ni una mancha de grasa en el suelo. Solo un fluorescente en el techo y un cuadro de luces junto a la persiana que cierra la entrada. Ni siquiera hay enchufes o interruptores en las paredes. A diferencia de lo que suele ser habitual en cualquier otro garaje, el suelo no es una simple superficie de cemento pulido. Aquí lustrosas baldosas grises y negras se alternan como un gran tablero de ajedrez.

Iluminándose con la linterna del móvil inspecciona cada rincón en busca de algún recoveco, cualquier imperfección o marca que revele la existencia de un zulo en el que el Carita y su compañero hayan ocultado la coca que buscan Salmerón y los Suecos. Pero no encuentra nada. El lugar está tan limpio como vacío. Sin embargo, Carlos no cree que el Carita haya mentido. «Imposible, después de lo que le ha hecho el negro con su colección de herramientas», piensa.

Recuerda entonces el chasquido del gatillo del soplete y el zumbido de la llama. Y el olor. Olor a carne quemada del que no ha logrado desprenderse ni siquiera durante el trayecto en moto a toda velocidad y con la brisa fresca de la noche lamiendo su cara. Recuerda también las últimas palabras que pronunció el Carita. «Mamá», gritaba una y otra vez. Ese es el refugio más primario. El amparo de los brazos de la madre, donde nada puede suceder, donde todo hijo se siente protegido y seguro, al abrigo de su calor. El hogar que resguarda de todo mal, al que se acude cuando la pesadilla turba la paz. Allí quiso volver el Carita cuando ya no había salida y el dolor, el mal, la pesadilla y el horror lo tenían atrapado sin solución.

Cuando ya casi se ha dado por vencido y comienza a apoderarse de él la idea de que alguien se le ha adelantado, tal vez el Currito Blanco, Carlos abre la tapa del cuadro de luces. No ha querido tocarlo hasta entonces, temeroso de que si por error accionaba el fluorescente la luz alertara de su presencia a quien pudiera estar vigilando desde fuera la guardería abandonada.

Solo hay tres interruptores. El primero de la izquierda, algo más grande que los otros dos y separado de estos por un pequeño espacio vacío, parece el general, el que controla las posibles sobrecargas del circuito. Está conectado, la pequeña palanca negra levantada. El segundo en cambio está apagado. A diferencia del tercero, que también tiene la palanca levantada y, por lo tanto, debe activar un circuito.

Algo no cuadra. Si uno de los circuitos está activado debería estar conectado y en funcionamiento, piensa Carlos. Pero el único visible es el del fluorescente, que sigue apagado y, como el resto del garaje, es nuevo y parece en perfecto estado, por lo que no es probable que el tubo esté fundido.

Aquella es su última baza. Desconecta el tercer interruptor moviendo la minúscula manecilla que, en lugar de saltar accionando el muelle con un clic, ofrece resistencia hasta quedar encajada en la parte inferior. El mecanismo ha sido invertido y en lugar de estar conectado, tal y como indicaba el ON escrito en el eje, estaba apagado. Ahora él acaba de encenderlo al accionar la palanca, que ha activado un zumbido eléctrico que proviene del suelo. Cuatro de las baldosas comienzan a elevarse lentamente sobre las demás, dejando al descubierto un hueco suficientemente grande como para que una persona pueda pasar con holgura.

Carlos contiene su euforia y antes de descender por la cavidad desconecta el interruptor general para evitar que algún sistema retardado o cualquier alarma oculta pueda hacer descender de nuevo el mecanismo hidráulico atrapándole dentro. Ayudándose de la linterna de su móvil baja a lo que resulta ser un sótano de algo más de un metro y medio de alto y tan amplio como la estancia superior. En el centro del sótano están apilados unos doscientos paquetes del tamaño de un libro grande, envueltos en cinta de embalar de color marrón. En cada uno de ellos está impresa la imagen del planeta Saturno. En una caja de cartón encuentra un fajo de billetes de quinientos y otro de doscientos euros. El Carita y el Currito Negro hicieron bien su trabajo. Coge el dinero, que se guarda en los bolsillos del pantalón, e intenta cargar con tantos paquetes como puede, pero son difíciles de manejar y se le caen a cada paso. Cuando acumula en el piso superior unos veinte paquetes se detiene y piensa que no va a poder cargar con todos ellos en el escúter, que no le conviene volver allí y que, por lo tanto, no hará más viajes por el riesgo de que Salmerón y los Suecos lo atrapen. Recuerda el olor de la carne quemada y de un salto sale del agujero. Finalmente coge solo dos de los paquetes, apila el resto bajo la ventana y se encarama a ellos para poder subir con mayor facilidad.

Después de saltar al descampado corre apretando esos dos paquetes contra su cuerpo. La cinta de embalar que los recubre los hace resbalar entre sí y a cada zancada teme que se le puedan caer y perderlos en la oscuridad.

Llega a la gasolinera y pone en marcha el escúter, sujeta los paquetes contra el suelo del vehículo presionándolos con sus pies. A toda velocidad enfila la carretera en dirección a la playa justo en el momento en que el Range Rover de los Suecos pasa en sentido contrario y le deslumbra con sus potentes focos, haciéndole perder el equilibrio y desviarse a un lado y otro de la calzada. A punto está de caer.

Tras el cristal de la ventanilla delantera ve el rostro de Salmerón. Pese a la velocidad de ambos vehículos, sus miradas se cruzan durante un instante, como si el tiempo se hubiese detenido y todo sucediera a cámara lenta. Aunque Carlos está seguro de que le ha reconocido, los ojos de Salmerón no muestran ninguna emoción, no hay ningún motivo para que sospeche de él y de lo que acaba de hacer en la casa verde. Pero es necesario que se aleje de allí de inmediato. No tardarán en llegar a la guardería y comprobar que alguien ha estado allí antes. A Salmerón no le costará atar cabos y saber que ese alguien es él.

Acelera aún más y en la siguiente curva, cuando ya toma la calle que bordea la playa, sin que la presión que ejerce con los pies sea suficiente para retenerlo, uno de los paquetes resbala y cae al asfalto. El envoltorio se rompe y el polvo blanco se esparce sobre el pavimento. En cuanto el Rover vuelva atrás, Salmerón ya no tendrá ninguna duda de que ha sido él quien ha asaltado la casa verde y quien se ha llevado lo que los Suecos reclamaban como suyo. Carlos se maldice a sí mismo, pero no aminora la marcha. Aprieta los pies sobre el paquete que aún conserva y toma la recta en dirección a la plaza del Sol.

Recuerda una vez más al Carita y lamenta no haber sido él quien lo matara. Aun así, da por bueno lo que ya no tiene remedio. Muerto está.

BARCELONA

—Joselito ya está listo, niño. Y el cagón del Carita también. Esto está saliendo muy bien, Catalán. De verdad. ¡Muy bien!

Ades unta de manteca colorá el pan recién tostado. El aroma que desprende la cafetera aún humeante sobre el fogón se ha apoderado de la cocina, tan grande como toda la choza donde él ha vivido durante años, junto a otras cinco personas y más de una veintena de gallos y gallinas.

Sentado en uno de los taburetes forrados en piel que flanquean la isla de granito que ocupa el centro de la estancia, Carlos observa los movimientos seguros y precisos del gigante, que con pulcro refinamiento maneja entre sus grotescos dedos un minúsculo cuchillo de hoja ancha y redondeada. A Carlos le parece una faca a medio desarrollar. Un proyecto de daga. Un ser orgánico que aún debe evolucionar y crecer hasta convertirse en una hoja aguzada en busca de su sentido, su razón de ser: un cuerpo en el que alojarse, un estómago o un hígado en los que penetrar.

A su lado, sobre el mármol, descansa la navaja a la que Ades llama Tizona y que siempre carga encima. Todos los niños de La Atunara conocen esa navaja negra de media vara de largo. Le gusta asustarlos con ella, provocar al abrirla un sonido de engranaje antiguo cuando alguno tiene la ocurrencia de tocar sin su permiso las bolsas de soldaditos, los tebeos o las chuches.

La cocina de Ades está completamente acristalada y la luz de la mañana penetra por una de las paredes laterales. Concentrado en preparar su desayuno, Ades parece un delicado artesano que aspirara a hacer de cada uno de sus movimientos una obra de arte. Viste una bata de raso negro y un pijama de seda gris. Una limitada gama de colores que se repite en toda la vivienda y que solo quiebran algunos pocos muebles que, como el taburete que Carlos ocupa ahora y el sofá situado frente a la televisión sobre el que cada noche se derrama Ades, alteran la tediosa rutina moteándola con borrones de un rojo intenso.

Esa casa de la avenida de España no tiene nada que envidiar a las estridentes y ostentosas mansiones que los Arcángeles y sus lugartenientes se han hecho construir en El Zabal y en la calle Canarias. Con la ventaja añadida de que frente a ella está el mar y, al otro lado de la bahía, la impresionante vista de la gran mole de piedra a la que, a bordo de sus lujosos coches con matrículas tan británicas como las libras con las que se han pagado, llegan cada mañana los llanitos, repartiendo desde la distancia miradas de desprecio a cuantos se cruzan en su camino desde Sotogrande. Un camino que recorren en sentido contrario al caer la tarde.

Cuando unos días atrás, en mitad de la noche y después de cerrar la puerta de la cochera, Ades le hizo bajar del vehículo en el que le había recogido tras acabar con Joselito, Carlos pudo comprobar que la vivienda no era la que se le habría supuesto a un simple kiosquero.

En aquella mansión, construida a la escala gigantesca de Ades, Carlos se ve a sí mismo como el niño del cuento de las habichuelas mágicas.

Comprende que Ades ha sabido aprovechar el puesto de vigía que tiene frente a La Atunara y lleva años utilizando en su beneficio toda la información que pasa frente a él sin que nadie lo tenga en cuenta, despreciando sus ojos y sus oídos, como si formara parte del decorado, una pieza más del mobiliario de la plaza del Sol.

—¿Cuántas tostás quieres, niño? —le pregunta, como lo ha hecho cada una de las mañanas de las dos últimas semanas, interrumpiendo sus cábalas que en unos segundos le han llevado a ver a Ades sucesivamente como un confidente de la policía, un traficante colombiano y un espía británico.

—Ninguna, Ades. Ya sabes que no desayuno nunca. Yo con un café ya tengo suficiente.

El gigante no insiste, se limita a encogerse de hombros y sigue untando con deleite las rebanadas mientras Carlos lo observa tratando de averiguar quién es en realidad el Ades oculto, el que se esconde tras el kiosquero del Sol.

El pan emite leves crujidos bajo la presión del cuchillo curvo. A Carlos el sonido le recuerda el crepitar de la piel del Carita bajo la llama del soplete. Burbujeando al principio y consumiéndose después, hasta replegarse sobre sí misma para dejar la carne al descubierto. Como tantas veces en compañía de Lolo, Tono y Joselito, había visto consumirse el celuloide sobre la pantalla del improvisado cine de la parroquia, cuando el proyector se detenía y la lámpara seguía emitiendo su potente haz de luz. Era entonces cuando el padre Manolo se levantaba de la primera fila renegando, entre los vítores y las risas de los niños que acudían allí cada fin de semana en busca de la merienda que el cura y las dos monjas que le auxiliaban ofrecían a los chicos del barrio tras la misa y el pase. Películas en blanco y negro de los Hermanos Marx, del Gordo y el Flaco, de Cantinflas y, las más celebradas, películas de un Oeste improbable, en las que un tal Bud Spencer y su amigo, un actor rubio de ojos azules de quien nunca consiguió recordar el nombre, repartían mamporros a mexicanos con grandes bigotes de postín. Invariablemente el padre Luis conseguía siempre relacionar su homilía con la película que iba a proyectar. Aunque el filme se repitiese cada dos o tres meses y el argumento no tuviese ni remotamente nada que ver con ningún asunto bíblico, él encontraba la conexión y trataba de inculcar en los chavales su ideal de bondad y respeto a un Dios que solo él veía transitar por aquellas historias en movimiento. Unas matinés con merienda incluida durante las cuales las pandillas que a diario se disputaban las calles firmaban una tregua.

—Ahora ya solo te quedan el Chivo y el premio gordo: Miguel, el Arcángel mayor. —La voz de Ades le trae de nuevo al presente. Mientras le habla, enciende otro de sus gruesos cigarrillos blancos de intenso aroma al que da una profunda chupada para dejar después que el humo escape de su boca y lo envuelva como una niebla—. Lo que pasa es que para llegar a Miguel antes vas a tener que darle paseíllo a Rafael, y puede que a Gabriel también. Y esos nunca van solos, ya lo sabes.

Carlos no contesta. Él también fuma en silencio y a cada poco da un sorbo de la taza de café.

—Al Chivo lo tenemos en Barcelona, niño —vuelve a la carga Ades mientras ataca la primera tostada bañada en unto rojo—. Me lo dijeron ayer. Se fue justo después de lo de Camila. Parece que se asustó y quiso poner tierra de por medio. No sé seguro por dónde para, pero sí sé que se está buscando la vida por allí. Tú esa zona la tienes que conocer, ¿no? Coño, claro. Si tú eres de allí, Catalán. Joder. ¡Pues claro! —dice sorprendido por su propia broma—. Lo vas a tener fácil para darle pasaporte a ese hijoputa. ¡Claro, Catalán! ¡Claro que sí!

Festeja su ocurrencia palmeando ruidosamente el granito mientras engulle otra tostada a grandes dentelladas y las migajas caen de su boca sobre la piedra negra.

Cada noche Ades toma posesión de su sofá, en realidad una especie de gran diván tapizado con terciopelo de color rojo sangre, a juego con los taburetes de la cocina, que parece hecho a la medida de su cuerpo descomunal.

Tumbado frente a la televisión, cuya pantalla ha emergido del suelo para cubrir la práctica totalidad de la pared, Ades fuma, bebe y asiste entregado al pase de las películas que escoge en cada sesión según su estado de ánimo. Esta noche es *Taxi Driver*. A Carlos, sentado en el sofá unos metros más allá, le parece una antigualla.

—Ya verás, Catalán. Esta película es una joya. Te va a gustar —le anima Ades, satisfecho de poder compartir sus gustos con un invitado. El gigante celebra cada escena, cada diálogo—. Este tío es un puto perdedor. ¡Pero es buenísimo! —exclama animoso, mientras gira su corpachón en dirección a Carlos y le sonríe.

Varias veces Carlos puede ver cómo mueve los labios, repitiendo en silencio los diálogos de la película al mismo tiempo que el protagonista: «La soledad me ha seguido toda mi vida. A todos lados. En las tabernas, en los autos. Por las aceras, en las tiendas. Por todos lados. No hay manera de escapar de ella. Dios me hizo un hombre solitario».

De repente Ades estalla en aplausos y su cuerpo se agita sobre el diván, que cruje lastimosamente, pero resiste el envite. En la pantalla aparece ahora un personaje de pelo largo, vestido con una camiseta de tirantes y tocado con un sombrero negro con una gran cinta blanca.

—¡Este es el mejor, Sport se llama! ¡Menudo hijo de puta! ¡Ya verás, niño, ya verás!

Carlos trata de prestar atención, sin embargo no es capaz de compartir la euforia por ese personaje que a él no le parece más que un chulo de poca monta. «Si quieres ahorrarte algo de dinero, no te la folles. Porque volverás aquí todas las noches por más. Tío, tiene doce años y medio. Nunca tuviste un coño así. Puedes hacer lo que quieras con ella. Puedes correrte sobre ella, follarla en la boca, follarla por el culo, correrte en su cara, tío. Ella te pone la polla tan dura», recita de memoria Ades, que sigue la película con devoción. «¿Hablas conmigo? ¿Me lo dices a mí? Dime, ¿es a mí? Entonces ¿a quién demonios le hablas si no es a mí? Aquí no hay nadie más que yo. ¿Con quién demonios crees que estás hablando?», le oye recitar de nuevo Carlos.

Esa misma noche Carlos sale hacia Barcelona. Ades lo ha dispuesto todo. Le entrega un teléfono con el que podrán comunicarse y en cuya agenda solo consta el número de otro aparato idéntico que queda en manos del kiosquero. En la pantalla de ambos solo hay un icono, el del chat encriptado con el que se comunicarán.

—Nada de llamadas, niño. Solo mensajes —le advierte Ades. Él se ocupará de mantenerle informado en todo momento de cuanto le haga falta saber para localizar al Chivo. Le entrega también las llaves de un coche—. Un Ford Fiesta casi nuevecito que me ha prestado un amigo —le dice. Después le da detalles del lugar donde está aparcado, a algo más de dos kilómetros de la casa—. Bien lejos de aquí. Por seguridad —explica con tono severo.

A modo de despedida, tira sobre la mesa un fajo de billetes de cincuenta euros.

—Para los gastos, niño —le dice.

Sesenta y siete billetes contará más tarde Carlos. Más de tres mil euros que Ades ha sacado de uno de los cajones de la cocina y que, al peso, estima suficientes.

Carlos guarda el dinero en uno de los bolsillos delanteros del pantalón, junto a la llave del coche, y se acomoda la mochila con la ropa que Ades también le ha entregado. Sale de la casa por una pequeña puerta ubicada en el muro trasero y oculta por unas frondosas adelfas. Da a una calleja estrecha, oscura y apenas transitada, que bordea las tapias de las viviendas.

De camino al lugar donde le aguarda el coche toma un pequeño rodeo y se detiene en la acequia de un huerto cercano, donde recupera el paquete que con la ayuda de dos ladrillos sumergió tras su excursión a la guardería. Junto a la coca están envueltos también los informes de la investigación sobre la muerte de Camila. El envoltorio plástico ha resistido bien y tanto la coca con la imagen de Saturno como los papeles están secos. Hace un hatillo enrollándolo todo con una camiseta y lo guarda en la mochila.

Amanece cuando llega a Alicante. Deja la autopista y entra en la ciudad para descansar y estirar un poco las piernas. Cinco minutos después de haber aparcado el coche en el paseo de la Explanada, recibe un mensaje en el móvil.

> No te pares niño. Que es muy peligroso parar por ahí

> Voy a mear y a comer algo

> OK. Pero no des el cante y sal de ahí pronto

> Descuida

Tal y como había supuesto, la intención de Ades al darle el teléfono no es solo la de mantenerse en contacto con él. Carlos observa con aprensión el aparato mientras lo sostiene como si se tratara de un ser vivo. Un animal tan útil como peligroso que en cualquier momento se revolverá contra su amo para inocularle un veneno mortal.

La herramienta que Ades utiliza para controlarle y tenerle localizado es un teléfono indetectable y cifrado, especialmente preparado para ocultar cualquier comunicación a la policía. Los ha visto antes en manos de los Arcángeles y sabe que los tres hermanos los usan únicamente para hablar entre ellos. También tienen otros para hablar con sus proveedores en Marruecos y con los compradores a los que surten de material, pero siempre tomando la precaución de no emplear un mismo aparato para asuntos diferentes.

Piensa en tirarlo al mar, enterrarlo en la arena de la cercana playa o dárselo a un mendigo. Sin embargo, decide conservarlo, aunque tomando la precaución de apagarlo. Es consciente de que aun así el aparato puede seguir informado de su ubicación a Ades. Pero al menos de esa forma dejará de recibir los mensajes con los que este pretende dirigirle. La ventaja que le da poder contar con la información que le proporciona compensa el riesgo y la molestia de estar siendo vigilado. Al menos de momento.

Cuando cinco horas más tarde llega a Barcelona atraviesa la ciudad de sur a norte siguiendo el camino trazado por la Ronda Litoral. Recorre la costa desde el puerto de mercancías, dejando a su izquierda la montaña de Montjuïc y la ladera alfombrada de tumbas, hasta más allá de la alta chimenea que se alza, espigada y amenazante, sobre las incongruentes paredes verdes de la incineradora. En el trayecto han ido quedando a su izquierda las calles de la ciudad, y aunque años atrás las recorrió en alguna ocasión, aún no es capaz de reconocer como suyo ninguno de sus paisajes. Ese no es su territorio.

Cuando niño pocas veces se había aventurado más allá de los límites no escritos que acotaban el barrio. A un lado otras chimeneas, las tres colosales de la central térmica, y al lado opuesto la autopista por la que cada fin de semana la ciudad escupía miles de coches cargados de quienes habían logrado el triunfo de una segunda hipoteca con la que lograr el sueño de un apartamento en la playa. Abnegados operarios y rectos funcionarios. Fugitivos del humo y de las jornadas interminables en las fábricas y las oficinas que los engullían de lunes a viernes.

Carlos conduce hasta llegar al límite de uno de los dos cauces que marcan las imprecisas fronteras de la ciudad y en el momento en que entra al barrio reconoce por fin el paisaje. Ese sí es el decorado en el que él ha vivido. Aquellas sí son ya sus calles, las que había corrido persiguiendo a gatos y perros callejeros en llamas. Las que le llevaban al río donde cazaba ranas y lagartijas, donde apedreaba aves y donde un día conoció a la Bruja aun antes de que ella acudiera a su casa respondiendo al reclamo de su madre.

En aquellas calles también vio cómo se negociaba la muerte y observó a quienes, desde el trono de sus sillas de madera y espadaña, daban órdenes y otorgaban o quitaban derechos de territorio y explotación tomando decisiones que eran acatadas sin protesta por hombres y mujeres. Ese es el lugar desde el que se manejaba el negocio en Barcelona entonces, y Carlos está seguro de que nada debe haber cambiado en estos años.

Aparca en un descampado junto a las vías del tren. No tiene ninguna intención de volver a utilizar el coche, pero tampoco quiere deshacerse definitivamente de él, así que guarda la llave en la mochila.

Alquila una habitación en un hostal no lejos de su antiguo barrio. Es una planta baja en la que a ambos lados de un estrecho pasillo se distribuyen siete habitaciones sin ventanas ni aire acondicionado pero equipadas cada una de ellas con lo imprescindible: una cama, un taburete, un lavamanos y un bidé. Cada pieza está separada de las demás por someras paredes de yeso rematadas por unos ventanucos con marcos de aluminio de unos treinta centímetros de alto que, pegados al techo, se extienden de un extremo a otro de la habitación. A través de sus cristales traslúcidos se cuela la luz de las habitaciones contiguas. Aparta el cubrecama y se tumba vestido sobre las sábanas mientras piensa que antes aquel sitio debió ser la consulta de un dentista o quizá la de un fisioterapeuta, y que el nuevo dueño ha hecho los cambios justos para adecuar cada cuchitril a su nuevo uso. En cualquier caso, él solo necesita un sitio donde descansar hasta la noche, quizá incluso dormir, eso es todo lo que buscaba y eso es lo que ha encontrado.

Después de pasar cuatro horas entre los jadeos y gruñidos que se van sucediendo a su alrededor, se lava la cara en el lavamanos, orina en el bidé y sale a la calle.

Su primer destino es la Estación del Norte. Aunque esté fuera de las zonas recomendadas por las guías turísticas y no forme parte de ninguna de las rutas por las que discurren las riadas de turistas que cada día vomita el puerto, la antigua estación de tren reconvertida en parada de autobuses es uno de los lugares con más actividad de toda la ciudad. Día y noche viajeros que llegan y salen de Barcelona se encuentran con mochileros, mendigos, yonquis y vagabundos que en ese lugar de paso tratan de superar un día más. Forman parte de otra vida, de una realidad alternativa a la de la ciudad de las luces y los escaparates, pero tan real como esta o, en muchos aspectos, incluso aún más. La vida que se desarrolla allí discurre por los márgenes, en otro estrato, una dimensión que para muchos es desconocida pero igual de tangible que las piedras con las que se construyó la fachada de la estación. Es un buen lugar para quien, sin cobijo y poco o ningún dinero, busca una mano que deje caer una moneda o un techo bajo el que protegerse del sol, el frío y la lluvia.

Carlos no llega allí como una etapa más de su viaje, ni en

busca de cobijo o dinero. Su objetivo es mucho más asequible y fácil: las taquillas situadas en el exterior de la estación, frente a los andenes donde el continuo trajín de viajeros hace invisible a quien quiera pasar desapercibido.

Coloca en el cajetín las monedas precisas y deposita dentro el teléfono de Ades. Antes de cerrar la taquilla se asegura de que la batería está completamente cargada y lo apaga.

Durante una hora camina sin rumbo mientras anochece. Atraviesa calles donde las antiguas naves industriales, en su mayor parte ahora vacías, están siendo sustituidas por nuevas construcciones de líneas limpias y pulcros volúmenes, con cristaleras que reemplazan a los antiguos ladrillos. Recorre después calles arboladas donde bulle la actividad de vecinos que vuelven del trabajo o hacen las últimas compras antes de regresar a sus hogares. Llega por fin a los límites de su antiguo barrio y no tarda en encontrar un lugar en el que comprar otro teléfono y una batería externa.

—Completamente cargada —recalca para asegurarse de que el sonriente tendero le entiende.

Cuando el teléfono y la batería están ya sobre el mostrador, le pide al vendedor una tarjeta SIM anónima, sin que registre sus datos.

—No, amigo. Eso no puede. Policía pregunta a mí. Tú sabes, amigo —le responde sin dejar de sonreír en ningún momento, acompañando sus palabras con un movimiento oscilante de la cabeza, casi crotalino, que pretende semejar una negativa.

Solo necesita poner un billete de veinte euros sobre el mostrador para respaldar su petición. El dinero desaparece del mostrador tan rápido como se disuelve la resistencia del dependiente.

En cuanto el aparato está operativo envía un único mensaje.

> Todo listo. Escribe a este número

Son las diez y cuarto. Conoce bien las rutinas de la prisión y sabe que hace más de una hora que se ha hecho el recuento de la noche y a esa hora Cortés llevará ya casi dos en su celda. No tarda más que diez minutos en contestar.

> 41.419326, 2.221903

> Mañana a las onse estate allí

> OK

> A mi me tienes que dar el 10 por siento de lo que te saques

Ningún otro dato, ninguna información superflua. Únicamente una hora y unas coordenadas que el navegador del teléfono sitúa junto al Edificio Venus de La Mina, frente al busto de bronce dedicado a Camarón. Eso es todo lo necesario para la cita con la que el gitano Cortés va a ganar seis mil euros, quizá siete si la negociación va bien. Y todo sin ni siquiera haber salido del módulo 2 de la prisión. Únicamente con una llamada y tres mensajes enviados con un teléfono de estraperlo desde una celda.

La breve conversación con Cortés y la consulta de la ubicación del lugar de la cita los hace sin haber abandonado aún la tienda. Abstraído como está, todavía con la imagen de la efigie del cantaor flamenco en la pantalla, pensando en Cortés y en su provechosa forma de hacer negocios desde la cárcel, sale a la calle sin levantar la mirada del teléfono y a punto está de arrollar a una anciana que en ese momento camina por la acera. La mujer no repara en él, pero Carlos continúa observándola mientras se aleja con un paso más firme y apresurado de lo que se podría prever a la vista de su aspecto. Carga una bolsa de plástico verde en cuyo interior Carlos quiere adivinar una amalgama de hojas y raíces. La sigue con la mirada y aún mantiene durante unos segundos los ojos fijos en el edificio por cuya puerta desaparece, como si estuviera en trance tras haber visto un fantasma.

Llega al lugar a la hora convenida. Unos niños corretean alrededor de la estatua del cantaor mientras varias mujeres, todas ellas vestidas con pijama, bata y pantuflas, conversan animadamente formando pequeños grupos. Un poco más allá, un corrillo de hombres sentados en sillas, todas ellas diferentes entre sí, le observan en silencio mientras se apropian del calor del sol de la mañana y custodian una hilera de jaulas rectangulares en las que gorjean entre nerviosos saltos y aleteos unos canarios que a esa hora aún no se animan a trinar.

Los pájaros le traen a la memoria los gallos de su infancia. Escupe al suelo y después pisa su propio salivajo, arrastrando hacia atrás el pie sobre el cemento basto, sucio y cuarteado sobre el que una multitud de palomas pasea en busca de alimento, moviendo sus cabezas adelante y atrás. Carlos escupe de nuevo, con intención de acertar a una de las palomas. De un salto el animal esquiva el espumarajo y sigue su camino, cojeando sobre dos muñones rosados.

Aguarda, cada vez más incómodo, esperando a su contacto, una llamada o un mensaje. Pasados más de veinte minutos, cuando ya se ha decidido a tomar la iniciativa y se encamina en dirección al grupo de hombres que le observa desde la solana, un niño de unos diez años frena su bicicleta junto a él.

—Vente conmigo, payo —le dice con una seguridad que no parece encajar con su diminuto cuerpo de piel tan oscura como el alpechín.

Los hombres que lo han estado observando en silencio desde su llegada se desentienden de él en ese instante y retoman su tertulia. Sin mediar palabra, Carlos sigue al pequeño ciclista, que ya ha comenzado a pedalear en dirección a la calle Ponent, fuera del paseo delimitado por los dos mastodónticos edificios de viviendas vestidos de ropa tendida, antenas parabólicas y aparatos de aire acondicionado.

Sorteando los árboles que motean el paseo llegan a un pasaje que atraviesa el edificio. Una gruta que horada el cemento a través de la que, entre pintadas y un intenso olor a orines, llegan al otro lado, hasta la puerta de un bar en la calle Marte. El niño señala el interior del local y, sin pronunciar palabra, se marcha por donde han venido, pedaleando.

Antes de entrar en el local Carlos mira a su alrededor. Está solo, no tiene a nadie que le apoye y pueda acudir en su ayuda en caso de necesidad. Si esa cita es una trampa o la negociación se tuerce, no tendrá muchas oportunidades de salir bien librado. Su mejor opción es conocer el terreno y no equivocarse de camino si tiene que correr, tratando de poner espacio con sus posibles perseguidores. Un descampado repleto de coches aparcados, algunos de ellos desvencijados o quemados, le separa de la Ronda Litoral. A su espalda el edificio de viviendas y, tras él, a través del túnel, el paseo de donde viene. A ambos lados la calle se pierde en la distancia, convirtiéndole en un objetivo fácil para quien quiera seguirle.

Decide que en caso de huida su única posibilidad sería cruzar la autopista urbana que discurre justo delante. Está seguro de que es mejor jugársela con decenas de coches a toda velocidad que enfrentarse con aquellos a quienes está a punto de conocer, de los que no sabe gran cosa pero sí que, en caso de desacuerdo, no van a darle una segunda oportunidad.

Dispuesto ya a entrar al bar alza la vista al cielo y por un momento cree ver que, aunque todavía es verano, los árboles están ya decorados para Navidad. Pero enseguida se da cuenta de su error: no son guirnaldas ni bolas navideñas lo que cuelga de las ramas de los plataneros, sino restos de las bolsas de basura que los vecinos han ido arrojando al vacío desde los pisos superiores. Jirones de plástico de todos los colores, piezas de ropa y otros desperdicios que no quiere esforzarse en identificar, adornan las copas de los árboles mientras envoltorios, botellas y todo tipo de envases se acumulan en los alcorques y sobre la acera.

El local al que accede es una pieza rectangular que se adentra en las entrañas del edificio. Una barra de zinc repleta de botellas vacías ocupa la pared izquierda hasta acabar en una cocina a la que siguen los lavabos. Frente a la barra, una línea de taburetes y, tras aclimatar los ojos a la penumbra, al fondo una única mesa a la que se sientan dos hombres. Nadie más en el bar, solo aquellos dos tipos que le observan avanzar sobre las baldosas grasientas a las que se pegan las suelas de sus zapatillas, provocando con cada paso un sonido fangoso. El olor rancio de las cervezas a medio consumir acumuladas sobre la barra se hace más intenso a medida que se acerca y se une al de la humedad y el polvo.

Carlos camina con cautela, pero tratando de demostrar una seguridad que le ha abandonado desde el momento en que traspasó la puerta. Uno de los tipos, que aparenta tener unos sesenta años, aunque el tupido pelo ensortijado impregnado de brillantina y teñido de negro azabache podría hacer creer a un observador poco atento que son algunos menos, se aferra a media barra de pan y a una cuchara con la que, a grandes sorbos, devora un plato de cocido con garbanzos. Carlos tiene la impresión de que sentado como está, ligeramente inclinado sobre la mesa, la rodilla izquierda flexionada hacia atrás mientras la pierna se agita nerviosa arriba y abajo, se dispone a saltar en cualquier momento. Viste un chándal negro ribeteado con grecas geométricas de color dorado, a juego con las zapatillas también negras en las que destacan unas letras doradas que componen la palabra «Versace», junto al dibujo de una dócil Medusa a la que Carlos evita mirar fijamente. El reloj, las pulseras y las cadenas que le cuelgan del cuello son de oro. La cremallera abierta de la chaqueta del chándal deja ver una camiseta de tirantes blanca en cuyo centro destaca también la imagen de la Medusa. Frente a él, sobre la mesa, descansa una vara de un metro de largo cubierta de ribetes de cuero negro trenzados alrededor de la madera. Unos borlones dorados rematan los flecos que adornan uno de los extremos del palo.

—Pasa, busnó. Pasa. No te quedes ahí, que el chaborrillo ha hecho bien su trabajo y te ha indicado bien. Ven acá, siéntate —le dice levantando apenas la vista del plato y señalando con la cuchara una silla situada frente a él, a unos dos metros de la mesa. La pierna izquierda del gitano no deja de agitarse arriba y abajo.

A su lado el otro tipo le observa en silencio. El brazo izquierdo sobre la mesa mientras la mano, que sujeta un pañuelo rojo, cubre ligeramente la boca y el dedo índice se arquea bajo la nariz. La mano derecha deja reposar el dorso sobre el muslo derecho, haciendo con este giro que el codo apunte directamente a Carlos. Luce una calva de reluciente piel morena, los párpados a medio caer. Las comisuras de sus finos labios pugnan por alcanzar el suelo. Todo en ese individuo es muestra de desdén y de hartazgo. No obstante, en contraste con su compañero, se le puede considerar un hombre elegante. Traje azul marino cortado a medida, que se completa con un chaleco amarillo completamente abotonado y unos lustrosos mocasines negros en cuyo lateral también destaca el mismo logotipo de la Medusa que luce en su indumentaria su acompañante.

—Vamos a ser serios, ¿te parece? Te vamos a escuchar porque vienes de parte de mi compadre y nos ha dicho que ni estás con la pestañí ni nos vas a querer jojabar. Pero el Cortés está muy lejos y, además, estardao. Y desde allí dentro no se puede enterar de nada. ¿Me entiendes, chachipén? —Con la cuchara en alto el tipo asiente con la cabeza a sus propias palabras, esperando una respuesta que Carlos le concede con idéntico gesto—. Bueno, pues venga, habla ya y nos dices qué es lo que quieres y lo que nosotros vamos a ganar con esto.

Carlos observa los brillantes ojos negros del gitano, que engulle otra cucharada de garbanzos tan pronto como su boca calla. El líquido del caldo resbala entre sus labios y resigue la perfilada perilla hasta gotear de vuelta al plato. El tipo se limpia la barbilla con la barra de pan antes de darle una dentellada.

—Tengo cuatro quilos y creo que os pueden interesar...

—¡Achela! ¡Párate, párate! —le interrumpe el gitano levantando ambas manos—. ¿Qué dices de kilos y kilos...? Nosotros somos chatarreros, ¿sabes? A mí no me vengas con que si cuatro kilos por aquí y uno por allí. Nosotros con eso no hacemos nada. ¿Me camelas, busnó? Nosotros empezamos a naquear a partir de cien kilicos de chatarra... Menos de eso es nada. A nosotros no nos verás empujando un carro por en medio de la calle. ¿Para qué me voy a complicar yo la vida por esa mierda? ¿Me entiendes, amigo?

Mientras habla alterna la mirada entre Carlos y su acompañante, que le responde con una sonrisa burlona. Su pierna izquierda brinca cada vez a más velocidad.

—Bueno, pues no hay nada más de qué hablar. Muchas gracias... —responde Carlos mientras se incorpora. Pero el otro le detiene con un seco gesto de su mano derecha, salpicando sus deportivas con el caldo que impregna la cuchara.

—Como has tenido los enreles de venir aquí y vienes de la mano de mi primo José, no te vamos a najar ahora con una mano delante y la otra detrás. Vamos a hacer una cosa... Mira, tú me traes eso y nosotros ya se lo daremos a uno de los negritos. En cuantito lo merquine tú te vuelves aquí y ya arreglamos cuentas. No te preocupes que no te vas a quedar sin jayeres, que el negro apoquina lo suyo. ¿Me entiendes?

Cruzando frente a su cara la cuchara y el trozo de pan, el gitano da por zanjado el trato y se apresta a seguir comiendo, seguro de que su decisión es inapelable y debe cumplirse.

—Creo que tu primo no os ha contado toda la historia —le espeta Carlos—. Y me parece que hasta que no hables con él y tengas claro qué he venido a ofreceros, no vamos a poder hacer negocios.

Los gitanos se miran entre sí, más sorprendidos por la determinación y arrogancia de aquel joven que por el anuncio de que el negocio que les propone no se limita a los cuatro kilos de blanca de los que les ha hablado Cortés.

Carlos no espera a recibir su respuesta y acerca la silla a la mesa sujetándola por la parte inferior, entre sus piernas.

—Vamos a trabajar juntos y el asunto que os traigo os la va a poner tiesa —dice mirándoles a los ojos. La pierna izquierda del mayor de los gitanos se detiene en seco cuando con su dedo índice Carlos dibuja sobre la mesa la imagen de Saturno. Es su imagen de marca, su logotipo desde hace años. Todos en el barrio saben que los gitanos de la calle Marte adoptaron aquella firma y también todos tienen claro que al hacerlo se equivocaron de planeta.

Cuando dos horas después sale del bar cruza la calle sin mirar atrás hasta llegar a un aparcamiento que atraviesa a la carrera. Una avenida y después otro descampado le separan de calles más estrechas en las que le será más fácil pasar desapercibido. Todo ha salido bien, pero no puede bajar la guardia y debe tomar precauciones por si los dos gitanos, Ismael y Felipe, han ordenado seguirle.

Callejea en dirección al centro de la ciudad, siempre atento a su espalda y a los rostros con los que se cruza. Trata de esquivar sus miradas y al mismo tiempo intenta recordar su aspecto, por si vuelve a encontrarlos más adelante. Nada llama su atención. Al parecer los primos de Cortés han decidido confiar en él.

Mientras cruza uno de los túneles que atraviesan de parte a parte los largos edificios de viviendas recibe un mensaje. Sin detenerse extrae el teléfono del bolsillo y lee el texto que le envía Cortés.

> Cuantos lo mio

> Va a ser más de lo que te esperabas. No te preocupes

Sigue caminando y al levantar la mirada del teléfono sus ojos se cruzan con los de una de las prostitutas que ofrecen sus servicios a pie de calle. Los ojos de la muchacha, fríos y descarados, buscan los suyos. Tras aquella mirada inexpresiva, casi inerte, Carlos quiere adivinar una voz suplicante que le implora: «Ven, rescátame. Saca de aquí mi cuerpo. Ayúdame a huir. Allí donde tú vayas, llévame contigo».

Pero no es más que un pensamiento fugaz que descarta tan rápidamente como ha llegado. Sabe de inmediato que se equivoca, que aquellos ojos impasibles y sin brillo no muestran emociones porque la mente que los gobierna tampoco las conoce.

La opaca negrura de aquella mirada es la ventana a un abismo en cuyo fondo habita una sed que nunca encuentra forma de ser saciada.

Carlos reconoce esa mirada enseguida. Ve en aquellos ojos el foso oscuro que tan bien conoce, aquel del que brota la avidez que él también siente y que tampoco ha logrado aún colmar.

DE CAZA

Abre la taquilla y activa el teléfono sin llegar a sacarlo de esta. Inmediatamente aparece en la pantalla el aviso de que hay nuevos mensajes por leer. En total son cuarenta, pero con una sola información. Una orden. Un ruego.

> Carlos dónde estás?

> Carlos contesta cabrón

> Tengo localizado al Chivo

> Enciende el teléfono coño

> Me cago en lo más sagrado Carlos contesta de una puta vez

A Ades no le ha gustado nada perder el control.

Carlos decide que le conviene contestar. Sin la información que él le proporciona no le va a resultar sencillo localizar al Chivo. En una ciudad tan grande, podría permanecer oculto para siempre. Necesita un rastro que seguir para poder localizarlo.

> Ke pasa Ades?

La respuesta del kiosquero llega de inmediato.

> KE PASA??????
> Puto cabrón

> Dónde te has metido coño

> No apagues el teléfono cabronazo
> Tengo al Chivo niño

Con solo dos mensajes más Ades le da los detalles del lugar donde puede encontrar al Chivo. Según dice, pasa el día en una calleja próxima a la plaza Real, trapicheando, y vive como okupa en un edificio cercano, aunque aún no ha podido averiguar la dirección exacta.

> Hablamos pronto. En cuanto
> tenga el asunto arreglado te escribo

Carlos no espera la respuesta del gigante, apaga el teléfono tras escribir su mensaje y lo vuelve a depositar en la taquilla, introduciendo las monedas necesarias para asegurar un día más el alquiler del improvisado locutorio.

Con la mochila al hombro cruza la calle Alí Bei, iluminada por los letreros de autoescuelas, inmobiliarias, gestorías, bazares y todo tipo de locales que se anuncian con ideogramas asiáticos. Solo las fotografías y dibujos de los carteles le dan idea de los servicios que se ofrecen en cada comercio.

Camina en dirección al centro de la ciudad, siguiendo el camino marcado por el navegador del teléfono que compró al llegar a Barcelona. Se dirige a la calle del Vidre, donde según Ades encontrará al Chivo.

Cuando solo han pasado unos minutos un tipo teñido de rubio platino llama su atención. La pajiza pelambre y la cabeza que le sirve de parcela están fijadas a una colección de músculos cubiertos con chaqueta y pantalón de cuero negros. Camina por la acera contraria, aunque unos metros más atrás, y cuando Carlos se detiene antes de cruzar una calle el tipo para, simulando un repentino interés por el escaparate de una tienda de uñas artificiales.

Carlos recuerda haberlo visto antes, en la estación. Está seguro porque al cruzarse con él le llamó la atención el incongruente color platino de aquel pelo con un rostro de marcadas facciones norteafricanas. Debe dejarlo atrás, deshacerse de él, lograr que pierda el rastro.

Al llegar a una estación de metro baja las escaleras a la carrera y salta el torno. Corre por el andén sin esperar a que llegue ningún convoy. Sube las escaleras y sale de nuevo a la superficie por otro acceso en una calle contigua. A paso apresurado se pierde entre los transeúntes.

Cada pocos metros vuelve la vista atrás para comprobar que nadie le acecha. Está seguro de haber despistado a su perseguidor, pero no puede bajar la guardia. Además, ahora tendrá que abandonar en la taquilla el teléfono con el que se comunica con Ades o idear alguna forma de recuperarlo, si es que quiere volver a hablar con él.

Sigue su camino, aunque vigilando cuanto se mueve a su alrededor para detectar la presencia de algún otro perseguidor.

Ades le dijo la verdad. Es un hijo de puta y un mentiroso, pero en eso ha sido sincero. Allí está el Chivo. En mitad de una calle empedrada y húmeda repleta de turistas que deambulan de un lado a otro mezclándose con vagabundos, putas, delincuentes y camellos. A solo una calle de distancia de Las Ramblas.

Plantado bajo el dintel de una puerta desconchada y comida por la carcoma, mira nervioso a ambos lados de la calle. Con la espalda encorvada, rascándose compulsivamente las piernas por encima del pantalón del chándal mientras arranca profundas chupadas a la colilla de un cigarrillo.

Carlos lo observa desde la puerta de un bar en la esquina opuesta. Pese a la distancia, su figura nerviosa y desabrida es inconfundible.

Su trabajo consiste en pescar turistas incautos, deseosos de dar a sus vacaciones una dosis de la emoción transgresora que se les sirve a pie de calle.

Carlos se aposta en la zona más sombría de la calle Escudellers, donde la acera se ensancha antes de desembocar en una plaza triangular, es el mejor lugar desde el que acechar a su pieza, con una visión privilegiada de todo cuanto sucede en la calle y en el callejón que hay a unos pocos metros.

Cada cierto tiempo los reclamos del Chivo surten efecto y algún turista se detiene. Entonces, rápidamente, acuerdan la venta. Sin regateos y sin darles tiempo a titubear, el Chivo toma el dinero de sus manos y guía a sus clientes cuatro puertas más allá, hasta un portal donde les entrega lo acordado. El Chivo mira sin ver a los compradores a los que tima de forma descarada, con una cocaína tan cortada y un hachís de tan mala calidad que si producen algún efecto en ellos será por mera sugestión.

Los clientes abandonan apresuradamente el portal con el puño apretado en el bolsillo del pantalón, dirigiendo a su alrededor miradas huidizas y crispadas con una mezcla de entusiasmo y temor. Son, por lo general, parejas de jóvenes que viven la compra como una aventura, una gesta que, convenientemente magnificada y aderezada con riesgos y amenazas recreados por su imaginación relatarán a su regreso a Wisconsin, Leeds, Nimes o Múnich. Un relato que estará plagado de narcotraficantes que habitan los bajos fondos de la Barcelona más turbia, esa ciudad miserable y sucia que hay dentro de la otra, la racionalista y modernista, la de la burguesía clasista y la de las tiendas y los hoteles de lujo.

Sin embargo, por mucho que a los compradores ávidos de emociones les convenga creer que realmente corren riesgos y se acercan al abismo, ni al Chivo ni a ninguno de los que le acompañan en este negocio, tanto en esta como en las calles cercanas, les interesa hacer ningún ruido.

Que la policía se preocupe de ellos lo menos posible es una garantía y una necesidad, y aunque no siempre es posible lograrlo, es preciso mantener la calma.

Cuando algún cliente estorba más de lo debido se le da un susto, pero sin mayores consecuencias. Basta con enseñarle una navaja apenas abierta en la palma de la mano. En ocasiones algunos aventureros más inquietos necesitan que se les arrincone en un rellano oscuro o en una esquina sucia de orines. Llegados a ese punto, hasta los más exigentes y combativos se dan cuenta de que el peligro que han querido imaginar es, en el fondo, real, y de que los turbios narcotraficantes de los que hablarán al volver de sus vacaciones no tienen por qué lucir la seductora sonrisa de Pablo Escobar ni llevar una canana y una cartuchera al cinto. Basta con el desabrido rostro del Chivo y una navaja en su mano para hacer que el frío recorra sus espaldas y bloquee sus cerebros. Muy raramente alguno, siempre un joven deportista borracho, requiere de un estímulo algo más intenso. Un puyazo en la pierna, quizá unos cuantos golpes. Poca cosa. Lo justo para dejar claro que el peligro es real y no conviene tentar más la suerte.

Aún no ha pasado media hora en su apostadero cuando dos sujetos pasan frente a Carlos sin reparar en su presencia. Un enjuto tipo negro no exactamente bajo pero que, a causa de su caminar encorvado, parece más menudo de lo que realmente es, acompañado de un tipo blanco mucho más fornido y cuyas largas zancadas, decididas y seguras, le identifican tanto como la maraña de zarzas que asoman bajo el cuello de su camiseta.

La pareja pasa frente al Chivo sin mirarle, pero las tres rápidas chupadas que el nervioso camello da a su cigarro dejan claro que también los ha visto.

Carlos sabe que le buscan a él, no hay duda, y el Chivo es el cebo, el señuelo con el que pretenden atraerle. Debe salir de donde se oculta sin que adviertan su presencia, pero con mucho cuidado porque está claro que no están solos.

En ese momento se le hace evidente lo que no ha sabido ver antes: el falso rubio platino que le siguió desde la estación es uno de los matones que estuvieron en la nave donde el negro que ahora se aleja, mezclándose con el río de transeúntes que a aquella hora fluye por Las Ramblas, acabó con el Carita a golpe de tenazas y soplete. No sabe cómo no se ha dado cuenta al verle. Ha sido un estúpido y se ha confiado demasiado. Tendrá que tener más cuidado a partir de ahora y buscar un sitio seguro donde esconderse. Debe dejar la pensión.

MELANKA

La espalda de la muchacha se apoya en la pared sucia de grafitis. Sus ojos son negros como profundos pozos secos.

En sus labios entreabiertos resisten aún los restos de un carmín tan barato como grasiento. Carlos la imagina repasándolos con el lápiz de labios tras cada servicio. Mantiene la cabeza ligeramente inclinada hacia la derecha, mientras la melena negra se mece suavemente al ritmo de su mano derecha, con la que menea la flácida excitación de un cliente. Un viejo que se sostiene apoyando las manos contra el muro, como si esperase ser cacheado por un policía.

Los ojos turbios del viejo, enmarcados por unos párpados hinchados repletos de pliegues y moteados de oscuras verrugas, están clavados en el cuerpo que la muchacha exhibe como mercancía y reclamo. Tan absorto está en esa visión que no advierte que Carlos se detiene a su espalda.

Ella sí repara en él, y al verle allí parado, tan cerca, ralentiza la cadencia de su mano, lo que hace que el destartalado putero levante la vista y le hable con voz rasposa.

—Más rápido, puta. Más rápido, coño. Que se afloja, joder. Me la vas a tener que chupar por el mismo precio, puta. Que ni una paja sabes hacer.

Escupe las palabras y unas gotas de saliva escapan de sus ajados labios. Se regodea en cada una de ellas, arrastrándolas entre los dientes amarillos, en un bramido incomprensible para la joven que sí entiende en cambio el odio y la cruel lascivia que las impregnan.

Carlos observa la frente del viejo, repleta de manchas parduscas que cubren también la piel de sus manos nudosas. Resopla y exuda vino y aguardiente. El rostro encendido y la camisa abierta traen a su memoria el recuerdo del sabor dulce y ferroso de la sangre y el amargo regusto del odio y, sin tener conciencia de hacerlo, pasea el pulgar derecho desde su labio inferior hasta el mentón, resiguiendo la antigua cicatriz. Luego mira de nuevo a la muchacha, que le sonríe lasciva entreabriendo los labios. El pelo negro cae sobre sus hombros enmarcando el blanco rostro y los labios de un rojo intenso y brillante.

De un solo puñetazo en el costado derecho derriba al viejo. Un gancho propinado desde atrás y de abajo arriba, a la altura de las costillas flotantes, buscando el hígado. El viejo cae sobre la acera como un saco, con un ruido sordo y pesado. Sus ojos parecen buscar una explicación y la boca abierta trata de encontrar el aire que sus pulmones exigen. Boquea como un pez recién capturado, sin ser capaz de entender qué ha pasado, de dónde procede aquel trallazo que le ha derribado, qué le provoca el intenso dolor que le paraliza y está a punto de ahogarle. Su cerebro sabe que debe salir de allí cuanto antes e intenta levantarse del suelo. Pero los brazos no sostienen su peso y flaquean, transmitiendo el temblor al resto del cuerpo, que debido a la falta de aire y al dolor comienza a contraerse entre fuertes convulsiones.

Carlos se da por seguro vencedor, pero no quiere esperar el final de la cuenta atrás y colocándose sobre él a horcajadas sujeta con la mano izquierda la pechera de la camisa y remata al viejo con dos directos a la mandíbula. Con cada uno de los puñetazos su cabeza golpea contra el suelo, emitiendo unos crujidos que resuenan en la calle vacía.

Mientras Carlos rebusca en los bolsillos de su pantalón, el viejo deja de temblar y sus manos y brazos se van plegando lentamente sobre su cuerpo. Al incorporarse con la cartera en la mano Carlos lo hace jadeando por el esfuerzo y repara en que la bragueta del viejo sigue abierta y que se está orinando. Pero el líquido mana sin fuerza, derramándose de forma pausada a la vez que su color vira hacia el de la arcilla mojada. Una mancha granate y brillante gana espacio en la acera bajo su cabeza y de la boca escapa un sonido casi inaudible pero constante, un apagado ronquido provocado por el aire que abandona sus pulmones.

Aún excitado por la violencia Carlos levanta la mirada y encuentra en su camino los ojos negros que siguen allí, observándole. La piel de las mejillas, pálida hasta entonces, ha adquirido ahora un color rojizo bajo la luz mortecina de las farolas. No hay temor en las pupilas brillantes y en sus labios se abre paso una sonrisa de exaltada excitación.

Los dos tienen la certeza de conocerse. Y no solo porque durante los últimos días hayan cruzado sus miradas cada vez que Carlos ha pasado frente a ella al recorrer aquel callejón. Se reconocen como depredadores que saben ver en el otro un igual, una amenaza y a la vez un compañero. Alguien capaz de comprender la furia que habita en su interior porque también el otro la siente dentro.

Carlos agarra a la muchacha por la muñeca y comienza a caminar calle abajo. Sabe que no necesita que nadie la rescate, pero ella le sigue sin resistencia, dejándose conducir con docilidad. Se reconoce en sus ojos. Por primera vez ha encontrado a un igual y siente la necesidad de conocerla mejor, de saber más de sí mismo.

Corren a toda prisa por las calles vacías y no tardan en llegar al hostal. Entran en la habitación y cierran la puerta a sus espaldas. Se miran y comienzan a reír, con la respiración aún agitada, sintiéndose a salvo. Ella se sienta en la cama y él permanece de pie, sin saber qué hacer. No ha previsto aquella situación y tampoco tiene intención de prolongarla. Hasta ahora únicamente le movía la curiosidad por conocerla, por tener frente a él el abismo que contempla en su propia mirada cuando se enfrenta a un espejo. Un foso frío, oscuro y abisal donde no habitan sentimientos que le debiliten, que sirvan a otros para penetrar su coraza. No hay culpas ni remordimientos, tampoco frenos. Sin apegos que le hagan vulnerable ni ningún otro compromiso más que el que ha adquirido consigo mismo y su voluntad.

Al verla en la calle por primera vez creyó entrever en ella a una igual, ahora está seguro de que no se ha equivocado. Su reacción cuando golpeaba al viejo se lo ha confirmado. Sin miedo, sin el desasosiego que atenaza a los otros cuando un hombre hace lo necesario para satisfacer sus deseos, sus necesidades. Una turbación que nunca ha comprendido y que siempre le ha parecido falsa, hipócrita. Ella en cambio parecía disfrutar, incluso haberse excitado viendo cómo la cabeza del viejo estallaba contra el asfalto. Esa puta rusa es como él, sin duda. Tiene que serlo.

La mujer posa una mano abierta sobre su pecho.

—Melanka, rusa —dice mientras asiente con vehemencia.

Carlos responde pronunciando su propio nombre. No hace falta más.

Con la pericia que da la costumbre, Melanka se desnuda con suavidad y ligereza. Sosteniendo la mirada fija en él se yergue, coge su mano y lo lleva a la cama. No hay palabras, solo una pasión en la que cada uno trata de poseer al otro, de hacerlo suyo dominando al adversario. Absorbiéndolo. Anulándolo. Una batalla de la que ambos salen heridos y en la que ninguno de los dos consiente en darse por vencido, ni aquella noche ni las que la siguen.

La anciana carga con dos bolsas de plástico mientras trata de abrir la pesada puerta de uno de los decrépitos edificios de la calle Garbí. Hace girar la llave en la cerradura y empuja el portón con la otra mano, pero el peso de las bolsas le impide ejercer la fuerza necesaria y la puerta vuelve a cerrarse una y otra vez.

Con un gesto Carlos indica a Melanka que se coloque tras él, de forma que la anciana no pueda verla.

—Tía, ¿qué hace con esa compra tan pesada? Deje que le ayude —le dice, aproximándose a ella.

—¿Te conozco? No me suena tu cara...

—Siempre de broma, tía. Hay que ver cómo es usted. Qué humor tiene. Déjeme que la ayude. Deme las bolsas que se las sostengo mientras abre, mujer. Que se va a hacer daño —insiste sin dejar de sonreír al tiempo que con suavidad le arrebata la compra de las manos.

La anciana duda unos instantes, pero finalmente sonríe también tímidamente. Abre la puerta y la franquea, disponiéndose a recoger sus bolsas y despedirse del amable muchacho que la ha confundido con su tía.

Carlos sujeta la puerta y la empuja suavemente hasta abrirla por completo. La anciana retrocede lentamente ante el avance de Carlos y de la muchacha, que ha entrado en el portal tras ellos.

—Vengo a presentarle a mi novia, tía. ¿Verdad que es guapa? Le venía diciendo «Mi tía es la abuela más guapa del barrio y cuando era joven fue un bellezón de los que iban tumbando a los hombres solo con la mirada». ¿A que es guapa mi tía? ¿Verdad que sí?

Carlos no deja de hablar mientras camina escaleras arriba, acuciando a la anciana, que asciende tan rápidamente como le permiten piernas y pulmones, sin que el aire le alcance para poder objetar nada.

Al llegar a la tercera planta la anciana se detiene frente a una puerta y entre jadeos trata de ensartar la llave en la ranura sin conseguirlo. Carlos le quita el llavero de las manos y abre la puerta con un rápido doble giro que hace resonar las gorjas. Sujetándola con firmeza por el brazo hace entrar a la anciana.

Mientras la joven rusa custodia a la mujer Carlos recorre la minúscula vivienda. Comedor, cocina, un baño con ducha y una única habitación. No hay ninguna otra persona allí y la presencia de una sola mesita de noche junto a la cama le deja claro que tampoco debe esperar a nadie más.

—No va a venir nadie. ¿Verdad, tía, que vives sola? —pregunta Carlos mientras la observa fijamente. La sonrisa ha desaparecido de su rostro.

La anciana no responde. Ni siquiera pestañea. De los ojos enrojecidos brotan lágrimas que anegan rápidamente sus ajadas mejillas. Lágrimas de ira dirigidas contra aquellos desconocidos que han logrado, entre engaños y apremios, entrar en su casa. Pero más incluso contra sí misma, por haberse dejado llevar por los agobios y la perorata de aquel malnacido que ahora está de pie frente a ella, recorriendo con la mirada su casa como quien contempla un territorio conquistado.

Asiéndola con fuerza por el brazo, Carlos la conduce a la mecedora que hay frente al televisor y tras obligarla a sentarse se agacha frente a ella sujetando con fuerza sus muñecas.

—Tía, mi novia y yo nos vamos a quedar con usted un par de días. No se preocupe por nosotros, ya nos ocupamos de todo. Para que usted no tenga que molestarse en andar abriendo y cerrando la puerta, ya me quedo yo con las llaves. ¿Le parece bien? Sí, ¿verdad? —Y dirigiéndose a la rusa, añade—: ¿Ves qué bien? Todo arreglado.

La anciana se seca los ojos y las mejillas con la manga. Después exhala un suspiro mientras con ambas manos aprieta con fuerza su cabeza cubierta de densas canas que ella misma rasura cada semana.

Carlos saca de su mochila un rollo de cinta americana y sujeta las manos de la anciana a los brazos de la butaca, cuidando de no dejar espacio que le permita librarse de las ligaduras, pero también de que estas no sean tan fuertes que puedan dañarla. A continuación rodea con la cinta el respaldo y el cuerpo de la anciana justo por debajo del pecho, dándole varias vueltas a la cinta hasta que considera que la sujeción es lo suficientemente firme.

La vieja no deja de mirar fijamente en ningún momento a

Carlos. No pierde de vista sus ojos y sus facciones. Cuando el joven acaba su labor, asegurándose mediante tirones de que las ataduras son firmes, la mujer le habla altiva.

—Tú eres el hijo de Juana, la que se desangró en la cama cuando nació su hija pequeña —le dice desafiante.

—Vamos a quedarnos aquí unos días. No te preocupes, que no te va a pasar nada si haces caso y no nos la lías —le dice Carlos por toda respuesta, mientras rompe en dos la tarjeta SIM que ha extraído del teléfono que la Bruja llevaba en una riñonera y que deja sobre la mesa después de registrarla. Cuando haya acabado lo que tengo que hacer, nos iremos y tú volverás a lo tuyo. Si te portas bien no te taparé la boca. Pero como te dé por gritar o montar un numerito te meteré un calcetín dentro y te sellaré esa bocaza con cinta. Tú sabrás lo que más te conviene —añade mientras registra el minúsculo salón en busca de algún otro teléfono o de cualquier otra cosa que la mujer pueda emplear para pedir ayuda o intentar huir.

—Sé de lo que eres capaz y también que no te costará nada hacerme marchar con las ánimas —contesta la mujer sin dejar de mirarle desafiante.

Carlos recuerda entonces una ocasión en que la Bruja también le miró con la misma intensidad y el mismo odio con el que lo hace ahora. Fue muchos años atrás, mientras él, concienzudo, molía en el almirez unas raíces de ortiga para tratar la anemia que padecía desde niña la hija de un abogado de la Bonanova, buen cliente en múltiples menesteres. La afección avanzaba sin que los médicos encontraran cura para el mal que tenía postrada en la cama a la joven, sin más esperanza ya que la que le proporcionaran sus hierbas y embrujos. Cuando creía que la Bruja no le veía, tomó un puñado de hojas de

214

ruda, pequeñas y de un verde azulado, y las incorporó al mortero sin dejar de majar la mezcla. La Bruja salió entonces de la sombra que la cobijaba y aprisionó con fuerza el brazo de Carlos al tiempo que levantaba la mano derecha, dispuesta a descargarla sobre él. Pero Carlos no se inmutó. Allí donde la Bruja esperaba encontrar miedo o, al menos, el azoramiento de quien ha sido cazado en falta, solo halló la mirada inmutable de quien tiene la única pretensión de saber qué se siente al disponer de la vida de otro.

Con tono áspero, el niño Carlos dijo: «Me he equivocado». Lo dijo sin hacer el menor esfuerzo por ser creído ni tampoco aclarar si la equivocación había consistido en coger las hierbas erróneas o hacerlo sin advertir la presencia de la Bruja a su espalda.

En cuanto la mujer aflojó su garra y lentamente dejó caer la mano que tenía dispuesta para el golpe, retomó la tarea y siguió majando una nueva mezcla de ortigas, pero esta vez sin ruda, como si nada hubiese ocurrido. A partir de aquel día la Bruja no dejó que Carlos volviese a preparar ninguna de sus pócimas. No al menos ninguna que ella le hubiese encargado.

Ahora la Bruja mantiene la misma mirada, pero el niño al que pudo someter con ella es ahora un hombre que no va a dejarse intimidar.

—¿Qué sabes tú, Bruja, de lo que soy capaz o no ahora? Tú no sabes nada y más te vale estarte callada y bien quietecita —la reprende Carlos, zanjando la conversación mientras enciende el televisor y sube el volumen. Se encamina después a la cocina, dándole la espalda mientras sigue hablándole casi a gritos—. Cuando tengas ganas de ir al lavabo, avisa. No quiero que esto acabe apestando a pocilga más todavía.

La pareja se instala en la única habitación.

Pasan tres días en los que ninguno de los dos sale a la calle y apenas de la alcoba. Dolores la Bruja dormita durante el día en las escasas treguas que le conceden los vocingleros programas de televisión y los chillones anuncios que se suceden en un bucle infinito.

Cuando necesita ir al baño es Melanka la encargada de acompañarla, atándole las manos con cinta durante el traslado, lo que dificulta sus movimientos en el angosto lavabo y le impide completar el aseo. Pero al poco, la rusa, cansada del trabajoso proceso de desligar a la anciana para sujetarla poco después de nuevo a la poltrona que se ha convertido en su prisión, varía el procedimiento limitándose a liberar únicamente una de sus manos y haciéndole entrega de una palangana de plástico. El cambio tampoco acaba por satisfacerla, pues se ve obligada a vaciar el recipiente en el lavabo cada vez que la vieja lo llena. Finalmente opta por sustituir la cinta americana por bridas. Resultan más prácticas para atarla y también son mucho más fáciles de quitar con la ayuda de uno de los cuchillos de la cocina.

Pronto empieza a espaciar cada vez más las comidas, aplicando una lógica inapelable: cuanto menos coma y beba la vieja, menos veces tendrá que vaciar la palangana.

La cuarta noche Carlos sale de la habitación y sentado en un rincón observa a la Bruja desde la sombra.

Aunque ofuscada por el cansancio y el hambre, y en parte deslumbrada por la perenne luz que emite la televisión, la vieja sabe de su presencia. Conoce a la perfección los crujidos y rumores de su vivienda. Sabe que la baldosa que reniega al ser pisada marca la frontera entre el baño y la alcoba, conoce cuál es la silla que gime al acusar el peso de un cuerpo y por qué rendija se cuela la brisa fría que todas las madrugadas lame su cara y que ahora se ha interrumpido.

Los dos recuerdan en silencio y en la memoria de ambos está presente la madre de Carlos.

—¿También a mí me vas a dar caldito de pollo? —pregunta entonces la Bruja, dirigiendo sus palabras a la sombra.

Carlos no contesta, se limita a encender un cigarrillo mientras se incorpora sin ruido, dejando que el chasquido y la lumbre del encendedor delaten su presencia. Consume el cigarrillo en silencio mientras la respiración de la Bruja se agita aumentando en intensidad con cada una de las caladas que él da y que avivan la brasa con la que a cada poco se ilumina su rostro. Al acabar lanza la colilla al suelo y vuelve a la habitación donde Melanka, bocabajo, desnuda y cubierta de sudor, ocupa la cama revuelta. La respiración cadenciosa y profunda le indica que duerme profundamente, como siempre después de la vorágine del sexo a la que se entrega con fiereza.

Mientras trata de acomodarse en la cama, recuerda lo difícil que le resultó conseguir apio para disimular el amargo e intenso sabor que la ruda dejaba en las sopas que preparaba a su madre.

EL CHIVO

Melanka cumple con el encargo. Le bastan dos noches para localizar la vivienda del Chivo. Juega con ventaja. A nadie puede extrañar que una puta deambule por las mismas calles por las que se mueve su objetivo y, lo que es aún más importante, ni Salmerón ni los Suecos la conocen, no la podrán relacionar con él aunque reparen en ella.

La rusa hace un trabajo profesional. La primera noche sigue al Chivo desde los aledaños de la plaza Real hasta la calle Princesa. Para evitar levantar sospechas abandona el seguimiento cuando su objetivo entra en el único bar abierto a esas horas.

La noche siguiente se adelanta a sus movimientos y es ella quien llega a la taberna en primer lugar. El Chivo se comporta como Melanka esperaba. Es un hombre de rutinas. Como un oficinista que al final de cada jornada vuelve a casa.

Justo después de que den las tres, prácticamente a la misma hora en que lo hizo la noche anterior, el Chivo entra por la puerta y saluda al camarero que, sin necesidad de mediar palabra, le sirve un whisky que el otro despacha de dos únicos tragos. Cuando instantes después sale de nuevo a la noche fría, Melanka ya le espera fuera, retranqueada en la siguiente esquina y oculta entre las sombras. El Chivo pasa a su lado sin percatarse de su presencia y ella deja que se aleje unos cincuenta metros antes de reemprender el seguimiento.

Cuando se adentra en las oscuras y húmedas calles del barrio Gótico teme perderlo por dos veces. Pero el ruido de los arrastrados pasos del Chivo guía su camino sobre el rumor del tráfico procedente de la cercana Vía Layetana evitando así que pierda el rastro.

Al pasar por una gran plaza con un inverosímil huerto en el centro, unos chicos que dan patadas a un balón comienzan a llamarla a gritos.

—¡Puta! ¡Ven, puta! ¡Cómeme la polla! —le gritan entre grandes carcajadas. Melanka aprieta el paso, más preocupada por que la algarabía alerte al Chivo que por la actitud amenazadora del grupo del que, pese a la distancia, le llega un fuerte olor a hachís. Dos de los chicos comienzan a seguirla mientras hablan entre sí en árabe y acercándose a paso ligero la requieren en tono pretendidamente conciliador.

—Espera, guapa. No te vayas. Ven, guapa, joder. Que lo vamos a pasar bien.

Melanka no se deja acobardar y cuando están a punto de alcanzarla se detiene en seco y gira en redondo, sujetando la navaja que siempre lleva encima.

—¡Te corto los huevos, hijo de puta! —les dice mirando alternativamente a uno y a otro con una de las pocas frases en español que ha aprendido.

El rostro impasible de la mujer y la determinación de su mirada hacen que los dos rateros queden congelados y sin habla, lo que Melanka aprovecha para reemprender la persecución por la calle del Pou de la Figuera.

Por fin, pasados unos minutos, el Chivo llega a su destino. Están en la Volta dels Jueus, una calle tan marchita y decrépita como el edificio abandonado y a punto del derrumbe al que entra tras empujar una pesada puerta de madera reforzada con tablones de palé clavados toscamente.

Melanka esboza una sonrisa torcida. Toma su teléfono y envía un wasap con la localización GPS y una fotografía del edificio a Carlos. Su encargo ha concluido, vuelve a casa.

Cuando esa noche Carlos entra en el cuartucho que habita el Chivo, en una antigua imprenta abandonada que hace tiempo que vagabundos y yonquis han hecho suya, tarda en reconocerle. Su aspecto siempre ha sido el de quien vive atrapado en la permanente inquietud del que huye inútilmente de sí mismo sin saber adónde ir. Sin quedarse nunca quieto ni aguantar demasiado tiempo en ningún lugar, aun a sabiendas de que eso no le llevará a destino alguno y tampoco le hará dejar atrás el pasado.

Carlos lo trató poco. Era uno más de los chavales del barrio, aunque algo más pequeño que él. Si no hubiera sido porque era uno de los amigos de Lolo seguramente nunca habría llegado a saber de su existencia. Para los niños un par de años es un abismo que separa las vidas. Una barrera casi insalvable, sobre todo para los más mayores, que desprecian el contacto con los pequeños, a los que perciben como una carga y un freno en su camino hacia el reconocimiento como adultos.

Conoce su historia, como todos en el barrio. Pero nunca mostró el interés morboso del resto por profundizar en los detalles de un asunto cuyo conocimiento le provocaba más repugnancia que curiosidad.

Tampoco llegó a conocer la mejor época del Chivo, cuando, nadie se explicaba muy bien cómo, logró entrar en el grupo de los elegidos y comenzó a hacer recados para los Arcángeles. Llevando mensajes de aquí para allá, trabajando de punto, ayudando en las descargas y en cuanto fuera menester. Pero, sobre todo, sirviendo como bufón de Miguel Melés, quien no se cansaba de oírle contar la historia de cómo llegó a ganar su caprino apodo.

En ocasiones, cuando alguno de sus socios asistía a una de las fiestas salvajes que casi a diario organizaba en su casa, incluso había hecho llevar una cabra para obligarle a recrear el número ante sus invitados.

Lo había visto, a menudo, hacía ya años, en la taberna de Toncho. Buscándose la vida. Dejando que los clientes le invitaran a un vino, unas pocas caladas o una raya a cambio de que contara la historia que, escuchada mil veces, siempre les arrancaba unas risas tan furiosas como despiadadas.

Aquel muchacho delgado y nervudo ha dejado paso a un guiñapo demacrado de edad indefinida. Carlos lo encuentra en lo que debió haber sido un despacho, ahora abarrotado de colchones y sofás destartalados que se apiñan contra las paredes tapizadas por banderas y posters con imágenes de futbolistas, personajes de películas infantiles y mujeres desnudas en actitudes y posturas más inverosímiles que provocativas. Está tirado en el suelo, desnudo de cintura para arriba, sucio, dormido o quizá inconsciente, entre restos de pizzas y hamburguesas a medio consumir, trozos de papel de plata ennegrecidos, paquetes de tabaco y latas vacías.

Al verlo así Carlos piensa que hubo un tiempo en el que aquel despojo tuvo un nombre y también debió de tener una madre que tal vez le quiso y que pudo haber pasado horas velando su sueño, fabulando sobre el futuro que le esperaba. Pero ese tiempo acabó y ya nadie recuerda que el Chivo fue antes Juan, el pequeño Juanito, y tampoco nadie recuerda ya a la madre de Juanito, ni siquiera el Chivo.

Fue cosa de su tío Castro, quien viendo que flaqueaba el negocio y que ya nadie se detenía a echar unas monedas cuando paseaba a la cabra, harto de cargar con el acordeón y la escalera de plaza en plaza, decidió que convenía darle un giro al negocio y empezar a sacarle rendimiento a la desmesurada turgencia de aquel sobrino que había quedado a su cargo al morir su hermana. Así que, arrumbando a un lado acordeón y escalera, paseó por los antros más depravados el nuevo y sorprendente número de la cabra y el pastor de la prodigiosa verga. Durante un tiempo el espectáculo tuvo buena acogida y no poca fama.

De aquella época le quedó al Chivo el que iba a ser ya para siempre su nombre, pero también la necesidad de silenciar el recuerdo de todo cuanto vio y de lo que durante dos años hizo noche tras noche.

Todo acabó cuando un cabo le pegó dos tiros a la cabra el día que el animal arremetió contra los guardias civiles que se llevaban preso al tío Castro y al que ya había dejado de ser Juanito a una inclusa de la que no dejó de escaparse hasta que nadie se preocupó ya de buscarlo más.

Mientras recuerda aquella historia que había oído contar decenas de veces, Carlos observa al Chivo en silencio, velando su sueño.

El yonqui, quizá al notar su presencia, abre unos ojos tan amarillentos y turbios que más parecen los de un cadáver. Su mirada está nublada por el humo de las platas que fuma sin tregua, como si pretendiera perder entre los vapores de la heroína el recuerdo de su vida entera. Al Chivo le cuesta reconocer a Carlos y cuando por fin lo logra aún tienen que pasar varios segundos hasta que su cerebro logra comprender que si el Catalán ha llegado hasta allí no es para recordar juntos los viejos malos tiempos pasados en las mismas calles. Recuerda también al pequeño Lolo y a la hermana de ambos, la niña más guapa de cuantas habían paseado jamás por la playa del Rinconcillo.

Entonces, súbitamente, entiende lo que ha llevado hasta aquella sucia habitación al que va a ser su verdugo. No trata de huir ni de enfrentarse a él. Como si hubiese decidido rendirse, se abandona, dejando que sus músculos se relajen y sus pulmones exhalen el aire que había tomado cuando en un primer impulso tuvo la intención de incorporarse al ver recortada contra la puerta abierta la silueta de quien ha venido a matarle. Ese aliento sale de su boca como un suspiro, como si un insondable cansancio le hubiera sobrevenido de repente y aceptara que la desazón de la que lleva tantos años huyendo acaba allí.

Carlos se acuclilla frente al Chivo, que permanece inmóvil con los brazos a ambos lados del cuerpo, tumbado en el suelo. En la mano izquierda aún sostiene el papel de plata del chino que se acaba de fumar y de la derecha ha resbalado el mechero. Ni siquiera se esfuerza ya por acomodar la cabeza, que sigue apoyada en la pared, con la barbilla pegada al pecho, en una posición que ahora que ha recobrado la conciencia le resulta insoportablemente incómoda.

—Yo no le hice nada a tu hermana, Catalán. Te lo juro —balbucea fijando la mirada en el cuchillo que Carlos ha sacado de la mochila.

—Ya lo sé, Chivo. Ya lo sé. No es por ella por lo que he venido a buscarte tan lejos. Tú sabes por qué he venido.

El Chivo comienza a llorar con un llanto descontrolado y pantanoso. Un llanto que proviene del pasado. Antiguo y contenido durante años.

—Sí, lo sé, Catalán. Claro que lo sé. Es por Lolo... —logra articular entre sollozos e hipos—. Has tardado mucho —acierta a decir.

—No lo he sabido hasta hace muy poco, Chivo. Me lo contó Hicham. Te acuerdas de él, ¿verdad?

—¿El moro que estuvo en lo de tu hermana? Sí, me acuerdo. ¿Cómo iba a olvidarme, Carlos, tío? ¿Cómo me iba a olvidar con lo que le hicieron a la pobre Camila? —responde, sorprendido y recobrando algo el aliento, pero sin dejar de llorar.

—Más o menos lo que tú le hiciste a Lolo. No hay mucha diferencia. ¿No te parece?

—No es verdad, quillo. Eso no es verdad. A mí me obligaron a aquello. Yo no quería hacerle daño. De verdad, Carlos. De verdad. Yo no quería hacerle daño al pobre Lolo. Pero Joselito me obligó. Te lo juro, Catalán. De verdad. Te lo juro.

El Chivo no ha dejado de gimotear y sigue en la misma posición en el suelo. Inmóvil y con la cabeza atrapada entre la pared y su propio pecho, que sube y baja a un ritmo febril. Le habla ahora con una urgencia y una energía que han nacido de una idea de la que no era aún consciente: hay esperanza y quizá, si cuenta lo que sabe, si se sincera ante Carlos, podrá evitar que le mate o, al menos, que lo haga sin demasiado sufrimiento. Al Chivo le aterra el dolor.

—No me jodas, Chivo. Joselito, el Carita y tú. Fuisteis los tres. Lo mismo me da que fuese Joselito quien llevase la voz cantante, como siempre. Fuisteis los tres los que os follabais a Lolo y los que al final lo matasteis —sentencia Carlos.

—Yo no lo maté, Catalán. No lo matamos nosotros. Se mató él saltando desde la ventana.

—No, Chivo. Os lo cargasteis vosotros. Si no os lo hubieseis estado trajinando no se habría ido apagando como se apagó y no hubiera saltado. Yo lo vi morir. ¿Lo sabías? Y se apagó como una vela. Poco a poco. En silencio. Vosotros os lo follasteis y él se dejó morir.

La mano derecha de Carlos aprieta con fuerza las cachas del cuchillo y sus músculos se crispan con cada palabra que sale de su boca.

El Chivo cierra los ojos y reanuda con más fuerza el llanto y los hipos.

—Pero de eso ya no vamos a sacar nada, Chivo. Todo lo que hicisteis me lo contó Hicham y no necesito saber más. Estuvimos mucho tiempo juntos en el chupano de Botafuegos. Fue una casualidad, una puta casualidad —afirma Carlos esbozando una sonrisa sardónica—. Al puto moro aquel le gustaba hablar, ya lo creo que le gustaba. Por las noches se acodaba en la ventana de su celda y no paraba de contarnos historias. Lo contaba todo. No tenía límite y tampoco le importaba quién oía lo que decía. A él le gustaba escucharse y no se preocupaba de quiénes éramos o de lo que podíamos llegar a saber. Una noche nos contó que antes de caer preso había estado trabajando para un tal Miguel, jefe de una de las bandas más grandes del Estrecho. Un capo de los gordos. Un tío violento y con mucha pasta que, según él, tenía en nómina a la mitad de la gente de La Línea, policías incluidos. ¿Te suena? Sabes quién es, ¿verdad? Claro que lo sabes, igual que lo supe yo. Nos contó que ese tipo tenía dos hermanos que estaban también a sus órdenes y que le ayudaban a mantener la organización. El puto moro no se cansaba de hablar. Nos habló de los palos que había pegado con Miguel. De cómo le ayudaba a quedarse con parte de la mercancía contándoles a sus hermanos que se había perdido en el mar o que se la habían robado policías corruptos. También nos habló de las fiestas que organizaba para él y su gente. Juergas salvajes con tías a las que, por un poco de pasta y mucha coca, les hacían todo tipo de perrerías. A Hicham y a Miguel les iba lo mismo: pegar a las tías, torturarlas y follárselas cuando más miedo tenían. Eso era lo que más les ponía, nos dijo. Ver cómo suplicaban pidiendo que las dejaran marchar. Hacerlas sufrir para ver el pánico en sus ojos y, después de haberse ensañado con ellas, tirárselas y dejarlas ir con el miedo en el cuerpo y unos pocos billetes en el bolso para que no se les ocurriera denunciar. El otro preso y yo le hacíamos preguntas y le animábamos a contar más cosas. De vez en cuando le provocábamos diciéndole que todo lo que contaba se lo inventaba, que era todo mentira. Hicham se picaba con facilidad y una noche se fue calentando y cada vez daba más detalles, más información. Se sentía intocable y seguro. Al fin y al cabo, nosotros también éramos presos y estábamos en la misma situación que él, pagando sanción en el Especial. Así que también tendríamos nuestras culpas, quizá peores que las suyas. Hacia las dos de la mañana, lo recuerdo bien, nos advirtió de que era muy importante que no saliera de allí lo que nos iba a contar. Que se la jugaba él y también otros que habían estado con él en la movida. Que la cosa era muy gorda. Lo que nos contó fue lo que tú ya sabes, lo que le hicisteis a Camila...

—¡Lo que le hicieron ellos, Catalán! Yo no le hice nada a tu hermana... —interrumpe el Chivo.

—¡Tú también, cabrón! ¡Tú también estabas allí! —le responde Carlos al tiempo que alza el cuchillo hasta ponerlo a la altura de los ojos del Chivo. Después de unos segundos de tenso silencio, en los que entre gimoteos el Chivo baja la mirada, Carlos sigue con el relato—. Nos contó cómo durante la fiesta Miguel señaló a Camila e hizo que entre los cuatro la fueseis emborrachando, poco a poco, sin que ella se diese cuenta de que os turnabais para que no dejase de bailar nunca y tampoco le faltase una copa en la mano. Nos dijo que cuando Miguel lo ordenó, todo el mundo se fue de la casa. Todos menos vosotros cuatro y Camila, que a esas alturas ya no sabía ni dónde estaba. No se ahorró ni un solo detalle de todo lo que le hicisteis. Tengo el informe de la policía y el del forense. ¿No lo sabías? Claro que no, cómo lo ibas a saber. Todo lo que contó cuadra con lo que hay ahí escrito. Lo que contó Hicham que le hicisteis a mi hermana y lo que hay en esos informes encaja como dos mitades de una fotografía. El jodido moro tenía buena memoria y no se guardó ni una sola de las perrerías que le hicisteis a Camila. Lo único que se ahorró fue lo de la botella y lo de las quemaduras con los cigarrillos.

—Nosotros no le hicimos nada con ninguna botella y tampoco la quemamos —dice repentinamente agitado el Chivo—. Se la follaron todos. Eso sí. Y le pegaron unas cuantas hostias. Pero como estaba borracha y no respondía, no le hicimos nada más. A Miguel no le ponía verla ahí tirada, como muerta. Él quería que gritara y se resistiera. ¡De verdad, tío! ¡Nada más que se la follaron! ¡Te lo juro!

Trata de incorporarse sobre los codos, las palabras brotan atropelladas, aferrándose a la esperanza que le da la única discrepancia entre lo que Carlos le cuenta y su propio recuerdo.

—No te va a servir de nada mentirme, Chivo.

—¡De verdad te lo digo! ¡Te lo juro de verdad! ¡Tienes que creerme, quillo! ¡Carlos, tío! ¡Solo se la follaron! ¡No hubo botella ni cigarrillos! ¡Te lo juro! ¡Te lo juro...!

El Chivo trata de mantener el equilibrio, precariamente incorporado ya sobre las manos, y se aferra a la cuerda de salvación que la fortuna ha puesto a su alcance cuando ya lo daba todo por perdido.

—¡No me mientas, hijoputa! ¡No me mientas o lo vas a pasar muy mal! —le grita Carlos, poniendo una vez más la punta del cuchillo ante los ojos del aterrado Chivo, que retrocede apoyando de nuevo la cabeza en la pared mientras niega, agitándola compulsivamente de un lado a otro.

—No te miento, tío. Te lo juro. No te miento. Miguel, Hicham y Joselito se la follaron. El Carita y yo estuvimos mirando y cuando acabaron nos la llevamos en uno de los coches... un Audi A6 de los de Miguel. La dejamos donde el Tote. Cerca del cementerio. El Carita se la quería follar, el muy cabrón. Pero no le dejé. Nos podían pillar allí en medio de la calle. Y me lo tuve que llevar a hostias. Te lo juro, Carlos. Te lo juro de verdad. Tienes que creerme, tío. Cuando nosotros nos fuimos tu hermana estaba bien... Se la habían tirado y le habían dado unas cuantas hostias. Pero estaba bien. De verdad. Borracha y todo eso, pero viva.

Carlos mira a los ojos del Chivo, que llora implorante. La respiración agitada hasta la extenuación impulsa su pecho huesudo arriba y abajo, una vez y otra. El sudor cubre su cuerpo que tiembla como si de repente el aire se hubiese congelado a su alrededor.

—Basta ya de cháchara, Chivo. Se acabó —dice Carlos de repente, presa de una súbita urgencia. Como si hubiese decidido que aquello que ha venido a hacer no admite más demora.

Con una calma litúrgica levanta el cuchillo, lo apoya en el pecho del Chivo y deja que el peso de su cuerpo cargue sobre la empuñadura. La hoja penetra lentamente en la piel emitiendo un leve chasquido. El Chivo se aferra a la camiseta de Carlos. Pero no se resiste. No lucha por su vida. Parece resignado y Carlos piensa que incluso aliviado.

Los ojos de Juan el Chivo se abren incendiados en sangre, como antorchas, al tiempo que sus mejillas se tensan y un temblor aún más intenso se apodera de su cuerpo. Sus labios se separan levemente, dejando escapar un suspiro sostenido y casi imperceptible. Pero no para Carlos, que sigue escrutando la mirada de su víctima a tan corta distancia que puede verse reflejado en las pupilas dilatadas y, ahora sí, aunque por última vez, brillantes.

Sigue allí, en cuclillas, observando el cadáver. Siente curiosidad. Esperaba que con aquella muerte disminuiría el fuego que habita en su interior y el vacío con el que convive. Ninguno se colma nunca. El fuego siempre demanda más y el vacío, como un abismo, nunca se llena. Como un hoyo escarbado en la arena de la playa que alguien tratase en vano de llenar con cubos de agua arrebatados a las olas. No siente nada. El fuego y el vacío siguen allí, pero el odio no mengua.

Al cabo de unos minutos Carlos se levanta y sale de la inmunda sala que se acaba de convertir en la tumba del Chivo. Baja las escaleras y llega a la calle. Después de haber matado de nuevo nada ha cambiado en él. Solo la repetición, una vez más, de una extraordinaria excitación y la sensación de poder absoluto que no ha logrado con nada más en toda su vida.

Tampoco nada ha cambiado a su alrededor. El mundo sigue girando y la gente camina ajena a lo que acaba de hacer.

En la prisión, y en un par de ocasiones también antes, cuando estaba en libertad y trabajaba para los Arcángeles, había conocido a hombres que habían matado. Pero solo en dos ocasiones sintió que la persona que tenía delante era un ser diferente. Un depredador que había probado la sangre y que volvería a matar tantas veces como le conviniese. Cada vez que le fuera necesario o ventajoso. La mirada de esos hombres era diferente a la de los demás.

Carlos se preguntó si también él sería un cazador. Un depredador capaz de aterrorizar con su sola mirada a sus presas. De hacer que ante su presencia sintieran tanto miedo que pese a la necesidad de huir sus piernas no respondieran, su garganta no pudiera emitir un grito de auxilio, sus manos no lograran sostener un arma con la que defenderse.

Una joven que pasea a su perro se detiene junto a él en un paso de peatones. La muchacha le sonríe, pero el perro comienza a gruñir mostrándole los dientes y tira de la correa tratando de alejarse. La joven intenta inútilmente retener al animal que la arrastra y, azorada, le pide disculpas mientras se aleja.

Cuando el semáforo le permite cruzar Carlos sigue su camino, satisfecho y sonriente.

LOS POLISTAS

Los gitanos no están solos. Tres tipos los acompañan en el interior del bar. Cuando Carlos entra en el local, un gorila le intercepta impidiéndole el paso. Desde el fondo de la sucia tasca la voz áspera de Ismael atruena.

—¡Ese payo! ¡Ahora entras, gachó! En cuantito arregle un asunto con estos amigos. Estate ahí un momentito, su primo.

El gorila cruza los brazos sobre el pecho. Las piernas abiertas y la cabeza ligeramente ladeada. Declarándose inexpugnable. Masca chicle como si le fuera la vida en ello. La mandíbula sube y baja espasmódica, manteniendo la mirada fija en los ojos de Carlos, desafiante.

A este, obligado a permanecer allí de pie, le resulta imposible saber lo que tratan Ismael y Felipe con sus visitantes. Solo le llega el ligero rumor de la conversación. Se entretiene observando al matón. La caricatura infantil de un bulldog rodeada por un círculo de líneas azules y rojas cubre el lado izquierdo de su cuello. Las fauces prominentes y en tensión, los colmillos sobre el belfo y un collar de púas. El tatuador debió de tratar de conferirle fiereza al dibujo. Pero el perro, deformado por los músculos y las palpitantes venas, ha derivado en una caricatura del propio gorila.

En los puños, bajo los nudillos apretados y blanqueados por la tensión, exhibe dos números tatuados con letras de estilo gótico. En la mano izquierda «1899» y en la derecha «1981». Bajo esos números las letras «ACAB» y «HATE».

Concentrado en descifrar estos mensajes, Carlos no se percata de que la conferencia ha acabado y de que los tipos a los que protege el matón llegan a su altura.

Pasan junto a él sin mirarle y el gorila los sigue a grandes zancadas. Se mueven con marcialidad. En cabeza avanza el líder seguido de sus dos acólitos en formación, a idéntica distancia y dispuestos a ambos lados. Todos ellos visten pantalones vaqueros dos tallas inferiores a las que les corresponden, y polos azul oscuro o blanco decorados con grandes letras bordadas. En sus pechos se repite, como si fueran miembros de un mismo club, un escudo. La imagen especular de un jinete, un jugador de polo al galope con una de las manos alzada blandiendo un mazo dispuesto a descargar el golpe. Carlos se pregunta qué verán esos tipos en las siluetas que adornan sus pechos hipertrofiados. Su indumentaria, aparentemente casual, es en realidad un uniforme con el que se identifican, señalándose tanto para los iniciados como para los extraños que se relacionen con cualquiera de ellos.

En cuanto llegan al límite de la acera, tres todoterrenos se detienen ante ellos. Un BMW y dos Audi. Los dos conferenciantes suben al que va en cabeza y el matón malencarado salta al interior del segundo. La comitiva arranca y a toda velocidad se pierde calle abajo.

—Ya está, primo. Está todo arreglado. Ya verás. Estos amigos van a echarnos una mano para recuperar el embutido —comenta a su espalda Ismael, que ríe mientras mastica un puro.

A su lado está Felipe, vestido con un impecable traje rojo vino y tan serio que su cara lóbrega parece un guijarro oscuro y brillante.

En ese momento Carlos observa cómo a sus espaldas empiezan a materializarse las sombras. Tras la barra, detrás de las cajas apiladas o brotando del almacén en penumbra, surgen cinco hombres. Todos armados. Todos esforzándose por dejar muy claro su valor y su hombría. Bromeando mientras encienden cigarrillos que rápidamente pasan de mano en mano, de boca en boca. Cargando aún todos ellos el peso de la congoja en sus ceños prietos y sus ojos asustados.

A las tres de la tarde Carlos recoge el teléfono del casillero de la Estación del Norte, repleta de autobuses y viajeros a esa hora. El gorila del bulldog tatuado en el cuello asoma su cabeza pelona por la ventanilla de un todoterreno aparcado junto a la rampa de acceso. Casi puede ver los ojos del perro observándole en la distancia. Tres simios más ocupan los otros asientos del vehículo.

Un poco más adelante un todoterreno Mercedes de color negro aguarda en mitad del espacio reservado a los taxis. En su interior, tras los cristales tintados, un segundo grupo de jugadores de polo también vigila sus movimientos y los de cualquiera que se le aproxime. Aunque se ven obligados a rodear el vehículo a la espera de nuevos clientes, ninguno de los taxistas se atreve a reclamar su espacio.

Ya con el teléfono en la mochila, Carlos deja la estación y camina con calma por la amplia acera de la calle Nápoles hasta llegar frente a la gran mole de ladrillo del Arco de Triunfo.

No los ve, pero es consciente de que tras él va la cuadrilla, luciendo orgullosos en sus pechos los idénticos jugadores de polo.

Parado en mitad del paseo, bajo la sombra del inmenso arco, enciende el teléfono y, sin detenerse a leer la incesante cascada de mensajes repleta de exabruptos y amenazas que van apareciendo en la pantalla, escribe a Ades.

> Lo tengo pillado, Ades. Esta noche a las 11:30 estará aquí

> 41.507640, 2.189871

> Esta noche el Chivo será historia

Apaga el teléfono sin esperar una respuesta y sigue caminando hacia la Plaza de Catalunya, recorriendo la acera izquierda de la Ronda de Sant Pere. Los coches circulan en su mismo sentido y Carlos piensa que eso facilita la batida de sus perseguidores.

Entra en El Corte Inglés y sube hasta la última planta, a la cafetería. Pide una Coca-Cola y se sienta junto al ventanal, desde donde puede observar toda la plaza y, en su centro, el gran óvalo y la estrella que encapsula. El pavimento está cubierto de minúsculas palomas entre las que se abren paso transeúntes que caminan en todas direcciones. Desde la distancia y a esa altura le parecen insectos.

Poco después de su llegada dos de los jugadores de polo han ocupado las mesas más alejadas a la suya, a ambos extremos de la sala. Los gorilas se dedican a observar a cuantos entran en el comedor, dirigiéndoles miradas que en su caso no pueden ser otra cosa más que amenazas.

Mientras deja que la tarde se consuma observa el flujo de vehículos que lentamente avanzan para después detenerse, gobernados por las luces de semáforos que van ganando en intensidad a medida que el sol cae tras los edificios.

Después de más de tres horas en las que ni él ni los dos gorilas abandonan sus asientos, sale del centro comercial y pasea distraídamente por la ciudad. A las diez en punto el teléfono que compró al llegar a la ciudad vibra en su bolsillo y al mirar la pantalla comprueba que ha recibido el wasap que esperaba.

> 22:15 Plaza Universidad 2
> Delante del Starbucks

Aunque intuye que no se encuentra lejos, consulta el navegador del teléfono. El aparato, adelantándose a sus necesidades, le informa de que tardará seis minutos en llegar al lugar de la cita.

No pierde ni un instante. Se dirige allí siguiendo sus indicaciones. Camina por calles que a esa hora ya están repletas de grupos de turistas que corean ruidosos himnos en idiomas extraños para él y que deambulan acechados por chacales que les siguen, a la espera de que alguno de los miembros de las etílicas manadas de piel sonrosada se separe del grupo. La táctica de los depredadores, todos ellos tan jóvenes como sus presas, es tan antigua como efectiva: atacar al más débil, al solitario, al que no tiene el apoyo del rebaño. Actúan en grupo, nunca en solitario. La mayor parte de las veces el lance se resuelve sin llegar a mayores, todo depende de la resistencia que ofrezca la presa. Pero en ocasiones los carroñeros no se conforman y buscan la sangre de sus víctimas.

Llega a su destino con la seguridad de que, aunque hace casi dos horas que no los ve, sus dos guardaespaldas aún siguen tras él.

Como si se tratara de un despertador expuesto en un escaparate, las manecillas del reloj situado en la torre del viejo edificio de la universidad marcan las diez y diez.

Un Mercedes negro se detiene frente a él y de inmediato una de las puertas traseras se abre. Entra sin esperar invitación y tras él lo hacen sus dos escoltas, uno por cada lado del vehículo, encajándole en el centro del asiento trasero.

El conductor y los dos tipos que le flanquean son clones perfectos. Solo les diferencia el color de los polos y de sus chaquetas.

En cambio, el tipo que ocupa el asiento del acompañante es diferente a los gorilas. Cuando lo vio por primera vez, al finalizar la negociación con Ismael y Felipe, ya le quedó claro que, aunque vestía las mismas ropas que sus soldados, ese tipo que caminaba con paso seguro a ritmo de marcha militar era el jefe. Ahora, viéndole repartir en silencio las armas que va sacando de una mochila que tiene a sus pies, su autoridad sobre la manada le parece indiscutible.

Lleva el pelo cortado a cepillo y su piel es tersa, sin imperfecciones, con una ligera sombra de barba en el mentón que sobresale apenas en su perfil, haciendo que el giboso labio inferior, tan fino y perfilado como el superior, se imponga sobre aquel. Los ojos, protegidos por gafas oscuras, pese a que hace horas que el sol se ha ocultado, se adivinan pequeños y astutos. Los pómulos, muy altos y marcados, y la abultada quijada otorgan dureza a su angulosa cara y contrastan con una nariz larga, recta y delgada, de aspecto delicado y casi femenino.

Cuando acaba el reparto de las armas se dirige a Carlos, al que hasta ese momento ha ignorado.

—Espero que sepas lo que te estás jugando si esto sale mal —le dice sin más preámbulo.

—Sí, lo tengo muy claro. Pero no va a salir nada mal si vosotros hacéis vuestra parte.

—No me toques los cojones, niñato. O ahora mismo te pego un tiro en la chola y nos olvidamos de ti. Como te pases de listo se te comerán las ratas del vertedero del Garraf y nadie preguntará nunca qué fue de aquel listillo amigo de los gitanos de La Mina. ¿Te queda claro, gilipollas?

—Totalmente —responde Carlos manteniendo la dura mirada del jefe de los polistas, que ha empujado sus gafas de sol nariz abajo sin llegar a quitárselas y le observa inquisitivamente a través del espejo retrovisor.

—Pues ahora vamos a repasar cómo va a ir la cosa y nos vas a explicar de primera mano qué pintas tú en todo esto.

Sócrates se acaba de levantar de la silla de plástico en la que lleva sentado seis horas comiendo pipas y haciendo guardia cuando, al fondo de la calle, ve llegar a la turba que va a matarle.

Esboza media sonrisa ante la situación que tiene ante él y que su embotado cerebro no logra comprender. Perdido en la bruma del hachís, vuelve la mirada hacia al Bienpeinao, que también se ha incorporado y que le habla mostrándole las palmas de las manos abiertas a ambos lados del pecho.

—Yo no voy a jugarme el pellejo por Miguel y sus hermanos. Te aconsejo que hagas lo mismo, Jenaro, quillo. Vámonos y que se apañen ellos.

—Pero ¿qué es esto, niño? ¿De qué me estás hablando? —consigue decir Sócrates con una mirada de incredulidad mientras con la mano derecha trata de alcanzar la pistola que carga en la riñonera que cuelga de su cintura.

No tiene tiempo de sacar el arma. Un certero disparo proveniente del grupo que ya se encuentra a menos de diez metros le alcanza en el pecho y le hace caer de rodillas. Mientras una mancha roja crece alrededor del orificio negro que ha aparecido en su camiseta, Jenaro vuelve por última vez la asombrada mirada hacia su compañero.

—Jesús, niño... —es lo último que acierta a decir Sócrates, porque tres detonaciones más provocan que se estremezca y caiga de espaldas sobre el asfalto, los ojos abiertos y la pierna derecha doblada hacia atrás en una posición forzada que hace que el cuerpo, ya inerte, quede arqueado sobre ella y apoyado sobre los hombros. La cabeza de Sócrates ha estallado por su parte posterior, arruinando las deportivas del Bienpeinao.

El joven sigue con las manos en alto cuando los más adelantados del grupo llegan a su altura. Tras esta primera línea surge una voz que les conmina a bajar las armas.

—¡A este payo no! —dice, al tiempo que con ambas manos empuja suavemente hacia abajo los cañones que apuntan al muchacho—. ¿Están todos dentro? —le pregunta.

El Bienpeinao asiente y le entrega un manojo de llaves.

—No nos van a hacer falta, niño. Pero nos las llevamos por

si acaso. Si te quieres quedar, tú mismo. Y si no quieres, vete en paz y ya hablaremos. Pero si te quedas, a lo mejor tienes la oportunidad de callarle la boca para siempre al hijo puta del Miguel ese. Tú eliges.

Jesús el Bienpeinao pestañea dos veces antes de contestar. Por su cabeza pasan las miles de ocasiones en las que en su presencia Miguel el Arcángel había contado a todo aquel que quisiera escucharle cómo se desvirgó con Manuela, su madre, en el asiento trasero de un Seat 131. «Por mil pesetas. Solo mil calas», repetía riendo siempre. Adornando la historia en cada ocasión tanto como la audiencia se lo permitía, lo que en realidad era tanto como él deseara. Su condición de Arcángel le garantizaba la atención y la devoción del público. Una prodigiosa memoria, o la imaginativa recreación de un vaporoso recuerdo le daban para describir con detalle de orfebre todas y cada una de las veces que había repetido con Manuela, recalcando siempre el mucho empeño que la madre de Jesús ponía en complacer a la clientela y los pocos remilgos que tenía ante cualquier petición que se le hiciera y, en las raras ocasiones en que no aceptaba por propia voluntad alguna de las humillaciones que le exigían, la poca resistencia que oponía cuando el cliente imponía su deseo y cómo, aun así, él siempre había cumplido, pagando la exigua tarifa. Miguel no dejaba de incluir también en estos relatos al Bienpeinao. Pasándole la mano por la cabeza y sujetándolo con fuerza por el cuello, mientras el joven trataba de escabullirse, acostumbraba a concluir la historia con las mismas frases. «Tan cumplidor como su madre. Mi mejor soldado. Este hijoputa podría ser mi hijo», decía, provocando la carcajada cruel de su siempre entregada audiencia.

—No, mejor me voy. Ya hablaremos. Que os vaya bien —responde Jesús, encaminándose con paso tranquilo en dirección a la playa.

Al todoterreno negro en el que viaja Carlos se han unido otros dos vehículos. La comitiva llega a Montcada i Reixac en veinte minutos. En ese tiempo Carlos ha puesto al día al jefe de los polistas. Le ha hablado de Salmerón y de los Suecos, y ha descrito tan bien como ha podido a los tres rubios hormonados y al especialista en ferretería. Le relata también lo que apenas unos días antes vio en la nave abandonada de La Línea.

El jefe ha atendido en silencio y solo ha esbozado una leve sonrisa cuando el conductor y los dos escoltas se han alborozado entre brutales risotadas al escuchar el padecimiento del Carita.

—Esa gente debe de ir bien preparada. ¿Qué armas llevan?

—Yo no les he visto ninguna. Pero sé que Salmerón usa una PPQ y que los Suecos han pegado unos cuantos vuelcos con hachekás y también con explosivos. O eso dice la gente de por allí abajo...

Los tres coches abandonan la carretera principal y se detienen en una calle prácticamente desierta. Todos los ocupantes, catorce en total, entran en un antiguo videoclub con la persiana a medio cerrar en el que les esperan tres tipos más.

Reunidos en el centro del local su aspecto es el de una banda de culturistas uniformados. Cabezas rapadas y pieles cubiertas de tatuajes en los que se repite una y otra vez la imagen del bulldog que Carlos conoció unos días atrás, junto a esvásticas y cruces celtas. Todos ellos calzan deportivas, polos y chaquetas idénticas.

Rodeados por las estanterías cubiertas de polvo en las que aún siguen expuestas las obsoletas carátulas de películas en VHS, el jefe, al que llaman Chano y al que varios han saludado con muestras de respeto y sumisión, se dirige al grupo.

—Vamos a ver, señores. Ya sabéis todos lo que hay que hacer y cada uno tiene su hierro, ¿verdad? —todos asienten entre sonrisas y ostentosos gestos de camaradería—. Los del Bolo cubriréis la salida por si alguno de esos cabrones se escapa del solar. Que coman barro antes de ir al infierno, ¿estamos? —el grupo situado a la derecha, encabezado por un tipo delgado y de mirada cruel, asiente al unísono—. Los demás vamos a estar dentro del solar y cuando esos hijoputas entren los pillamos en fuego cruzado a mi orden. Tú, Santos, con tu gente a la izquierda. Los míos por la derecha. ¿Está claro? —Todos, cada vez más inquietos y bravucones, vuelven a asentir sin preguntas—. Entonces vamos al lío, señores. ¡Una cosa! Todos avisados: ¡no quiero fallos! ¿Visto? —Con una sola voz todos los presentes gritan al unísono—: *Visca Barça!*

Carlos, apartado del grupo, se ha entretenido repasando los títulos expuestos en los anaqueles y el aullido final le ha sobresaltado mientras sostiene entre las manos la carcasa de una película que recuerda haber visto en la televisión de Winston. Cinco sujetos alineados miran al frente mientras posan, en lo que parece ser una rueda de reconocimiento.

El Bienpeinao se sienta en la playa apenas iluminada por las farolas de la calle Santa María y frota sus zapatillas con la arena fina y dorada, tratando infructuosamente de librarlas de las manchas que las han dejado inservibles. A aquella hora el desfile de coches y motos debería ser constante, recorriendo la carretera que conecta la imponente mole de roca con La Línea. Ese paseo es por lo habitual un continuo ir y venir de recaderos, voceros y correos. Sin embargo, no es así ahora. Ni siquiera se oye el rumor de los motores a lo lejos. Tampoco hay parejas paseando junto a las barcas varadas, disfrutando de la tibia brisa y de la quietud del horizonte estrellado. Pero lo que es realmente extraño es que ni en la playa ni en el paseo haya un solo punto de los Arcángeles. Nadie dispuesto a dar el agua ante la llegada de la policía o de los aduaneros.

Es como si el tiempo se hubiera detenido. Está solo, completamente solo. Como el protagonista de una película en la que él es el último hombre en la Tierra.

Desde que dos días antes uno de los gitanos de Cortés se presentó en su casa, su acostumbrada soledad se ha hecho más intensa. Siempre ha vivido liberado de ataduras. Sin nadie a quien dar explicaciones, salvo a Miguel y a sus dos hermanos, con los que siempre se ha limitado a cumplir con lo que le han ordenado. Vigilando sus casas, acompañándolos a reuniones donde los negocios salen bien o es preciso que él eche mano de la artillería. También ocupándose en ocasiones de que entiendan el grave error que cometen quienes no cumplen lo acordado. Él es un especialista en eso. Suele trabajar en compañía de Sócrates, que es lo más parecido a un amigo que nunca ha tenido. Seguramente porque ninguno de los dos ha sido nunca de muchas palabras.

Pero desde la visita del gitano todo es diferente. Guarda un secreto que se esconde en su interior, como un fugitivo al que quisieran dar caza y al que él hubiera jurado proteger. Debe ocultarlo y defenderlo. De modo que se ha replegado aún más adentro, para que ese secreto no sea descubierto. Como si él mismo fuese uno de los pequeños joyeros en los que su madre atesoraba las muchas baratijas que iba acumulando y que eran el único lujo que se permitía tener.

Hasta esa visita no se había planteado nunca rebelarse contra Miguel. Hacerle pagar las humillaciones, la vergüenza y la tristeza que, de repente, ha descubierto que también albergaba dentro, tan profundamente que desconocía su existencia. Su silencio es la llave que guarda el tesoro de la venganza que el ofrecimiento de Cortés ha despertado.

Los polistas se acomodan tras unos matorrales que crecen en el solar donde Carlos ha fijado la falsa cita con el Chivo y a la que esperan que acudan Salmerón y los Suecos.

Están en una antigua fábrica derruida de la que únicamente quedan los restos del desescombro apilados aquí y allá, y al que el abandono ha hecho ceder ante el avance de la naturaleza, dejando crecer varios árboles que ahora sirven al pequeño ejército que le acompaña para apostarse como Chano les ha ordenado.

Carlos se mantiene en el centro del solar, junto a uno de los vehículos en cuyo interior se esconden tres de los polistas. Todos están armados con pistolas y unos pocos también con fusiles de asalto y escopetas.

Atento al teléfono que le dio Ades y que ha mantenido conectado desde que salió del videoclub, confiando en que el gigante proporcione su posición a Salmerón, espera allí de pie durante más de media hora. Por la carretera cercana circulan vehículos que Carlos trata en vano de identificar. Los haces de luz iluminan el asfalto negro, los árboles y la valla que rodea el solar, proyectando largas sombras en continuo movimiento. El frío de la noche le hace estremecerse. Recuerda entonces las noches pasadas al raso frente a la casucha de su abuelo. Un sabor amargo se abre paso desde la parte posterior de la lengua y nota cómo la piel entera se le eriza, provocándole un leve estremecimiento. Con el pulgar derecho resigue la cicatriz desde el labio inferior hasta el mentón.

Dos vehículos se detienen junto a la puerta que da acceso al recinto y que los hombres de Chano han dejado convenientemente abierta. Durante un par de minutos nada sucede. Los vehículos permanecen en marcha con las luces encendidas, pero no se mueven y nadie desciende de ellos.

De repente uno de los coches se pone en marcha y avanza por la parcela y a continuación, cuando el primero ha sorteado el primer montón de escombros situado al frente, el otro vehículo comienza también a moverse. Avanzan con cautela, quizá a causa del terreno plagado de obstáculos que dificultan su marcha. Pero en esa prudencia Carlos quiere adivinar también la intuición de Salmerón, que le aconsejará desconfiar de una situación que se le presenta excesivamente propicia. La experiencia del cazador, acostumbrado a emboscar a sus presas, le obliga a actuar con desconfianza.

Carlos permanece de pie con las manos en los bolsillos de la chaqueta, intentando aparentar una cierta inquietud y algo de sorpresa por la presencia de los vehículos, a los que supuestamente no debería esperar y, al mismo tiempo, tratando de mostrarse calmado, ya que nada debe alarmar a los recién llegados. No sabe cómo simular los nervios, el azoramiento propio del miedo o, cuando menos, un temor genuino que muy pocas veces ha experimentado a lo largo de su vida. Posiblemente nunca.

Las puertas del vehículo más adelantado se abren al unísono y de él bajan Salmerón y otros tres tipos entre los que, pese a que los focos le apuntan directamente a los ojos, Carlos puede identificar a dos de los que le acompañaban en el polígono de San Roque unos días antes. El segundo vehículo también se ha detenido cerca de la puerta del solar y mantiene el motor en marcha.

Salmerón y los tres hombres que le acompañan van armados y quieren dejarlo bien claro. Cada uno de ellos carga una pistola, aunque apartan tanto la mano del resto del cuerpo que más que empuñarlas parece como si las sopesaran.

—Por fin nos vemos, Catalán —dice Salmerón mostrando una amplia sonrisa.

—No sabía que me buscaras —miente Carlos.

—Desde hace días. Desde que nos robaste en la guardería.

—No sabía que aquello fuera tuyo. Me lo encontré y cogí lo que pude. Es lo mismo que haces tú. ¿No?

—No te lo encontraste, cabrón. No mientas. Si fuiste allí es porque estabas con el Carita y el otro gilipollas, su socio el moro. Nos robasteis y lo escondisteis allí. Pero tuviste la mala suerte de que te pilláramos saliendo con los dos paquetes aquella noche, hijoputa —Salmerón no pierde su posición junto a los focos encendidos del vehículo, parece estar esperando que sea Carlos quien tome la iniciativa—. Hay que ser muy tonto para que se te caiga un puto paquete de blanca en mitad de la calle y dejarlo allí desparramado, ¿verdad, Catalán?

De pronto la extraña calma que rodea al Bienpeinao se quiebra y el guion de la película en la que está inmerso da un giro inesperado. El escenario es ahora el de una escena de acción en la que, imponiéndose al rumor de las olas y al sonido de su propia respiración, los disparos y los gritos hacen del silencio la primera víctima.

La siguiente en caer es su decisión de dejar que sea la gente de Cortés quien se ocupe de Miguel y de los suyos.

Se incorpora de un salto y corre por la arena blanca. Brinca sobre el muro que le separa del paseo y cruza a la carrera los cuatro carriles desiertos. Averigua entonces por qué ningún vehículo circula a aquella hora por La Atunara: grupos de hombres armados, como una razia de bereberes, han tomado el barrio y cierran sus accesos con coches cruzados en mitad de la calzada ahuyentando a cualquiera que quiera aproximarse al barrio y confinando a los vecinos en sus casas.

Ocultándose de los invasores, entra en el barrio por uno de los estrechos y oscuros pasajes que solo los vecinos utilizan. Al llegar a la pequeña plaza que divide la sinuosa calle Este, debe tirarse al suelo tras un coche aparcado para evitar una ráfaga de disparos que casi consigue frenarle para siempre.

Logra avanzar ocultándose tras los coches hasta el callejón Lepanto, que recorre a la carrera tan pegado al suelo como puede, impulsado por la determinación de ser él quien mate a Miguel.

Se acerca cada vez más a la gran casona que hasta unos

minutos antes ha guardado y sobre la que ahora cae la furia de los hombres de Cortés en forma de una lluvia de disparos. Mientras algunos de ellos disparan contra las ventanas de la primera planta, otro grupo trata de forzar la puerta principal con un ariete. Desde el interior los ocupantes de la casa se defienden disparando también sus armas, pero la superioridad de los atacantes es tan abrumadora que los defensores solo consiguen dirigir sus balas contra la parte superior de las casas tras las que se protegen los asaltantes, sin lograr perturbarles.

Otro grupo dispara continuamente contra la fachada posterior, haciendo saltar el rebozado de la pared y rompiendo en añicos las ventanas. Jesús el Bienpeinao piensa que las rejas que cubren todas las ventanas, y con las que Miguel había querido hacer de su casa un búnker inexpugnable, la convierten ahora en una ratonera de la que es imposible escapar.

Observa el ataque parapetado en un contenedor de basura a unos cincuenta metros de distancia. Pocos metros más adelante dos hombres armados con subfusiles custodian la calle impidiendo que nadie pueda salir o entrar de la zona donde se libra la batalla. Los asaltantes han montado controles también al otro lado de la vía y en las calles cercanas, por lo que la huida de Miguel y su familia es imposible, tanto como la llegada de refuerzos. Más pronto que tarde la puerta cederá. Jesús tiene que darse prisa si quiere aceptar el ofrecimiento que le ha hecho el gitano al que ha entregado las llaves de la casa. De eso hace menos de quince minutos, que ahora le parecen una eternidad.

Saca el teléfono de la riñonera y con la otra mano empuña su arma. Mientras trata de desbloquear el terminal oye una explosión. Desde el interior del edificio han lanzado una granada a los pies de los que pugnaban por forzar la puerta. Entre el polvo y el humo ve cómo dos de los tipos que instantes antes arremetían con el ariete se arrastran tratando de alejarse del edificio. Otros dos han quedado tirados junto a la puerta. Los heridos gritan reclamando ayuda a sus compañeros.

Tres de las columnas que adornaban la entrada han caído. Solo permanece en su sitio la rematada por la estatua del ángel alado que somete al diablo con su espada.

Dos personas saltan entonces desde la azotea hasta la terraza de la casa más cercana. La distancia que separa ambos edificios no es mucha y por eso Miguel, preocupado por su seguridad y la del negocio, compró la casa vecina hace años, convirtiéndola en la válvula de expansión de su propia vivienda, un almacén en el que se apiñan los muebles que cada poco son sustituidos, cajas repletas de ropa nunca utilizada, televisores, máquinas de videojuegos y todo aquello que a diario se les antoja comprar a los Arcángeles y a sus familias.

Ninguno de los asaltantes parece haberse percatado de la fuga de las dos siluetas, atentos como están a los heridos y a retomar la iniciativa que han perdido momentáneamente tras la explosión.

Carlos no contesta a la provocación de Salmerón y se deja caer tras uno de los montones de escombros. Es la señal acordada. Desde tres puntos diferentes comienza el tableteo de las armas que en una primera andanada logran abatir a dos de los recién llegados. Salmerón y el sueco que aún queda en pie logran alcanzar el todoterreno, pero no pueden ponerlo en marcha porque uno de los caídos era el conductor y con él iban las llaves. El radiador del vehículo ha estallado junto a uno de los faros y ahora los tiradores se aplican con las ruedas, reventándolas en pocos segundos.

En el momento en que han empezado los disparos el segundo vehículo se ha puesto en marcha con la intención de llegar hasta sus compañeros. Pero cuando aún no ha recorrido la mitad de la distancia que les separa, sus ocupantes parecen cambiar de opinión y toman otra dirección, buscando la salida. Uno de los coches de los polistas, que ha llegado a toda velocidad desde el otro lado de la carretera, sale entonces a su encuentro bloqueando la puerta del solar y atrapa en un fuego cruzado al vehículo que pretendía huir.

El coche cambia de nuevo de dirección y salta sobre los montículos de cascotes mientras las balas horadan la chapa y hacen añicos los cristales. Alcanza la valla metálica y la golpea con fuerza, tratando de atravesarla. Pero el cercado aguanta la acometida y el todoterreno rebota poniéndose de nuevo en marcha mientras el ruido sordo de los impactos sigue acompañando el rugido del motor enloquecido.

Carlos se ha sumado al tiroteo con la pistola que Chano le ha prestado. Avanza en la oscuridad junto a los otros tiradores, disparando al coche en cuyo interior no se ve ya ningún movimiento.

Una voz se impone sobre el ruido de las armas.

—¡Parad ya! ¡Coño! ¡Parad! ¡Alto el fuego, joder!

Poco a poco Chano logra que sus hombres bajen las armas.

Carlos se acerca al vehículo. El motor gime mientras el agua del radiador escapa emitiendo un silbido agudo. Chano se coloca a su lado y enciende una linterna con la que enfoca el interior. Lo primero que ven es al negro que despachó al Carita. Está sentado en el asiento trasero. No salió cuando lo hicieron Salmerón y los otros tres tipos y allí sigue, con los ojos abiertos, el pecho perforado por al menos tres balas y media cabeza esparcida sobre el respaldo. Ni él ni el falso rubio que había subido al asiento del conductor van a darles ya ningún problema.

Salmerón está en el suelo, a los pies del otro asiento delantero. Herido, pero con vida. Un tipo con suerte, piensa Carlos. La puerta del coche está entreabierta y de una patada Chano la abre por completo, dejando completamente a la vista a Salmerón. Al menos cinco armas le apuntan mientras él los mira con el brazo derecho en alto y la mano izquierda a punto de alcanzar su pistola, que reposa sobre el asiento.

—¿Quieres esa pistola? Venga, cógela. Quiero que la cojas —le dice Carlos mientras sonríe y el otro parpadea, cegado por la luz de la linterna.

Salmerón baja la mano lentamente y cierra los ojos en señal de resignada rendición. Dos de los hombres de Chano lo arrastran fuera del vehículo.

A unos cincuenta metros el otro coche está varado sobre uno de los montículos como un animal moribundo con la panza atorada en el pedregal. Sus ruedas giran enloquecidas sin llegar a alcanzar el suelo. El ruido del motor, acelerado a plena potencia instantes antes, ha empezado a aminorar hasta convertirse en un ronco ronroneo cuando uno de los hombres de Chano introduce su arma por la ventanilla y hace un único disparo.

Jesús el Bienpeinao vuelve sobre sus pasos y recorre de nuevo el callejón de la calle Este en dirección contraria. Siempre agachado y tratando de cubrirse tras los contenedores y los coches aparcados para evitar que los hombres de Cortés puedan verle en las calles desiertas y le disparen pensando que viene en ayuda de los Arcángeles.

Rodea las antiguas casas de pescadores, apiñadas unas junto a otras como el cardumen de atunes que cada primavera pasa frente a la costa, y llega de nuevo a la plazoleta de la calle Oquendo, atravesando tan rápido como puede el damero de su acera. Un peón a la carrera que cruza el tablero en busca del rey de los Arcángeles.

De un salto se encarama en la celosía de la ventana de una de las casas. Con el siguiente impulso alcanza la techumbre y corre por las terrazas. Seguro de poder llegar a la casa donde se han ocultado los dos fugitivos, galopa por las azoteas brincando de una a otra, despreocupado de cuanto sucede a ras de suelo.

A solo dos casas de su objetivo ya únicamente le queda descolgarse desde una de las viviendas de dos pisos que motean el barrio para alcanzar la solana de la casa donde se han refugiado los huidos. Desde allí puede ver una claraboya por la que deben haberse escurrido hacia el interior. Empuña el arma que ha mantenido guardada en la riñonera y salta. En ese momento se oye una detonación. Jesús el Bienpeinao consigue mantener el equilibrio en la caída. Pegado a la pared trata de cubrirse, agazapado y procurando sujetar el arma con su mano derecha. Pero la mano ya no responde y deja de presionar la culata de la pistola que se escurre entre sus dedos y cae al suelo de la azotea con un ruido apagado, como un juguete que se escapa de entre las manos de un niño. Sus piernas también flaquean y la espalda resbala por la pared dejando un rastro de sangre que encharca el suelo a sus pies.

—Cuidado, que me parece que quieren escapar por las terrazas.

—*Ne hai visto qualcuno?*

—Sí, pero a este ya lo he cazado. Vosotros atentos con los que quedan dentro. Que los albaneses vayan delante por si hay alguno vivo y les quedan más bombas.

Carlos sale de la pequeña vivienda sin despedirse de la rusa que, consciente de que ya no va a volver, le observa marchar apoyada en el quicio de la puerta mientras él baja los primeros escalones.

Los hombres de Chano le esperan en la calle, bloqueada por la caravana de vehículos que ocupan toda la calzada y parte de la acera. Están eufóricos por la clara victoria conseguida en el solar abandonado y, aún más, por la celebración que empezó ayer, cerrando solo para ellos uno de los prostíbulos que controlan en Castelldefels, y que ahora van a continuar en una de las discotecas del Port Olímpic, frente a la playa de la Barceloneta.

Ha conseguido convencer al jefe de los polistas para que le conceda el tiempo justo para recoger su mochila, el expediente de Camila y el dinero que encontró en la guardería y el que le entregó Ades. Le bastan cinco minutos. «Ni uno más, chaval. O subiremos a buscarte y te bajamos en volandas. Cabronazo», le ha advertido Chano al bajar del coche, mientras lo abrazaba pasándole un brazo alrededor del cuello. Ese día, mientras dure la fiesta, es uno más de los polistas. El que les ha facilitado la victoria, uno de sus mejores negocios.

Melanka lo mira en silencio. La barbilla tira de las comisuras de sus labios, las mejillas brillan a la luz del fluorescente que apenas ilumina la escalera mientras sus cejas se elevan. De pronto, sus ojos se hacen del todo visibles y el lateral izquierdo de su boca asciende hasta formar una media sonrisa altiva, empujada por la idea de venganza, dibujando el camino del desprecio al odio.

Carlos sabe entonces qué va a suceder cuando ella entre de nuevo en casa de la Bruja y cierre la puerta tras de sí. Se detiene en mitad de las escaleras y lentamente vuelve atrás, desandando el camino hasta la puerta. Al llegar a su lado el rostro de Melanka dibuja una expresión de victoria, segura de sí misma. Sus ojos triunfantes parecen decirle «Vuelves a mí. Crees que me posees, pero soy yo quien te tiene a ti. No puedes dejarme. Soy yo la que decide cuándo y cómo acabará esto».

Carlos sonríe mientras la sujeta por la muñeca y la atrae hacia él. Cuando ella entreabre los labios para besarle, arrimando su cuerpo y cimbreando la cintura al tratar de frotar el pubis con su sexo, de un fuerte tirón con la otra mano Carlos cierra la puerta, con un golpe seco y definitivo.

Cuando instantes después baja de nuevo las escaleras se regodea en los gritos con los que Melanka expresa su odio y su frustración, apoyada a horcajadas en el pasamanos de la tercera planta, incapaz de retenerle, de controlarle, y sin poder tampoco acabar con sus propias manos con la Bruja que, condenada ya, morirá lentamente, pero ahorrándose el sufrimiento que ella le tenía reservado y con el que unos minutos antes había previsto endulzar su derrota.

Los gritos de la rusa se diluyen entre los vítores con que los polistas lo reciben al llegar a la calle. El gorila del bulldog en el cuello lo levanta en el aire y, entre risas y palmadas de los demás miembros del clan, lo lleva al Mercedes sin dejarle tocar el suelo.

A las seis de la mañana debe tomar un vuelo. No queda demasiado tiempo y aún hay mucho que celebrar.

VENGANZA

De pie frente a Ades, Carlos recuerda una vez más el contenido del legajo de papeles que le consiguió el gitano Cortés y cuyo precio fue la vida de Winston.

Los policías que lo redactaron fueron precisos y metódicos. Cada herida, cada golpe y cada ultraje que sufrió Camila están allí, descritos con todo detalle y también fotografiados. Las fotocopias en blanco y negro que durante semanas estudió en la soledad de su celda muestran los ojos entreabiertos y apagados de su hermana. Su sexo expuesto impúdicamente, cubierto por una gran mancha negra: «Abundante sangrado procedente de incisiones practicadas con un cuerpo extraño que resulta ser una botella de cristal rota y que se encuentra alojada en el interior de la vagina de la víctima», dice la desapasionada y funcionarial prosa del forense.

El informe enumera y describe cada una de las heridas. Ochenta y seis en total.

Herida incisa en la cabeza, en la región frontal derecha por encima del arco supraciliar, en forma de semiluna de aproximadamente cinco centímetros, con bordes irregulares y dentados, observándose infiltración hemorrágica con equimosis en los bordes inferiores, que atravesó completamente el espesor del cuero cabelludo llegando hasta el hueso, con cola de salida caudal; dos heridas contusas en la zona parietal izquierda y dos heridas contusas en región retroauricular izquierda. Múltiples heridas incisas, todas producidas en vida, en el tórax y abdomen. Herida que penetra a través del espacio intercostal situado entre la tercera y la cuarta costilla, cortando en su trayecto el músculo intercostal. A consecuencia de esta herida se lesionan estómago e hígado. Múltiples laceraciones y heridas a nivel pubiano, vaginal y del tercio superior de ambos muslos, provocando diversos colgajos en labios mayores y menores, así como infiltración hemorrágica con equimosis y abundante sangrado, siendo estas heridas las que fundamentalmente causaron la muerte a la víctima, al provocarle un shock hipovolémico-hemorrágico con una pérdida importante y rápida de sangre circulante debido a las hemorragias externas, internas y la vasodilatación de las zonas contundidas, con respuesta inflamatoria. En la cavidad vaginal se halló alojada, provocando un grave destrozo de tejidos una botella de vidrio fracturada en su base. En las heridas incisas pubianas y vaginales, descritas más arriba, se encontraron múltiples trozos de cristal.

Carlos se consagró durante meses al estudio de aquellos informes y llegó a memorizar párrafos enteros. Conoce cada uno de los sufrimientos que padeció el cuerpo de Camila e imagina el miedo, el terror por el que pasó durante el tiempo en que la estuvieron maltratando y, aún más, desde que supo que aquel dolor solo iba a acabar cuando le llegara la muerte, porque de allí no iba a escapar viva. Camila tuvo que saberlo, la conocía bien y de eso estaba seguro.

Ades le observa en silencio. Escrutándolo. Como si no quisiera anticiparse y prefiriera esperar a que sea él quien hable. Quiere que le cuente cómo ha conseguido huir de Barcelona y llegar a su casa pese a estar siendo acosado por los Suecos. No logra entender cómo ha logrado llegar a La Línea y, lo que era aún más impensable, al salón de su propia casa.

Su mente trata de encontrar una explicación a aquel milagro y sus ojos no pierden detalle de cada uno de los movimientos de Carlos. Tratando de adivinar en ellos si realmente ha conseguido llegar hasta allí gracias a la suerte o en cambio se la estaba jugando desde el principio y alguien le ayudaba sin que él lo supiera. Quizá la policía. Quizá los Arcángeles.

Los tipos que han asaltado su casa de madrugada han hecho bien su trabajo y tanto el revolver que cada noche duerme sobre su mesita de noche como la pistola que ocultaba en uno de los cajones de la cocina reposan ahora ante él, sobre la mesa, inertes e inservibles sin su munición.

Ades enciende un cigarrillo. Su pulso es firme y logra que la llama del encendedor no tiemble al prenderlo.

Carlos está sentado frente a él y le observa en silencio. Sonríe al verle dar profundas caladas para luego alojar el cigarrillo en el hueco de su mano derecha, dejando que el humo se filtre entre los dedos.

—Disfrútalo, Ades. Va a ser el último —dice por fin Carlos.

Con la mirada fija en el lujoso suelo de mármol, el gigante esboza una sonrisa e intenta mantener la calma, pero la fina columna de humo dibuja una turbulencia en el aire.

—Eso parece. Hasta aquí he llegado. Lo que no me imaginaba es que fueras a ser tú quien me diera paseíllo.

—Supongo que eso es una deshonra para ti, ¿verdad? No esperabas que las cosas cambiaran tanto. Que el pelele al que enviaste al matadero volviera vivo y que fuera él quien te tuviera ahora cogido por los huevos.

—Te equivocas, Catalán. Yo no te envié al matadero. ¿Qué iba a ganar yo con que te mataran? Lo que hice fue echarte un cable. Ayudarte para que consiguieras lo que querías: acabar con los que habían matado a tu hermana. ¿No era eso lo que me dijiste? «Los voy a matar, Ades. Los voy a pelar a todos». Ahí mismo, sentado en ese sillón me lo dijiste hace una semana o poco más.

Ades no pierde su aplomo. En aquella voz cavernosa no es posible atisbar miedo ni inquietud.

—Al principio no. Seguro. Solo viste la oportunidad de aprovecharte de la ocasión que yo te estaba poniendo en bandeja. Si conseguía quitar de en medio a Miguel Melés y a los cuatro pelagatos que estaban con él, acabarías con los Arcángeles. Ellos no podrían saber que tú estabas detrás de todo eso y pensarían que otra banda les había declarado la guerra, así que aprovechando su debilidad y que al morir Miguel correrían todos como conejos, podrías ir cazándolos uno a uno. Yo era tu tonto útil —Ades trata de decir algo, pero Carlos se lo impide alzando la mano con la que sostiene la pistola—. Y si la cosa no salía bien y me mataban antes de completar el trabajo, tampoco te salpicaría. Nada podía relacionarnos. Así que tú serías libre de esperar tranquilamente una ocasión más propicia. Pero cuando Salmerón te dijo que había sido yo quien había descubierto lo de la guardería y que me había llevado uno de los paquetes, decidiste que había que cambiar de planes. Era muy arriesgado tenerme por ahí sabiendo dónde estaba la coca y que erais vosotros los que le habíais pegado el vuelco a ese cargamento que gestionaban los Arcángeles. Entonces pasé a ser un estorbo que había que eliminar cuanto antes. Por eso enviaste a Salmerón a Barcelona, con los Suecos. Para matarme. Por eso tenías tanto interés en saber dónde estaba y te encabronaste tanto cuando te diste cuenta de que no seguía tus órdenes y tampoco utilizaba el teléfono que me habías dado. Tus planes se estaban complicando y yo era un estorbo.

—Has dedicado demasiado tiempo a imaginar cosas. Lo único que hice fue ayudarte a hacer lo que tú querías hacer: matar a los que habían matado a tu hermana. Y así me lo pagas...

—Ellos no mataron a Camila —le interrumpe Carlos.

—Pues si sabías que ellos no habían sido ¿por qué los has matado a todos?

—Seguro que también eso lo sabes, Ades. No los escogiste al azar, ¿no? Sabías que yo podía sospechar algo. O que incluso podía saber que alguno de ellos había tenido algo que ver con lo de Lolo. Por eso me diste aquella lista. Para que, si tenía alguna duda o no acababa de decidirme, esas sospechas me empujaran a hacer lo que tú querías.

—Me valoras demasiado, quillo. No soy tan listo, Catalán.

—No te las des de modesto ahora, cabrón. No te mereces saber nada más, pero te lo voy a contar. Solo para que sepas que no me has utilizado. Que he sido yo quien se ha aprovechado de ti.

Ades se remueve en su asiento y Carlos sonríe, mirando

de reojo a los dos matones que, situados a ambos lados del sofá y blandiendo sendas barras de hierro, vigilan cualquier movimiento del gigante.

—Nunca supe por qué Lolo saltó por la ventana. Aunque desde el primer momento creí que la culpa era de nuestro abuelo. Tú lo conocías y lo sabes. Era un hijo de puta y nos machacaba cada día. El que más recibía era yo, por ser el mayor, supongo. Pero también era el que mejor aguantaba toda aquella mierda. Lolo en cambio lo llevaba muy mal. Quizá porque era muy niño o tal vez porque no estaba hecho para aguantar tanta presión. El caso es que lloraba mucho y cada vez tenía más miedo. Al no encontrar ninguna otra explicación, o tal vez porque yo ya tenía la mía, la opción de que había saltado porque no había podido soportar más las palizas y el miedo fue la que escogí. De eso ya me ocupé en su momento... Pero hace unos meses me encontré con una sorpresa en el lugar más inesperado que te puedas imaginar.

Carlos hace una pausa y Ades, que solo busca ganar tiempo a la espera de una oportunidad para escapar o poder darle la vuelta a la situación, le pide que continúe.

—En Botafuegos, Ades. Allí fue donde me enteré de lo que en realidad pasó aquí hace quince años.

De nuevo Carlos se detiene, esperando que el kiosquero muestre curiosidad. Pero Ades no presta atención a la historia, solo piensa en encontrar la oportunidad que busca.

El Catalán no está dispuesto a perder a su público, de modo que a un gesto suyo uno de los albaneses golpea con la barra de hierro la rodilla izquierda del gigante, que lanza un bramido y queda clavado al sofá.

—Así ya no pensarás en escapar y prestarás más atención

a lo que estoy contando —habla con calma y con un tono sereno mientras enciende uno de los cigarrillos que ha sacado del paquete que Ades tiene sobre la mesa—. Ahora escucha, porque si veo que te distraes lo pagará la otra rodilla. Tú mismo.

El gigante se limita a asentir entre gruñidos de dolor mientras sujeta con ambas manos la maltrecha pierna.

—Aunque pasé la mayor parte de la condena en el módulo 2, la acabé en las celdas de aislamiento. En contra de lo que cree la mayoría, a esos sitios no llegan solo los presos más peligrosos, llegan sobre todo los que no se adaptan y los más tontos. No me entiendas mal, Ades. Por supuesto que allí hay presos peligrosos. Algunos mucho. Claro que sí. Pero no son la mayoría. Allí abundan los que no saben vivir en los módulos normales, porque no los soporta nadie y porque ellos no son capaces de aguantar a los demás. A veces, ni a sí mismos. Pues bien, uno de esos inadaptados inaguantables era un tal Hicham. Un moro simple y bobalicón que no sabía hacer otra cosa más que contar su vida a los que estábamos en las celdas cercanas y, por lo tanto, condenados a oírle hablar día y noche. Yo trataba de evadirme, de no oír su monserga. Pero era verano Ades y, como puedes imaginar, en la cárcel no hay aire acondicionado. Así que no tenía más remedio que mantener la ventana abierta y soportar su parloteo. Siempre la misma historia sobre su madre, su pueblo, sus grandes hazañas... Hasta que un día algo de lo que dijo llamó mi atención. El tal Hicham habló de un amigo de la infancia al que conocía como el Chivo. Al parecer, cuando tenía unos nueve años, su madre vino a trabajar durante unos meses a Algeciras y lo trajo con él, así que estuvo viviendo aquí ese tiempo antes de volver de nuevo a Marruecos. Resulta que aquí se hizo amigo de Juan el Chivo. Sí, nuestro chivito. Y también del Carita. Ya sabes, los que no encuentran quien los quiera, se quieren entre ellos. Menudo grupo debían ser. La banda del moco, ¿verdad? —Ades asiente, tratando de mostrar interés por una historia que ya conoce—. Un día se les unió Joselito que, aunque era mayor que ellos, quería ver por sí mismo aquello que tantas veces le había contado el Chivo a cambio de un cigarro o de cualquier otra porquería de esas que tú nos vendías en el kiosco. El problema fue que no encontraron ninguna cabra, así que Joselito les propuso que el lugar de la cabra lo ocupara el Carita. Como imaginarás eso al Carita no le hizo ninguna gracia y trató de huir, pero entre Hicham y Joselito lograron tirarlo al suelo y patearlo. En esas estaban, en el descampado que había cerca de la escuela, cuando apareció por allí Lolo. No me explico qué hacía allí él solo y por qué no iba pegado a mí, como hacía siempre. Supongo que debió ser en la época en que me encerraron en menores. El caso es que allí llegó y los otros vieron la oportunidad perfecta. Estaba claro que al Carita no iban a poder domarlo hasta convertirlo en una plácida y dócil cabrita, pero Lolo era otra historia.

Carlos se detiene y da una última chupada al cigarrillo antes de tirar la colilla al suelo y aplastarla con saña.

—Te ahorro el resto —dice Carlos—. Porque estoy seguro de que ya lo sabes todo y seguramente con muchos más detalles de los que yo conozco. Y la verdad es que, sinceramente, tampoco quiero darte el placer de que los recrees de nuevo. Solo te diré que la historia que me contó Hicham no se refería a una única tarde. Lolo estaba acostumbrado a sufrir y no era muy hablador, así que calló y aguantó hasta que no pudo más.

—Pero ¿qué tengo que ver yo en todo eso? ¿No pretenderás culparme a mí? Tú mismo lo has dicho. En lo de Lolo no tuve nada que ver. Ni siquiera sabía nada hasta hace unos meses.

—No, en lo de Lolo no. Pero sí que sabes quién mató a Camila, ¿verdad?

—Sé lo mismo que tú. Que fueron Miguel y esos tres: Hicham, el Carita y el Chivo ¡Eso lo sabes tú tan bien como yo!

Ades intenta no moverse para evitar que el dolor de la pierna se acentúe aún más, pero en esta ocasión su corpachón brinca sobre el sofá no por el dolor, sino por la indignación, por la mala leche contenida a la fuerza, por verse vencido y humillado por Carlos. Atrapado.

—Tú siempre tuviste fijación por mi hermana. Desde niña te gustó.

—Claro que sí, quillo. Como a todo el mundo. Era la niña más guapa de La Atunara. Pero eso no es ningún crimen. ¿Qué quieres decir con eso?

—No, claro que no. Ya sé que Camila os gustaba a todos. Incluso a mi abuelo. Y no, no es ningún crimen. Pero es algo a lo que le he dado muchas vueltas en prisión, desde que la mataron. He repasado mentalmente todo lo que recuerdo desde que éramos niños. Cuando jugábamos frente a casa, en la playa y en la plaza. Cuando íbamos camino del colegio los tres juntos. Y luego, cuando ya éramos más mayores, cuando sus amigas venían a buscarla para salir a caminar por el paseo y la playa. Y tú siempre estabas ahí, Ades. En todas esas imágenes de mi memoria apareces tú.

—¡Claro, coño! Catalán, quillo. ¿No voy a estar...? Si llevo toda la vida en el kiosco. En la plaza del Sol, justo al lado de la casa de tus abuelos. Pues claro que he estado toda la vida viendo como ibais y veníais. ¡Toda la vida viéndoos crecer!

—«La niña del cabello de obsidiana». Así la llamabas —Ades asiente en silencio, enfurecido, y el aire brota de su nariz con la furia del viento de Levante. Toma un cigarrillo y lo enciende. Carlos aprovecha para coger de nuevo el paquete de tabaco y encender otro—. Es curioso cómo funciona la mente, Ades. ¿Lo has pensado alguna vez? A veces tenemos la verdad delante de nuestras narices y no somos capaces de verla. Algo nos ciega y no hay forma de quitarnos ese velo que no nos deja ver con claridad. Durante meses leí y releí los informes de la policía y del forense. Llegué a obsesionarme. Aunque solo podía ver lo que estaba allí escrito, aquellos papeles contaban una historia. Pero era una historia incompleta. Sin un motivo. Sin una razón. Y esa es una mala historia, Ades. Las historias tienen que tener un final, pero también un sentido. No pueden dejarte a medias. Yo encontré ese final hace unos días. Fue el Chivo quien lo escribió sin saberlo. En ese momento todo cobró sentido y la historia completa se escribió en mi cabeza.

—No sé de qué me hablas, Catalán. El Chivo fue uno de los que la mataron y ese hijo de puta te contaría lo que fuera para salvar su pellejo —brama Ades, aplastando el cigarrillo sobre el mármol de la mesa que les separa.

Carlos conserva el suyo entre los dedos. Apenas le ha dado dos caladas desde que lo encendió y lo contempla mientras se consume lentamente.

—El Chivo sabía que iba a morir. Como tú. Pero a diferencia de ti, él tenía algo que contar y su historia era muy interesante. Aunque no sabía cuánto, porque solo conocía una parte de lo que había sucedido.

—¡Esto es demasiado, Carlos! ¡Yo no maté a tu hermana! ¡Fueron ellos! Si me vas a matar por haberte ayudado a buscarlos, hazlo. Allá tú con tu conciencia. Pero no me culpes a mí de lo que hicieron ellos.

Ades está fuera de sí. Si no tuviera la rodilla inutilizada ya habría saltado por encima de la mesa, sin importarle los dos cancerberos que situados a cada lado del sofá le vigilan dispuestos a someterlo a golpes si es necesario. Pero le resulta imposible moverse porque el dolor es cada vez más intenso.

—No te sulfures. Y no te preocupes, que esto ya acaba. La historia ya la conoces. Y mejor que nadie. Así que te voy a explicar cómo la conocí yo —Carlos sigue sosteniendo entre sus dedos el cigarro, observándolo mientras habla—. El Chivo me contó que Miguel y su gente la violaron y le pegaron hasta que se cansaron. Porque eso es lo que le va a ese cabrón. Lo que le pone... Eso es lo mismo que había dicho Hicham y coincide con lo que la policía escribió en sus informes. Pero Hicham no dijo nada de que ellos la mataran y el Chivo juró por su vida que ellos la dejaron viva cerca del cementerio, que es donde la encontró la policía después. Aquí es donde la historia que cuenta la policía deja de ser interesante, porque no tiene un final. No hay culpable y no hay razón, no hay un motivo —Ades aprieta los dientes con fuerza, impotente y sin poder moverse, aferrado con todas sus fuerzas a los bordes de la mesa mientras su respiración se acelera y mantiene los ojos clavados en Carlos—. La policía es muy metódica. Lo recogen y lo fotografían todo. Aunque luego no sepan poner las piezas del puzle en su sitio. Solo las juntan y las clasifican. Aunque ellos no han sabido verlo, tenían una pieza muy importante, la que te señala directamente a ti. Las colillas de tus preciosos cigarros. Estas putas colillas —Carlos lanza el cigarrillo que sostiene entre los dedos hacia Ades, que no trata de esquivarlo. La colilla rebota en su pecho y cae al suelo—. Nadie más que tú fuma estos cigarrillos. Y allí, junto a Camila, había tres de tus colillas: «Tres colillas sin filtro de un grosor superior al ordinario, con la imagen impresa parcial de lo que parecen ser dos leones rampantes». Eso decía la policía en su informe.

—¿Y qué prueba eso?

—Una colilla, nada. Podrías haber pasado por allí antes. Dos, podrían ser una casualidad. ¿Pero tres? Tres colillas solo pueden indicar que tú estuviste allí. ¿Y qué haces tú allí, en mitad de la nada y cerca del cementerio? Eso no lo puedo saber, a no ser que tú me lo expliques. Lo que sí sé es que ese lugar está justo en el camino entre el kiosco y esta casa. Ves, la historia empieza a tener sentido —Carlos sonríe mientras se recuesta en la silla—. Además, aunque no eres el único que lleva navaja, todo el mundo sabe el cariño que le tienes a tu Tizona, ¿verdad? —al decir esto Carlos saca del bolsillo la navaja negra que los albaneses han encontrado en el dormitorio de Ades y la hace girar entre sus dedos antes de continuar—. Pero todavía me faltaba saber por qué. Aunque esa pregunta se contesta sola: porque pudiste. Porque esa noche encontraste la oportunidad servida ante ti. Sin que nadie pudiese impedirlo, aprovechaste que te habían puesto en bandeja a Camila, la niña a la que deseabas desde que la viste pasar por primera vez delante de tu kiosco.

—Si eso hubiera pasado ¿por qué iba yo a matarla?

—Eso no lo sé, Ades. Eso solo lo sabes tú. ¿Por qué te ensañaste con ella y luego la mataste? Imagino que por la misma razón: porque podías hacerlo. Porque te gusta más pegar y torturar a las mujeres que follártelas. Porque nunca podrías tener a una mujer como Camila y, seguramente, a ninguna otra. Porque no se te levanta... Yo qué sé. Lo que sí sé es que tú pasaste un buen rato quemándola con los cigarrillos, supongo que tratando de que el dolor la hiciese reaccionar y se despertara —habla con un tono gélido, como el locutor que informa de las cotizaciones de bolsa o el abogado que detalla los términos de un divorcio, a los que nada conmueve ni inquieta—. Luego la apuñalaste por todas partes y te entretuviste un buen rato con la botella, hasta destrozarla por dentro.

Ambos hombres se miran en silencio. Ades sabe que no tiene escapatoria, no saldrá vivo de aquella habitación, pero no está dispuesto a darle la satisfacción de suplicar un perdón que Carlos no va a concederle. Tampoco quiere explicar las razones por las que mató a Camila. De hecho, él tampoco las conoce con certeza. Son las que Carlos ha dicho. Pero también otras y ninguna de ellas. Sencillamente, lo hizo porque tuvo la oportunidad y decidió aprovecharla. Decidió desquitarse de tantos años de humillaciones. De ver cómo aquella putita y sus amigas se paseaban por delante del kiosco día tras día. Pavoneándose, exhibiéndose, comportándose como si pudieran dominar a los hombres con su cuerpo y con su sexo. Como si tuvieran derecho a decidir quiénes pueden tocarlas, disfrutar de sus coños. Pasando frente al kiosco sin ni siquiera verle o, incluso peor, riéndose de él en su cara. Tratándole como una mierda y no como lo que él es, como un hombre. Aquella puta había pagado por todas ellas.

Carlos no tiene ya nada más que decir. Lo único que quiere es acabar cuanto antes ahora que ya ha enfrentado al gigante con la humillación de verse atrapado por el pobre diablo al que él pretendía utilizar. Solo añade una cosa más mientras se incorpora de la silla.

—Ah, se me olvidaba. No sé si te has preguntado cómo es posible que haya vuelto con tan buena compañía —señala con un gesto de la mano a los dos albaneses que le flanquean—. Esa es otra historia, pero también eres uno de sus personajes. Aunque esta vez eres mucho menos importante, solo un secundario. Un pelele de relleno. En esta historia tu reino se desmorona, empezando por esta casa y por el alijo de la guardería de la Viña. Salmerón ha cantado y los gitanos han recuperado todo lo que él y los Suecos se llevaron en el vuelco que tú les encargaste. También han encontrado otras dos guarderías gracias a lo que les ha contado tu ayudante, aunque debería decir tu «ex ayudante». Salmerón es un superviviente y sabe a quién hay que arrimarse. Ahora está con los gitanos y con él se ha llevado todo lo que tenías aquí montado, incluido el plan de desbancar a los Arcángeles. La verdad es que tengo que felicitarte. Te lo habías montado muy bien y nadie se podía imaginar que el puto kiosquero del Sol hubiera llegado tan lejos.

A un gesto suyo los dos albaneses se abalanzan sobre Ades. Desde el otro lado de la mesa observa cómo las barras de hierro hunden la cabeza pelona del gigante que, ya en el suelo, levanta las manos intentando en un gesto vano protegerse. Cuando después de quince o veinte golpes Ades cae inerte sobre el charco de su propia sangre, el Catalán no espera a ver el resultado y sale de la casa, dejando atrás el continuo rumor de golpes secos que, imagina, acabarán de arruinar en rojo el pulcro mausoleo blanco del gigante. El sonido de los golpes le hace pensar en los hachazos con que el niño del cuento derribó los troncos leñosos de las habichuelas mágicas.

BOTAFUEGOS

En el departamento de ingresos la espera puede hacerse muy larga y durante los dos días que pasa en él Carlos tiene tiempo de repasar con toda tranquilidad cómo ha llegado allí.

Fue al volver a La Atunara. Ni siquiera le dio tiempo de acercarse a la casucha de su abuela. Al llegar al barrio vio a dos policías de paisano tratando de pasar desapercibidos en una calle en la que todos se conocen y en la que sus ropas, su forma de caminar y hasta sus cortes de pelo los señalaban como maderos.

Por suerte, al salir de casa de Ades había devuelto al primo de Cortés el arma que le había prestado.

«Quédatela, Catalán. Seguro que te va a hacer falta a partir de ahora. Has hecho muchos enemigos», le dijo. Pero él prefería no llevar encima un hierro del que no sabía nada, con el que podrían haber matado a uno o a cientos. Muertes que la policía le cargaría a quien detuviesen llevándola encima. Y si eran quince los muertos, quince condenas serían las que se comería el afortunado.

Al verle los policías salieron a su encuentro y cuando ya estaban a solo unos metros, desde la puerta de uno de los bares sin nombre ni cartel que motean el barrio, alguien les increpó cuando, inadvertidamente, uno de los agentes golpeó con el pie una chapa de cerveza.

—¡Quillo! ¡Que se te ha caído la placa! —les gritó, provocando las risas de todos los que allí dejaban pasar las horas y los días, dejándoles claro que a nadie engañaban con su actitud aparentemente despreocupada.

También rio Carlos. Y siguió haciéndolo mientras los agentes le identificaban y luego, cuando los acompañaba camino de la calle Santa María, donde les esperaba el coche en el que lo condujeron a la comisaría. No podía dejar de reír. A carcajadas. Reía por la guasa de la placa. Pero aún más porque si solo eran dos los agentes que venían a por él, sin ni siquiera encañonarlo, no debía preocuparse por las razones de aquel arresto.

Y así era. Al llegar a la comisaría un inspector le informó de que estaba detenido porque le relacionaban con el paquete de coca que dos semanas antes habían encontrado esparcido en mitad de la calle.

Cuando después de siete horas en los calabozos llegó el abogado de oficio, le explicó que la policía afirmaba que era él quien aparecía conduciendo una moto de los Arcángeles en las grabaciones de las cámaras de vigilancia de una gasolinera y también en las de una cámara de tráfico en la carretera de Málaga. Aseguraban que ese tipo era quien había perdido un paquete de dos o tres kilos de cocaína que había aparecido después destripado en mitad de una calle. El tipo había desaparecido llevándose, por lo menos, otro paquete igual al encontrado.

Eso era todo lo que tenían. Unas imágenes de un tipo parecido a él, cargado con dos paquetes que viaja en una moto que no es suya y con la que no se le puede relacionar y un paquete de cocaína esparcido en mitad de una calle. Ni una huella. Ni un testigo.

El abogado le explicó también que en su opinión la policía no tenía ningún interés en él. Su verdadero objetivo era el alijo de cocaína y sus propietarios. Sabían por algún confidente que el vuelco de aquel alijo era el detonante de la guerra que había arrasado con la casa del jefe de los Arcángeles y, posiblemente, acabaría también con ellos y su organización. Pero no tenían ni idea de quiénes eran los paleros, cuánta droga se habían llevado ni dónde estaba escondida. Tampoco sabían a quién pertenecía aquel logotipo del planeta Saturno que identificaba a sus propietarios. En definitiva, la policía no tenía nada y esperaban poder tirar del hilo gracias a él.

El abogado era un tipo joven. Incluso demasiado, según le pareció a Carlos al verlo entrar en la sala de interrogatorios de la comisaría. No creyó, pese al desparpajo y la aparente seguridad con la que le hablaba, que aquel chaval delgaducho con pinta de haber acabado la carrera la semana anterior, impecablemente vestido con un traje azul oscuro que le venía ancho y al que le habían alargado mangas y perneras para ajustarlo a su cuerpo, fuera capaz de hacer un trabajo con mínimas garantías de éxito. Sin embargo, aunque no le apetecía volver a prisión, si había de hacerlo, mejor que fuera por aquel paquete de coca y no por todo lo demás. No tardaría en volver a la calle.

El abogado le aseguró que en cuanto la policía lo pusiera a disposición del juzgado, saldría en libertad. No tenían nada contra él. Las imágenes de las cámaras no eran claras y cualquiera podría ser el conductor del escúter. De hecho, según decía, tampoco se podía probar que los paquetes que cargaba el tipo de las grabaciones contuvieran cocaína y que uno de ellos fuera el que apareció más tarde esparcido en la calzada.

—Tranquilo. Duda razonable. Nadie puede afirmar con total seguridad que tú seas el de las imágenes. Además, tienes domicilio y no hay riesgo de fuga. Y con los Arcángeles fuera de circulación tampoco hay riesgo de reiteración delictiva. Mañana estarás en tu casa —afirmó rotundo el abogado a modo de despedida mientras salía de la sala de entrevistas para atender a otro detenido.

Pero no fue así. Quizá porque el juez tuvo en cuenta sus antecedentes o posiblemente porque la batalla campal en casa de Miguel Melés había acabado con cinco muertos y en la cada vez más compleja maraña de bandas del Estrecho se había producido un terremoto en el que los Arcángeles parecían haber sucumbido y tanto policías como fiscales temían que el hueco que dejaban lo fueran a intentar ocupar pequeños grupos que tratarían de hacerse fuertes a tiro limpio. O quizá porque el juez, a punto de jubilarse y recién reincorporado a su puesto después de una depresión y un divorcio que lo habían dejado exhausto y sin blanca, estaba ya muy cansado de oír las quejas de los mandos policiales y, en su fuero interno, sabía que tenían razón. Aunque él representaba a la Justicia, con mayúsculas, y era su deber hacer que se cumplieran las garantías procesales y los derechos del detenido. Pero el inspector jefe Pineda tenía más razón que un santo. «Respetuosamente, señoría. Si seguimos haciéndole el juego a esta gente, vamos a perder el control. Ellos juegan sin reglas, señoría. Usted lo sabe tan bien como yo. Si no somos capaces de pararles los pies, habremos perdido La Línea y después toda la provincia y la costa entera. De Roquetas a Huelva. Lo único que le pido es que decrete prisión provisional. Que lo tengamos una temporadita a la sombra. A ver si se ablanda y derrota. Que nos cuente de quién es el alijo y dónde está escondido. Después, a la calle y tan amigos. Ya lo sabe usted. Este chaval trabajaba para los Arcángeles y tiene que ser uno de los que les pegaron el vuelco que ha motivado el tiroteo de hace tres días en La Atunara. Cinco muertos, señoría. ¡Cinco! Además de los cuerpos que se han llevado para que no los identificáramos. Por lo menos tres más. Si no, ¿a santo de qué iba a tener él esos dos paquetes de coca? Es la mejor baza que tenemos. La única que tenemos. Y no podemos dejarle irse de rositas, sin más. Son cinco muertos, señoría. Y van a ser muchos más si no somos capaces de recuperar el control».

Cuando don José se detiene, Carlos se da cuenta de que la celda que le han asignado es la misma que ocupó con Winston durante casi tres años.

Al abrir la puerta de la celda su ocupante se levanta del camastro inferior. Le cuesta incorporarse y acompaña el esfuerzo con un reniego. Por su aspecto se ve que en el pasado fue asiduo de gimnasios y anabolizantes. Pero ahora, vestido solo con un pantalón corto y casi en la cincuentena, muestra un cuerpo dejado y algo fondón.

A causa de la penumbra en que está la celda y debido a que la única luz proviene de la ventana situada al fondo, Carlos no puede ver con claridad su rostro. Pero lo poco que entrevé le resulta familiar. Pelo rapado al cero y un somero flequillo, tratando de disimular la más que incipiente calvicie, belfos caídos y orejas pequeñas y pegadas a la cabeza de las que sobre-salen unos lóbulos abultados y pulposos.

—¡Hombre, Catalán! ¡Menuda sorpresa! Entra chaval, en-tra. No te quedes en la puerta —dice condescendiente el preso.

Es el *number one*, como él mismo se hace llamar. Carlos, sorprendido, mira a don José y este le conmina a entrar en la celda hablándole casi al oído.

—Lo han traído hoy. Ha estado en aislamiento para prote-gerle desde que ingresó. No creo que sepa nada de lo tuyo. Tienes amigos con mucha influencia, Catalán.

Miguel Melés le recibe sonriente y con los brazos abiertos. Carlos da dos pasos y mientras la puerta se cierra a su espalda comprueba que la baldosa que Winston fijó en la pared del lavabo la mañana de su muerte sigue aún intacta.

RECONOCIMIENTOS
Y AGRADECIMIENTOS

Con toda seguridad el lector que llegue a estas páginas habrá reparado en que el cine, la música y la literatura tienen un espacio reservado en este libro. Creo necesario, con la intención de reconocer y homenajear a las obras y a sus autores, señalar aquí algunas de las apropiaciones que he incorporado al texto. En algunos casos esta presencia se debe meramente a un recurso estilístico y en otras a la influencia que de forma consciente tienen en este libro. Las influencias no conscientes son necesariamente muchas más y quizá el lector esté en condiciones de identificarlas aún mejor de lo que lo haría el autor.

De *Pulp Fiction* he tomado prestadas, como Quentin Tarantino las tomó antes de *Río Bravo*, unas palabras que en esa película pronuncia Butch (Bruce Willis) y aquí se atribuyen a Carlos.

Más evidente es la referencia a *Sospechosos habituales*, cuya carátula sostiene de forma casual Carlos mientras los polistas celebran su aquelarre.

Pero en lo tocante al cine, la presencia más obvia es sin duda la de *Taxi Driver*. Y ello no solo porque dos de los personajes vean la película, sino porque también tomo prestadas y adapto varias frases del guion que Ades recita de memoria.

Próximo al cine, aunque su ámbito más propio sea el de la música, está el videoclip que acompaña la pelea con navajas en la tasca de Toncho y del que surge la voz que jalea la lucha entre los dos rivales. Esta apropiación rinde reconocimiento a Rosalía y a su álbum *El mal querer*, que me acompañó el tiempo que demoré en escribir ese capítulo y aun buena parte de todo el proceso de escritura.

Tres escritores tienen una presencia evidente. He tratado de rendirles tributo mediante la pasión que siente por ellos Winston, quien los considera amigos cuya compañía hace más llevadera y tolerable su vida. Los beneficiados por esa compañía y atrapados por idéntica pasión somos legión.

Esta novela debe mucho a muchos, pero entre ellos solo puedo destacar aquí a algunos.

Este apartado de agradecimientos lo encabeza Laura, a quien también dedico este libro. Sin la paciencia, el apoyo y las ideas que día a día me aportó, este libro no habría visto la luz. Gracias también por la fina clarividencia y por tanta inteligencia, con las que me ayudó a dar forma a los personajes.

Gracias a Jose y Pepe, generosa pareja de revisores desconocidos entre sí, aunque mutuamente complementarios, cuyos conocimientos exprimí en largas conversaciones en las que con admirable espíritu altruista me ilustraron con su saber técnico sobre el mundo penitenciario, la literatura y, en general, sobre la vida. Mi agradecimiento también a Gustavo, atento lector de primera hornada.

Al bueno de Luis, que ejerció de guía allí donde no éramos bienvenidos. Muchas gracias por la amistad, por los buenos ratos y por ayudarme a ambientar los escenarios que me eran más desconocidos. Confío haber estado a la altura de los conocimientos que se esforzó en trasladarme.

Por separado y cada uno a su manera, todos ellos me mostraron los muchos errores que contenía la primera versión del texto y evitaron que la soledad del escritor deviniera en aislamiento.

Gracias también a mi editora, Mercedes, por el callado trabajo con el que ha contribuido a depurar y hacer más legible el texto.

Los errores son todos míos. Los méritos por los aciertos que el lector valore, repártalos entre los aquí citados.

Gracias también a Berta y Roger que, nublados por la amistad, confiaron en el texto y sumaron a sus muchas virtudes y capacidades la de generosos agentes literarios.

Y, por último, gracias a Sara, por tolerar mis ausencias.

NICOLÁS BENÍTEZ

CONTENIDO